✝ 49 ✝
CRUCES
BLANCAS

IMANOL CANEYADA

☦ 49 ☦ CRUCES BLANCAS

Planeta

Diseño de portada: REVILOX / Oliver Barrón
Imágenes de portada: © Shutterstock / Lukas Gojda y Lijphoto

© 2018, Imanol Caneyada

Derechos reservados

© 2018, Editorial Planeta Mexicana, S.A. de C.V.
Bajo el sello editorial PLANETA M.R.
Avenida Presidente Masarik núm. 111, Piso 2
Colonia Polanco V Sección
Delegación Miguel Hidalgo
C.P. 11560, Ciudad de México
www.planetadelibros.com.mx

Primera edición en formato epub: julio de 2018
ISBN: 978-607-07-5132-5

Primera edición impresa en México: julio de 2018
ISBN: 978-607-07-5114-1

Impreso en los talleres de Litográfica Ingramex, S.A. de C.V.
Centeno núm. 162-1, colonia Granjas Esmeralda, Ciudad de México
Impreso y hecho en México – *Printed and made in Mexico*

Toda certeza es una herida inútil.
JOAN MARGARIT

Solo queda tejer y esperar cuando el silencio
llena todo con desprecio.
DALINA FLORES HILERIO

ADVERTENCIA

El libro que tiene en sus manos, estimada lectora, estimado lector, plantea un universo de ficción poblado por entes de ficción, un artefacto literario surgido de la imaginación. No responde a una investigación periodística cuyo objetivo sea arrojar datos nuevos o revelar hechos ocultos, sean del orden judicial o político, sobre el incendio en la guardería ABC acaecido en Hermosillo, Sonora, el 5 de junio de 2009.

Entonces, ¿por qué escribir este libro? Dice Milan Kundera que una novela no explora la realidad sino la existencia. A partir de esta idea, con *49 cruces blancas* me propuse explorar la existencia de un grupo de personas que de forma directa o indirecta son tocadas por el incendio y arrastradas por sus consecuencias psicológicas, morales, sociales y políticas. De ello es fácil deducir que algunos de los entes y de los hechos que transitan por el universo de la novela son de mi entera creación y otros están basados (inspirados, aunque nunca me ha convencido el término) en una realidad que sigue consumiéndose en las todavía no extintas llamas de la estancia infantil. Tanto en el primero como en el segundo de los casos, las vidas de estos personajes, los hechos y las fechas se circunscriben a esa realidad paralela, más vigorosa para muchos, a la que llamamos ficción.

En el capítulo 24 encontrará el lector un pasaje en el que parafraseo algunos versos del poema de García Lorca *Llanto por Ignacio Sánchez Mejías*.

Quiero aprovechar esta advertencia para agradecer a la periodista sonorense Lourdes Encinas Moreno, autora del libro *49 razones para no olvidar*, la investigación periodística más puntual y completa que se ha publicado hasta ahora sobre la guardería ABC; sin este valioso documento, escribir la novela que tiene en sus manos hubiera significado muchas más dificultades.

A mi editor, Luis Carlos Fuentes, porque juntos fuimos cocinando estas páginas que ahora se dispone a leer.

Y por último, a mi pareja, compañera de vida, Rosa Vilà Font, quien en ningún momento permitió que desfalleciera en la tarea; a ella dedico la novela.

I
ALCÁZAR

1

El nombre penetra en mi cerebro, activa una serie de neuronas aún alcoholizadas y una cara emerge poco a poco del subsuelo de mi memoria. Una cara de expresión distraída, acentuada por unos lentes a lo Lennon y un labio inferior un poco colgante, como un hueso de albaricoque.

¿Es ese el rostro de Jorge Alcázar?

Como si fueran máquinas que hace tiempo dejaron de usarse y de pronto las encienden, las células de mi sistema nervioso se conectan entre sí y le ponen ese rostro y ese nombre al tipo que muchos años atrás terminó la carrera de derecho con mención honorífica. Unos segundos después ese nombre y ese rostro son ya aquel compañero de generación encargado de decir el discurso de fin de carrera. Mi promedio de titulación no llegó a setenta y cinco. Por presión familiar, me inscribí en derecho después de cursar un año la carrera de letras hispánicas, que mi padre veía como una incuestionable pérdida de tiempo. Mi paso por la universidad puede reducirse a una permanente fiesta etílica. Proveníamos de mundos muy distintos: el mío era hostil y la escuela representaba una fuga; el de Alcázar, blando, amanerado... estudiar no era más que una consecuencia.

¿Por qué me busca Jorge Alcázar? ¿Y por qué ese nombre me provoca una ligera comezón en la desmemoria?

Otro retazo del pasado viene en mi ayuda: yo fui quien le presenté a Jorge Alcázar a su futura mujer en una fiesta. En la foto de perfil aparecen dos niños gemelos de mirada arrogante.

Supongo que son sus hijos. Después de ¿ocho, nueve años?, Jorge Alcázar me ha localizado gracias al Facebook y me propone un asunto. Trato de recordar la última vez que nos vimos.

Mientras hago memoria pongo a un lado la notebook y arrastro mi cuerpo hacia la cafetera de la cocina. Atravieso el campo de batalla de la reciente noche. Sherlock y Holmes dormitan en los sillones sin patas, desfondados, con las entrañas asomando como cabelleras por los incontables zurcidos. Los sillones ya estaban en la casa cuando la renté. El casero, en el anuncio, llamó a aquello «departamento amueblado». En realidad, Sherlock responde al nombre de Hipólito y Holmes al de Jaime. Los bauticé así porque son la antítesis del detective de la 221B Baker Street. Los tres trabajamos en una empresa de seguridad privada en Tijuana, SeguCop, que brinda sus servicios a empresarios y políticos de alto perfil. Después de dos semanas sin descanso, el jefe nos concedió un par de días francos. Nos encerramos en mi departamento con varias botellas de tequila y unas amigas bailarinas muy tristes de un triste antro a la vuelta de la calle.

Las manos me tiemblan por la resaca. Derramo parte del café en el fregadero que a esas alturas cultiva una peculiar fauna en guerra.

¿Cuándo y dónde fue la última vez que vi a Alcázar?

Como si mi hipocampo fuera preparando el terreno con una precisa selección de las experiencias remotas, me sacude una revelación: Jorge Alcázar es *ese* Jorge Alcázar.

Fue en el 2004, en la Agencia Primera Especializada en Delitos Sexuales de Hermosillo. Mi última comisión antes de que me dieran de baja en la Procuraduría. Han pasado ocho años desde entonces. Se me revuelven las tripas. En parte, por el exceso de alcohol, en parte, porque los exilios, con el tiempo, se convierten en una lavativa. Cuando el autobús cruzó el puente sobre el cauce seco del Río Colorado, Sonora se convirtió en un cementerio. Y de repente un fantasma en megabytes surge esta mañana de primavera, tibia y cachonda, en el apartado de solicitud de mensajes. Después de un largo preámbulo sobre los viejos tiempos, Jorge Alcázar consigna un número de teléfono celular y me pide que le hable porque tiene una muy interesante propuesta de trabajo para la que mi perfil es el indicado.

¡Hijo de puta!

Aunque en honor a la verdad, Alcázar solo hacía su trabajo. Lo sé, no me engaño. El entonces subprocurador Murrieta —unos meses después se convertiría en procurador— fue el que perdió los papeles y ante la exigencia de que rodaran cabezas, la mía no paró hasta llegar a este último rincón de la patria. Alcázar, de forma involuntaria, contribuyó a ello.

Estuvo buena la party, viejón.

La musculosa figura de Holmes aparece bajo el dintel de la puerta de la cocina. El ex policía federal es bajo, tiene un pecho taurino y unos brazos cuya circunferencia iguala a la de mis muslos. Su aspecto de gorila encaja a la perfección con su trabajo de gorila.

Luego te digo, cuando se me pase la pinche cruda y logre recordar algo.

¿Queda café?

Una madre.

Yo también quiero.

La cabeza de Sherlock asoma por encima de la de Holmes. Es más alto y de una gordura compacta, al estilo de un viejo luchador. Sherlock es originario de Tijuana, a diferencia de Holmes, que nació en Mazatlán. Boxeador de medio pelo en su juventud, portero de bares frecuentados por *marines* de la base de San Diego, acabó en la empresa de seguridad privada gracias a que uno de los gerentes es un primo lejano.

Los tres tomamos el café de pie, en la cocina, en precario equilibrio, vencidos por la mañana dulce y soleada, reinventando los atributos de nuestras amigas bailarinas. Luego Sherlock y Holmes se despiden y enfrentan juntos la luz del sol, inexorable a esas horas. Al día siguiente debemos reincorporarnos al trabajo.

La pequeña sala del departamento es un naufragio, un barco encallado en un arrecife de botellas vacías, ceniceros repletos de colillas, vasos rotos, cajas de pizza despanzurradas y condones usados. En ese momento me parece imposible recoger el desorden. Si pudiera, echaría algo de ropa en una mochila y cerraría la puerta de la casa sin volver la vista atrás. Decido postergar la tarea de limpieza hasta que mi cuerpo deje de ser una náusea temblorosa. Me encierro en el único cuarto que tiene el departamento.

En la notebook sigue abierta mi página de Facebook y el mensaje enviado por Jorge Alcázar.

Ocho años atrás, una joven estudiante universitaria acusó de violación al heredero de una de las más grandes fortunas de Sonora. La familia de la muchacha contrató al ya por entonces prestigioso despacho del abogado Jorge Alcázar. Como titular de la agencia de delitos sexuales de Hermosillo, creada tres años antes, atendí la denuncia e integré la averiguación previa. Las pruebas y el testimonio de la víctima eran bastante contundentes. Y Jorge Alcázar, en tanto abogado coadyuvante, se convirtió en un grano en el culo. No paró hasta asegurarse de que el expediente estuviera tan bien armado que ningún juez se atrevería a tumbarlo. También apeló a una supuesta amistad de estudiantes endeble y nebulosa. Los problemas empezaron porque un tío del presunto violador era un influyente político que hizo pesar sus relaciones en la Procuraduría. Un día llegó la orden de retrasar el proceso, de aguantar lo más posible la consignación. Obedecí, como todos los agentes obedecíamos cuando llegaban instrucciones de esa índole. Pero Jorge Alcázar se olió el chanchullo y denunció públicamente la dilación. El subprocurador Murrieta, para calmar los ánimos, me lanzó a los leones.

Contemplo el mensaje del Facebook unos segundos más y termino por ignorar el reclamo de ese emisario del pasado. Nada ni nadie me esperan en Sonora: solo la memoria del escarnio. Mis padres y mi hermana emigraron a Tucson antes de que estallara el pequeño escándalo. Mis amigos me dieron la espalda. Yo hubiera hecho lo mismo. Cuestión de supervivencia. Cuando se hunde el barco, todos saltan.

Intento dormir, pero la resaca me taladra el cerebro. La notebook, desde la java de madera convertida en buró de noche, azuza mi insomnio. ¿Ni siquiera voy a llamarle para mentarle la madre al menos? ¿Para darme el lujo de decirle que no? ¿Para recordarle lo hijo de su putísima madre que fue él, que fueron todos? ¿Temo que aquello que me proponga sea mejor que la porquería de vida que tengo en Tijuana y que me humille por segunda vez?

Las preguntas terminan en la taza del baño, en donde vomito hasta la bilis, como si llevara un lustro sin hacerlo, con encono y rabia. Después puedo al fin dormir.

2

Dos días después de recibir el mensaje, decido comunicarme con Jorge Alcázar. Es una decisión firme; a pesar de ello, lo primero que hago es postergar la llamada. Necesito reunir el valor suficiente para enfrentar un pasado que hasta este momento he conservado en formol. Me repito que no aceptaré ninguna oferta sin importar su naturaleza. Los motivos son otros: se trata de una cierta egolatría luego de ocho años de sentirme una mierda. Jorge Alcázar escribió en su mensaje: Pensé en ti porque tienes el perfil indicado, la experiencia y las motivaciones correctas. He dejado de ser un funcionario corrupto, esa reductora definición de un individuo, ahora tengo un perfil indicado para algo. Me intriga qué puede ser ese algo. Además, eso de «las motivaciones correctas» me sitúa en una dimensión ética que hasta ahora no creía merecer, al menos, a ojos de quienes conocen el asunto de la violación.

Por fin me animo a marcar al número que me indicó Alcázar. Han pasado cinco días desde la fiesta en el departamento. En el ínter me he sumergido en las obligaciones de un trabajo que me aburre. Tras el solemne título de supervisor de operaciones, se esconde una serie de monótonas tareas relacionadas con asegurar las operaciones de cada servicio asignado y la cobertura de las mismas de acuerdo al contrato establecido con el cliente; coordinar la toma de asistencia, llevar a cabo el monitoreo de las operaciones diarias y asegurar el cumplimiento de estas. Sherlock y Holmes son mis subordinados. El primero tiene asignada la seguridad del dueño de una empresa minera de Tecate. El segundo vela por uno de los principales magnates del juego en Tijuana. Sherlock y Holmes son dos buenas bestias de pasado oscuro y una dudosa lealtad que aún, para fortuna de los clientes, no ha sido puesta a prueba.

Qué pendejo: me equivoco dos veces al pulsar los diez dígitos previamente escritos en un pedazo de papel. En el estacionamiento de la empresa, apoyado en el cofre de mi Altima 2000 con placas de California introducido al país ilegalmente, marco por tercera ocasión. Entra la llamada, pero seis timbrazos más tarde, el buzón de voz. Cuelgo. No sabría qué mensaje dejar.

La noche se conforma con una leve brisa proveniente de Playas de Tijuana. Me gusta la serenidad de este turno, la engañosa sensación de que el mundo renuncia por unas horas a su dialéctica enloquecida. Son las 22:07. Acaba de entrar el horario de verano, gracias a lo cual ambas entidades empatan en el reloj. Alcázar posee costumbres monacales, especulo, por lo que me resigno a intentar localizarlo al día siguiente. Prendo un Camel. De repente la nostalgia se ha convertido en un perro de ojos suplicantes. Con la nostalgia a cuestas inicio el regreso a mi cubículo. Los automóviles de los empleados parecen afligidos, víctimas de un olvido irreparable, como todos los olvidos.

El mensaje de Jorge Alcázar ha logrado penetrar mis defensas, construidas durante ocho años con empeño militar. Hasta ahora me creía inmune a esos olores, sabores, palabras o rostros que estimulan la memoria. A veces los sueños me hablan del pasado, pero en cuanto abro los ojos me apuro a olvidarlos. La terca brisa que peina el estacionamiento y su aroma a salitre me transportan a Bahía de Kino, a una época en la que había una mujer hermosa y desafiante y un grupo de amigos, compañeros de la universidad, que celebraban la caída de la tarde con cerveza y papas fritas. Entre el grupo alcanzo a distinguir la cara de Jorge Alcázar, insulsa, boba, radiante porque recién se ha hecho novio de Dulce. ¿Qué hace Jorge Alcázar en mi recuerdo? ¿Alguna vez nos acompañó a la playa… a cualquier parte? Hasta ese instante Jorge Alcázar solo era uno de los tantos culpables de que me echaran de la Procuraduría. La historia que compartimos anterior al problema de la violación debería contarla otro.

Timbra mi teléfono. En la pantalla, el número que acabo de marcar. Dudo en responder. Si pulso el botón verde, terminaré de salir de una disciplinada amnesia que me ha permitido sobrevivir todo este tiempo en la última frontera del país. Tardo mucho en contestar. Por fin, el silencio brota del celular como una ráfaga de viento. Contemplo el aparato sobre la palma de la mano: una cajita negra, rectangular, inofensiva.

La última vez que hablé por teléfono con Jorge Alcázar fue unos días después de que me hubieran apartado del cargo. Me encontraba atrincherado en casa a la espera del resultado de la investigación de Visitaduría General. Mi mujer ya había comenzado a odiarme por solidaridad de género. Si me hubiera prestado a una tranza en otro tipo de asunto, lo habría entendido. No me chingues, la golpeó, la violó y la dejó tirada en un descampado y tú sales con tus pendejadas. Toda explicación de que eran órdenes directas del subprocurador imposibles de evadir fue inútil: empezaba a abandonarme. Me refugié en casa, incapaz de enfrentar a los escasos reporteros independientes que se interesaron en el caso, a los amigos, a los conocidos, a los vecinos. Cristina, mi mujer, ese día puso su celular entre mis ojos y las páginas de *El caso Molinet*, de Taibo II y Ronquillo. Es para ti, me espetó con una mueca que había dejado de ser de repulsión para convertirse en lástima. Al otro lado de la línea Jorge Alcázar se excusó por haber llamado a Cristina; había intentado localizarme toda la mañana en el teléfono fijo de casa y en mi celular. Luego me dijo que era consciente de que me habían puesto una trampa, que era un chivo expiatorio porque el asunto se les había salido de las manos; sentía mucho lo que me estaba pasando. Mi intención no era fregarte, pero tú sabes cómo es esto, me debo a mi cliente, y lo que querían hacer son chingaderas, me dijo.

Llego a la puerta trasera de las oficinas centrales de la empresa. Prendo otro cigarro. Localizo la llamada perdida. Aspiro con fuerza la lejana brisa marina, el humo, el silencio, y presiono la tecla verde.

Sí, ¿bueno? Licenciado Alcázar a sus órdenes.

Esperaba otro timbre de voz, uno menos acartonado, más parecido al que recuerdo o creía recordar.

¿Jorge? ¿Jorge Alcázar?

El mismo. ¿Quién habla?

Guardo silencio. Apenas unos segundos. Siento vértigo de pronunciar mi nombre.

¿Sí, bueno? No lo escucho. ¿Quién habla?

José González.

Al escuchar mi nombre, el que calla es él. Un silencio cauto.

¿Pepe Pitic?

Solo los compañeros de la universidad me llamaban así.

Ese mero. Cuánto tiempo, eh, Alcázar.

¿Pepe Pitic, el amigo de Dulce?

Bueno, pero qué traes. Te estoy diciendo que soy Pepe Pitic, carajo; fuimos juntos a la escuela, yo te presenté a Dulce en una fiesta en casa de Cristina.

Pepe, eres tú. Qué gustazo escucharte. Disculpa, pero es que… mejor luego te cuento… en corto. Qué bueno que hablas. No pensé que ibas a hacerlo… bueno, imagino que me llamas por el mensaje que te envié.

En parte. También quería saber cómo estás, miento. Y cómo está Dulce. Siguen casados, ¿no?

Infelizmente casados, sí, tenemos dos hijos, gemelos…

Los vi en tu foto de perfil… ¿son tus hijos?, me imagino.

Sí, así es, ese par de tremendos son mis hijos. Pero qué gusto, mi querido Pepe, no sabes cuánto me alegro. Hace una pausa y su tono festivo se vuelve apremiante. ¿Cuándo puedes viajar a Hermosillo?

¿Viajar a Hermosillo? No entiendo.

Es un asunto muy delicado, no puedo contarte por teléfono. Solo te puedo decir esto: te voy a pagar muy bien y es una gran oportunidad para joderte a quienes te arruinaron la vida, incluido al exgobernador si hacemos las cosas bien.

Estás loco, Alcázar, no voy a salir corriendo porque tú me lo pidas. Tendrás que decirme algo más.

Lo siento, Pitic, no puedo, sería una imprudencia. Tiene que ser en persona. Tómate un par de días, te vienes a Hermosillo, escuchas lo que tengo que proponerte y si no te interesa te regresas a… ¿en dónde vives? ¿Tijuana?

Así es, Tijuana.

Odio Tijuana. Por los gastos del viaje no te apures, los paga el despacho.

Calmado, lic. Después de ocho años me buscas y así, sin más explicación, ¿quieres que vaya a Hermosillo? ¿Pero quién te crees que soy? Te recuerdo que fuiste tú el que me jodió…

No sigas por ahí, Pitic. No me puedes culpar por lo que pasó. Tú sabes muy bien quiénes son los culpables y te estoy ofreciendo la oportunidad de fregártelos. Lo que te hicieron, comparado con el asunto que traigo, no es nada. Entiendo tu coraje, por eso pensé en ti. Hace otra pausa en la que me obstino en el silencio. Vamos a hacer algo. Te doy un día para que lo consideres. Si para mañana a estas horas no te reportas, no vuelves a saber de mí, te lo prometo. Pero una cosa sí te digo, después de lo que pasó no iba a contactarte para ofrecerte un asuntito. Es muy grande lo que tengo entre manos, necesito ayuda, y de veras estoy convencido de que eres el indicado. ¿Qué dices?

Mi primer impulso es gritarle que se vaya a la mierda con todo y su tonito de perdonavidas, su conciencia tranquila y su oportunidad de redención. Me contengo de nuevo. Tal vez a estas alturas de mi vida necesito ser redimido.

Está bueno, deja lo pienso y te hablo.

3

Es fácil olvidar la postración que provoca el desierto. La idea de que uno está fuera del tiempo porque las plantas, las rocas, los pájaros, irreductibles, estoicos, parecen inalcanzables por más que el autobús avance a noventa y cinco kilómetros por hora sobre una fantasmal línea de pavimento. Luego de ocho años atrincherado en la Sierra Madre Occidental, entre La Rumorosa y el Pacífico, entre cerros y playas, lluvia y primavera, la llanura agreste que se extiende a mi alrededor hace que me arrepienta de haberme subido diez horas antes en un TAP con destino a Hermosillo.

El amanecer me sorprende en Santa Ana. Hasta entonces, la noche se tragaba las dunas del Gran Desierto de Altar. Tras la ventana solo alcanzaba a ver una negrura salpicada aquí y allá por las luces pálidas de las rancherías. Un vacío inquietante que me indujo a un sopor del que salía cuando el autobús paraba en las centrales camioneras de pueblos que nada más son parte del itinerario de mi memoria: San Luis Río Colorado, Sonoyta, Caborca. Que están ahí para ser transitados, nada más.

Ahora, los rayos del sol naciente le dan vida a esa geografía de choyas, mezquites, saguaros, ocotillos, gobernadoras. Al evocar los nombres, sin quererlo, crece en mí un sentido de pertenencia que creía haber perdido, incluso, del que pensaba carecer. Como si antes de mi exilio, nacer y crecer en Hermosillo hubiera sido una mala jugada del destino. Muchos de mis amigos compartían ese sentimiento de desapego. La vida siempre estaba en otra parte allende la frontera: Tucson, Phoenix, Yuma, lugares a los que pretendíamos tener derecho porque la existencia en ese pedazo de desierto era como una broma de mal gusto.

Hermosillo está a una hora cuando mucho. El autobús sortea los baches de la Cuatro Carriles con una monotonía pertinaz. En mi boca pastosa de sueño el aliento es nauseabundo. Le doy un trago a la botella de agua que compré en Mexicali. Me urgen un café y un cigarro. El último lo fumé en San Luis Río Colorado, cinco minutos. Extraigo de la mochila arrumbada en el asiento vecino —afortunadamente vacío— un ejemplar de bolsillo de Alianza Editorial de *El valle del terror*.

«Holmes tenía la alegría imprecisa de un verdadero artista en su mejor trabajo, incluso mientras se lamentaba oscuramente cuando caía debajo del gran nivel al que él aspiraba. Aún se reía muy discretamente cuando Billy abrió la puerta y el inspector MacDonald de Scotland Yard fue conducido al cuarto».

Me cuesta concentrarme en la lectura. Al interior del autobús el silencio es casi perfecto, pero divago entre el paisaje y la memoria que va reconstruyendo los accidentes de la ruta.

«Esos eran los primeros días a finales de los 80's cuando Alec MacDonald estaba lejos de haber alcanzado la fama nacional que ahora ha alcanzado. Era un joven, pero confiable, miembro del departamento de detectives, que se había distinguido en varios casos que se le habían encomendado».

Durante el tiempo que he vivido en Tijuana no he regresado a mi tierra ni con el pensamiento. Aquella noche de noviembre de 2004 abordé un TAP igual a este con una mochila y un ejemplar de *El hombre que miraba pasar los trenes*, de Georges Simenon, con cuyo personaje, en esas circunstancias de mi vida, me identificaba plenamente. Nadie fue a despedirme. Visitaduría General concluyó que había incurrido en dilación de la justicia y en uso indebido de atribuciones, pero el subprocurador Murrieta, consciente de la amenaza que representaba si abría la boca, me ofreció una discreta renuncia y una aceptable compensación económica para esconderme durante un tiempo en otra parte. Acepté. Si alguien sabía de las consecuencias de desafiar a una maquinaria aceitada para simular, fabricar pruebas y degollar chivos expiatorios, era yo. ¿Por qué Tijuana? Tal vez por el clima, harto de vivir en ese horno implacable. Mi familia, en Tucson, no tiene papeles. La idea de partirme el lomo en la construcción por cinco dólares a la hora, como mi padre, me deprimía tanto como mi nueva condición de paria.

Me parece reconocer a lo lejos los cerros que anuncian la cercanía de la caseta de cobro de Pesqueira. Pero aquello es un acertijo imposible. Todos los cerros en lontananza son el mismo cerro. Unos minutos después dejamos atrás la desviación a Carbó. Un orgullo pueril me colma el pecho: Hermosillo me aguarda cerca. De la modorra amaneciente paso a una excitación que parece crecer con cada kilómetro recorrido. Me adelanto al autobús, impertérrito en su marcha, e imagino el bulevar Enrique Mazón López con sus maquiladoras y universidades privadas, paralelo a la vía del tren; y el desvío en el Periférico Oriente, antes de cruzar la zona hotelera, para tomar Circunvalación y reconocer los campos secos y descuidados de la unidad deportiva, el parque La Sauceda, que en mi memoria es aún ese pequeño orgullo de pequeña ciudad con aspiraciones pero que ahora luce abandonado, maleza y basura, constato desde la ventanilla.

Entro en la Central de Autobuses, en el bulevar Encinas, como un extraño, un visitante desorientado, a esa hora en que la urbe apenas bosteza. Y no es hasta que diviso el cerro de la Campana, que se yergue a mis espaldas con sus antenas de Televisa en la cima como apéndices de un insecto, que tengo cabal conciencia de que he llegado al lugar donde nací cuarenta y dos años antes. Estamos en el mes de abril de 2012. Las calles de la ciudad despiertan empapeladas con la propaganda electoral de los candidatos a diputados, senadores, alcalde, presidente de la República; huellas de una politiquería que me asquea, que no me interesa, como a la mayoría de los habitantes de esta ciudad, de todas las ciudades, exhaustos ya de las traiciones de unos y otros.

Tomo un taxi y le pido al chofer que me lleve al hotel Kino, un viejo hotel que ha visto días de gloria pero que en este momento, como buena parte del centro, padece los estragos de los especuladores que reinventan la ciudad en otra parte. Casas semiderruidas —escombro vivo, bocas abiertas y sin dientes que expulsan mendigos adictos al cristal— cercan al hotel. Pude haber elegido un mejor hospedaje, en la zona hotelera, por ejemplo, Jorge Alcázar paga; pero el Kino se encuentra muy cerca del despacho del abogado, con lo que me ahorro depender de un transporte público inservible, según recuerdo.

Al día siguiente de la conversación que mantuve con Alcázar, casi a punto de que terminara el plazo, me reporté nuevamente: aceptaba ir a Hermosillo y escuchar su propuesta sin ningún compromiso, le dije. Lo de ponernos al día, saludar a Dulce y conocer a los niños quedó descartado de inmediato. No era mi intención reactivar una vida social que durante todo ese tiempo me había condenado al silencio. ¿Entonces por qué lo hacía? El impulso de conocer la propuesta de Alcázar obedecía tal vez al deseo de dejar de vivir con miedo. Mi compañero de universidad había puesto en el momento exacto la zanahoria delante de mi furia, hasta ese día reprimida. En el transcurso de las veinticuatro horas que me dio para decidir si acudía o no al llamado, me vi en el espejo y enfrenté un rostro desfigurado por la indolencia, la sumisión. Había huido, puesto mil kilómetros de por medio, para lamerme las heridas mientras repartía culpas chillando como un niño en su primer día de escuela.

Concluí que mi vida estaba hecha de muchas cobardías. Mala cosa la esperanza.

El recepcionista me asigna una habitación mohosa, de muebles gastados y alfombra sucia. Ya que he colgado el único cambio de ropa en un clóset tenebroso, guardado la notebook en un cajón y puesto el ejemplar de *El valle del terror* sobre el buró de noche, le hablo a Jorge Alcázar. Con una voz percudida por el café, por las pocas horas de sueño, una voz que necesita insultar, explotar en un grito, el abogado me pide que vaya a su despacho de inmediato, no hay tiempo que perder.

4

Una casa solariega en la colonia Centenario alberga el despacho de Jorge Alcázar. La estirpe de ese barrio en el corazón de la ciudad muestra grietas, hendiduras, arrugas, pero aún conserva cierta dignidad. En su origen, los apellidos más ilustres de Hermosillo se asentaron en esas calles: una oligarquía vetusta que a mediados del siglo xx desertó al norte de la ciudad, fundando la colonia Pitic. Las casonas todavía exhiben su dosis de orgullo, una petulancia derrotada por el bullicio de una urbe que ha dejado de ver en sus fachadas cualquier símbolo de grandeza; vencida por fraccionamientos construidos en torno a campos de golf.

La casa presume de un jardín cultivado con fervor, se nota, y paredes remozadas que mantienen cierta esencia secular, pero que al mismo tiempo transmiten una idea vaga de modernidad. Un camino empedrado me lleva hasta la puerta de doble hoja, roble seguramente, abierta al público. La recepcionista posee esa belleza sonorense que suele desconcertar a quien no la conoce: un poco fría, distante, de sensualidad forzada.

Jorge Alcázar no me hace esperar. En cuanto la mujer descuelga el teléfono y anuncia mi presencia como quien nombra una enfermedad venérea, el abogado sale a mi encuentro y nos fundimos en un abrazo sin memoria, dejándome la sensación de haber recibido un puñetazo en la quijada.

Estás más gordo y más feo, Pitic.

Jorge Alcázar, por el contrario, luce casi atlético, vigoroso. La expresión despistada de su rostro ha dado paso a un cierto aire intelectual. Cosa de entrenadores personales y autoayuda, me imagino.

Vente, vamos al despacho. Que no nos moleste nadie, por favor, Mónica.

Mónica es el nombre de la mujer caballuna, deseable, lejana como toda recepcionista.

Siéntate.

¿Puedo fumar?

¿Aún conservas ese vicio? ¡Qué retrograda! Haré una excepción por ser tú. Utiliza esto de cenicero.

El abogado pone en el centro del escritorio un vaso de cartón que aún contiene un dedo de café. Prendo un Camel. El despacho de Jorge Alcázar es señorial aunque austero. Al fondo, un juego de sillones de piel sintética color chocolate. Al centro, la gran mesa de cristal pulido. Sobre esta, una laptop Apple, una Blackberry, un juego de plumas Mont Blanc y un fólder grueso forman un diseño de trazos neuróticos.

Tú dirás de qué se trata el trabajo por el que me he puesto una friega de diez horas en camión.

¿Sin preámbulos? ¿Así, directo al grano?

Luego habrá tiempo de ponernos al día.

De acuerdo. Pero una cosa sí te digo, si aceptas mi propuesta, en algún momento tendremos que aclarar lo que pasó. Y Dulce tiene muchas ganas de verte, cuando le dije que venías se puso loca de contenta.

Si acepto… es lo justo.

No hay nada que aclarar, me digo: Alcázar hizo la apuesta correcta, el resto es ponzoña.

¿Qué sabes de la guardería ABC?

La pregunta me toma desprevenido.

Que se quemó.

¿Es todo?

Y que se murieron cuarenta y tantos niños.

Cuarenta y nueve para ser exactos; y ciento cuatro quedaron con lesiones crónicas. ¿No has seguido el caso?

La verdad, no. Supe del incendio por lo que dijeron en los medios, poco más. Cuando me fui, una de las cosas que hice fue ignorar todo lo relacionado con Sonora.

Entiendo.

No, no entiende, puedo ver en sus ojos el reproche y la condescendencia.

Lo dudo. No creo que sepas lo que es odiar a una abstracción.

Jorge Alcázar se encoge de hombros y sonríe.

Represento a un grupo de padres de la guardería. No a todos. Algunos eligieron el camino de la lucha civil; quienes contrataron los servicios de mi despacho optaron principalmente por la vía judicial.

El abogado empuja el grueso fólder que descansa sobre la mesa hacia mí y lo apuntala con un gesto del mentón.

Te he preparado un resumen de todas las diligencias que hemos hecho hasta ahora. Me gustaría que lo leyeras antes de tomar una decisión. Ya que te empapes del asunto, me dices si aceptas o no. No te he llamado como abogado, tengo un buen equipo que está haciendo un gran trabajo. Pero estamos rebasados por el montón de asuntos que llevamos, gracias a Dios. Te necesito como investigador. Por tu experiencia como ministerio público en la Procuraduría conoces muy bien los entresijos del sistema.

Ahora ya sé cuál es mi perfil según Jorge Alcázar, defensor de las causas perdidas: un sabueso con la necesaria dosis de rabia.

¿Y todo eso de la oportunidad de meter al bote a quienes me jodieron?

Lee el expediente que te preparé y entenderás por qué lo digo. Mira, sé que en parte me culpas por aquello y no dudo que no haya tenido un grado de responsabilidad. La verdad, pensé que estabas metido hasta el cuello y no me importó que te llevaran entre las patas. Todos estos años me he sentido mal porque pude actuar de otra forma, quizás hubiera podido advertirte. Te estoy ofreciendo la oportunidad de hacerte justicia y, de paso, que me ayudes en este asunto que es muy grande.

¿Te estás disculpando?

Tómalo como quieras.

Dime la verdad. ¿Por qué yo? Han pasado ocho años en los que no supe nada de ti, y de la nada, me buscas para darme trabajo en el asunto más importante de tu carrera. ¿Por qué?

De acuerdo, ¿quieres saber la verdad? Fue Dulce la que me convenció. Cuando le comenté que necesitaba a alguien que nos ayudara con el asunto de la guardería y que no encontraba a quién, después de barajar algunos nombres, dijo el tuyo. Al principio la tiré de a loca, pero ya conoces a Dulce, no paró hasta convencerme. De hecho, ella fue la que te buscó en Facebook. Cuando te mandé el mensaje y la solicitud de amistad, te soy sincero, no pensé que contestarías. Pero resulta que aquí estás, ocho años después, lo que me parece estupendo, lo veo como una buena señal.

Sin darme cuenta, he cogido el fólder del escritorio y ahora lo sostengo entre las manos como si fuera una tabla de salvación. No sé qué hacer con él. Un sentimiento de pudor me impide regresarlo a la mesa.

¿Qué pasó con el violador?

Jorge Alcázar hace un gesto de amargura, una mueca de asco que anticipa la respuesta.

Con el escándalo mediático logramos que el eme pe que entró en tu lugar consignara el expediente por el delito de violación y violación equiparada, con el consabido discurso de Murrieta, ya en ese momento procurador, de que no había cabida para la impunidad, etcétera. El sujeto llegó a pisar la cárcel, pero su abogado promovió un amparo. Lo ganaron. Ya sabes, violaciones al debido proceso, pero realmente fue por influencias y presiones al juez. Propuse apelar, para entonces la familia de la víctima y la propia víctima ya no soportaban la humillación y desistieron.

Cuando termina de hablar, Jorge Alcázar ha envejecido diez años. La máscara con que me recibió se va agrietando poco a poco ante mí. Alcázar también ha aprendido a odiar a una abstracción.

Pero eso no es nada comparado con lo que les han hecho a los padres de estas pobres criaturas. Si en algún momento el pinche sistema que tú y yo conocemos tan bien tuvo oportunidad de probar que tenía un resquicio de decencia, fue al día siguiente del 5 de junio de 2009. Pero no lo hizo. Al contrario, demostró que puede ser mucho peor de lo que creíamos. Lee el expediente que te preparé. Léelo con cuidado. Mañana te espero a la misma hora y me das tu respuesta. Dudo mucho que vayas a rechazar mi oferta. En cuanto a lo económico, te pagaría el doble de lo que ganas ahora en esa empresa de seguridad.

Pinche Facebook, nada deja para el misterio.

5

Con el fólder bajo el brazo, me encamino al café Elvira, en el mercado municipal. Sus burritos de machaca y carne con chile colorado han despertado en mí una querencia olvidada. El reloj marca las diez de la mañana. La ciudad es barrida por los vientos que la recién finalizada Semana Santa, como cada año, convoca. Rachas violentas y remolinos que forman espirales de tierra y basura estremecen los árboles del bulevar Hidalgo. Dejo atrás el edificio del Ayuntamiento. Atravieso Rosales. Casi me atropellan. Algún funcionario ha tenido la ocurrencia de convertirla en una avenida de un solo sentido, de norte a sur. Luego cruzo Pino Suárez y me sumerjo en el bullicio cumbianchero del centro, congestionado de autobuses de línea destartalados, camiones de reparto, automóviles, paseantes. Los ruidos apagados de la colonia Centenario, al cruzar esa frontera imaginaria, explotan en un concierto de voces mercachifles y música estridente.

El café Elvira, ubicado en el pasillo oriente del mercado, consiste en un corredor con sendas barras de azulejos a los costados y unos pequeños bancos. Permanece exactamente igual a como lo recordaba, a como es desde 1936, año de su fundación. Tengo la sensación de que están los mismos parroquianos de la última vez que puse un pie ahí, ocho años atrás, atornillados a los bancos con el café en una mano, el periódico El Imparcial extendido sobre la barra y un plato con un par de burritos a un lado.

Encuentro un banco desocupado, dejo el fólder sobre la barra y pido un café con leche y un burro de machaca. La leche y el café entran en colisión en una taza Art Déco de porcelana y el aroma a combate termina por asentarme en el pasado.

No le mentí a Alcázar. Llevaba cinco años en Tijuana cuando la noticia del incendio que arrasó con una guardería en Hermosillo ocupó las portadas de los periódicos y los encabezados de los noticieros de radio y televisión. La palabra tragedia se multiplicó por esos días y los números horrorizaron al mundo entero. Recuerdo que la indignación no pasó de un ímpetu momentáneo que fue apagándose cuando la maquinaria echó a andar la trituradora del silencio: comisiones investigadoras, fiscalías especiales, diputados, senadores, altos funcionarios, ministros de la corte gesticulantes que se meaban y cagaban en los cuarenta y nueve niños muertos. Seguí la noticia con la misma indiferencia que si el hecho hubiera ocurrido en Afganistán. En ese momento todo lo que oliera a Hermosillo, a Sonora, me quemaba las entrañas en un incendio personal, mezquino, intransferible. Me alegré de que el delfín del gobernador Bours, Alfonso Elías, perdiera las elecciones frente a su primo Guillermo Padrés a causa del incendio en la estancia. Una alegría amarga, pueril, intrascendente, a tenor de los resultados postreros. Durante los siguientes años surgían de repente noticias relacionadas con el incendio, cada vez más escondidas, más enterradas bajo la guerra contra el crimen organizado iniciada por el presidente Calderón. ¿Cómo podían competir cuarenta y nueve chiquillos calcinados en una guardería con fosas de centenares de sujetos torturados y batallas campales en las calles de Monterrey, Ciudad Juárez, Morelia, Reynosa, Torreón, Culiacán, Veracruz, Acapulco? La letra zeta se convirtió en el ogro imprescindible.

La machaca del café Elvira golpea mi paladar. Siento una descarga de sabores lujuriosos. La textura de la tortilla de harina me conmueve tanto que hago a un lado el plato para contener la emoción. La señora que me ha atendido, tal vez nieta de doña Elvira, me contempla de reojo del otro lado de la barra con una sonrisa socarrona.

Cómo la ve, joven, no hay mejor machaca que la nuestra, ¿verdad?

Asiento en silencio. La señora se ocupa con un cliente y yo, por hacer algo, abro el fólder. El primer documento es la copia del peritaje técnico de un tal David Smith, director de Associated Fire Consultants Incorporated, con sede en Tucson, Arizona. Trato de concentrarme en la lectura, es imposible. Los ruidos del mercado hacen que las letras bailen ante mis ojos. Los significados de las elaboradas frases llenas de tecnicismos se pierden entre las voces que me rodean.

Disculpa, hace rato que te estoy mirando, ¿no eres José… este… José… González, creo? ¿No estudiaste derecho en la Unison a mediados de los noventa?

Un sujeto con un sombrero Panamá, rostro cacarizo en forma de piña y unos ojos mortecinos, peligrosos, se me ha acercado por la espalda. Cierro el fólder de un golpe y me pongo en pie.

¿Nos conocemos?

Sí eres, ¿verdad? Claro que nos conocemos, llevamos juntos varias materias. Soy…

Dice un nombre que no quiero ni puedo retener. Lucho contra mi memoria adiestrada para el olvido tratando de ubicar al tipo en algún salón de clase de aquella época; acostumbraba a convivir más con los alumnos de letras que con los de derecho.

Estás igualito, compa. ¿De veras no me recuerdas?

Sí, sí, como que me voy acordando, miento.

Eras novio del cuerazo de Cristina, ¿verdad? Luego supe que se separaron. Por cierto, lo siento.

¿Qué es lo que sientes?

Lo de Cristina.

¿Le pasó algo?

¿No lo sabes? Hace unos meses se volvió a casar con un funcionario del gobierno, un subsecretario de Hacienda o algo así. Veo que no estabas enterado.

Trato de controlar la paranoia. El cabeza de piña este no se trata de ningún agente enviado por el gobierno para espiarme. Parece sincero. El café Elvira siempre ha sido frecuentado por abogados y politiquillos, no tiene nada de extraño que me haya topado con un compañero de generación. De todas formas, sigo sin recordarlo, así que pretexto un compromiso urgente, pago de prisa la cuenta y me despido con vagas promesas de rencontrarnos.

Escucha, José, solo quiero decirte que estuvo muy gacho lo que te hicieron en la Procu.

Pronuncio un gracias sumiso, inaudible, y salgo de ahí casi corriendo.

Enfilo la Serdán hacia el poniente buscando la sombra de los edificios. La temperatura aún no alcanza su celebridad, pero esa mañana de abril ya ronda los treinta y cinco grados. Después de ocho años en el clima mediterráneo de Tijuana, la lujuria del sol del desierto me chupa las entrañas. Los viandantes desafían los rayos con la carne expuesta sin complejos, sobre todo las mujeres: carne joven y vieja, tersa y arrugada, bruñida o transparente, pieles luminosas contenidas en breves shorts, minifaldas y blusas ombligueras.

Ay, Cristina, falsa, pérfida, anhelada Cristina. ¡Un subsecretario de Hacienda panista! Me la imagino copetuda, rellena de toxinas botulínicas y silicón. Muñeca inflable de nariz respingona, cabello dorado, tetas y culo opulentos, asomada al mundo desde la altura de una Suburban o una Hummer, inmune al sudor de una ciudad que parece desmoronarse. Ay, Cristina, ¿cuántas veces podemos traicionarnos?

Giro a la izquierda en Pino Suárez rumbo al hotel. Cambio de brazo el fólder, los dedos han dejado un rastro de sudor en la superficie de la carpeta como el zarpazo de un oso. Tengo ganas de encerrarme en la habitación, prender el aire acondicionado, ruidoso y tartamudo, y estudiar el expediente que me ha preparado Jorge Alcázar. De cualquier forma rechazaré la propuesta: los fantasmas de esta ciudad me acechan desde todos sus rincones.

6

El resumen elaborado por Alcázar es preciso, claro, ejecutivo. Traza los principales aspectos de las dos teorías existentes del origen del incendio.

La primera, la oficial: el cortocircuito en uno de los cables del viejo *cooler* (un arcaico aparato enfriador) de la bodega de la Secretaría de Hacienda del Gobierno del Estado, anexa a la guardería. El cortocircuito provocó una chispa que habría caído en un archivo repleto de documentos. Los miles de papeles y cajas de cartón almacenados en el lugar fungieron como propagadores de las llamas que alcanzaron a la guardería en cuestión de minutos. Un muro de bloques de concreto sin relleno separaba la bodega de la estancia infantil. Ambos espacios compartían un techo de doble agua fabricado con lámina galvanizada, cubierto en la parte inferior por poliuretano sin aislante. Entre el techo y el muro divisorio se extendía una canaleta que funcionaba como desagüe. El fuego encontró esa vía de escape para cruzar a la guardería. Las llamas quedaron atrapadas entre el techo, el falso plafón y una lona de plástico que decoraba el espacio como si fuera la carpa de un circo. Plafón y carpa cedieron por las llamas y el humo negro concentrados y una lluvia de fuego se abatió sobre las cabezas de los ciento cincuenta y tres bebés que en ese momento tomaban la siesta.

Desde el principio, un grupo de padres, organizado bajo el nombre de Manos Unidas, receló de la versión oficial. Jorge Alcázar, su representante legal, a finales de 2009 contactó a un perito especialista independiente: David Smith. El peritaje concluía que el incendio en la bodega de Hacienda había sido intencional.

El director de la Associated Fire Consultants Incorporated señalaba en el informe final que el papel contenido en las cajas del archivo se consumió en su totalidad. Según su criterio, este fenómeno sería extraordinario, ya que es extremadamente difícil quemar por completo una pila de papel, debido a su masa y a la falta de oxígeno en el interior de la misma. El fondo de las cajas estaba parcialmente consumido en una patente irregular, consecuencia de la aplicación de aceleradores químicos. Para David Smith, las patentes observadas eran consistentes con la aplicación de algún tipo de líquido de ignición. El experto contratado por Alcázar llevó a cabo la inspección siete meses después del incendio, lo que le imposibilitó realizar estudios de laboratorio para determinar qué tipo de líquido se había utilizado. La escena del crimen no había sido preservada según los mínimos protocolos. El peritaje Smith descartaba una falla en el sistema eléctrico, base de la teoría que señala al *cooler* como culpable, pues los interruptores se encontraban apagados en el momento del incendio. Este aspecto fue señalado en su momento por los empleados de la bodega ante el Ministerio Público, pero lo ignoraron. Me imagino al fiscal encargado de la averiguación previa desechando el testimonio de los trabajadores sin otro argumento que la orden llegada de arriba. Siento lástima por el pobre sujeto. Conozco de sobra la presión a la que pudo ser sometido, el deseo desquiciante de quedar bien con los superiores, obedecer sin chistar, arrastrarse como un gusano, lamer la suela de los zapatos con una sonrisa servil, la promesa de un futuro brillante. Tal vez los remordimientos nocturnos, el sueño en sobresaltos, la furia contra los hijos, la mujer, si los había, la convicción de que la inmovilidad es la única estrategia para sobrevivir a la zozobra. En asuntos como el de la guardería, expuestos al público, el sistema —acostumbrado a actuar en las sombras— se pone muy nervioso, un toro de lidia en medio de la plaza, impredecible.

El peritaje concluye que el incendio se originó junto al muro divisor entre la bodega y la guardería, donde había anaqueles de acero que guardaban cajas repletas de documentos oficiales. Ahí estableció David Smith el inicio del fuego, ahí encontró el especialista las huellas de aceleradores químicos, el rastro de una llama aplicada directamente, todo lo cual descarta un origen accidental.

Jorge Alcázar señala en el resumen que en agosto de 2011 el especialista ratificó el peritaje ante el Juzgado Primero de Distrito. Para entonces, la PGR había ejercido la facultad de atracción y el asunto se dirimía en los juzgados federales. Un año antes, en junio de 2010, el propio Smith había presentado sus conclusiones ante el Ministerio Público de la Federación, las cuales fueron incorporadas a la averiguación previa, con la promesa de abrir una línea de investigación bajo la perspectiva del incendio provocado. El abogado subraya que la PGR no ha movido un solo dedo en esa dirección.

Jorge Alcázar ilustra en su relatoría que no todos los padres de familia aceptaron de buen grado la teoría del incendio provocado. Los agrupados en el Movimiento Cinco de Junio siempre han defendido el origen accidental del incendio y han apuntado las baterías en dirección de los dueños de la guardería, cuyos lazos parentales con la primera dama del país, Margarita Zavala, y la entonces primera dama del estado, Lourdes Laborín de Bours, los han librado de toda culpa; y de las autoridades del IMSS, del municipio y del Gobierno del Estado, por los delitos de omisión, negligencia e incumplimiento de las medidas de seguridad. Alcázar aclara que el hecho de demostrar la intencionalidad del incendio no exculpa ni a los dueños ni al IMSS ni a las autoridades locales, simplemente permitiría recalificar el delito de culposo a doloso, por lo que los posibles responsables no se librarían de pisar la cárcel con una fianza, como ha ocurrido.

El Movimiento Cinco de Junio, que decidió llevar la exigencia de justicia al terreno de la lucha civil, tuvo su momento de mayor esperanza cuando la Suprema Corte de Justicia de la Nación aceptó —después de un episodio de estira y afloja entre los ministros integrantes— ejercer la facultad de investigar el incendio bajo el argumento de que las autoridades encargadas habían sido rebasadas y existía evidencia de que habían sido violadas garantías individuales.

Los padres integrantes del Movimiento Cinco de Junio llegaron a creer que el máximo órgano de la justicia respondería al reto de establecer un paradigma —negado hasta entonces— por el homicidio de cuarenta y nueve niños.

El informe final elaborado por la comisión especial no los defraudó, pero el pleno de la Corte votó en contra del mismo.

Los ministros María del Rosario Cota Cienfuegos y Carlos Ronzón Sevilla fueron los encargados de realizar la investigación. El informe, no vinculante a juicio, pero que podría tener la fuerza moral y política de poner al descubierto la trama de complicidades y corrupción en el sistema de subrogación de guarderías del IMSS, concluía que dicho sistema era ilegal, que existía un desorden generalizado en el otorgamiento de los contratos y en la operación y vigilancia de las estancias, lo cual derivó en la muerte de los niños de la guardería ABC. También señalaba a responsables hasta ese momento exculpados: Juan Molinar Horcasitas, Daniel Karam, Eduardo Bours Castello, Ernesto Gándara Camou, entre otros.

El proyecto de dictamen que se sometió al pleno de la Corte lo redactó el ministro Arturo Zaldívar. Su contenido fue considerado histórico pues ratificaba la responsabilidad de los intocables.

«Es necesario un nuevo paradigma en la cultura política, a efecto de entender en la vida práctica y no solo en el discurso, que ostentar un alto cargo público es más que un privilegio una responsabilidad que debe honrarse todos los días; que para el respeto pleno de los derechos fundamentales en México no hay excusa ni pretexto, por lo que toda acción u omisión graves deben ser señaladas y tener consecuencias», expresaba el ministro aquel 14 de junio de 2010.

Pero tres días después, la mayoría de los once ministros de la Corte aprobó un dictamen en el que se libraba de toda responsabilidad a los funcionarios de alto nivel, se confirmaba la legalidad del sistema de subrogación y en el que dejaban afuera el peritaje Smith y, por ende, la posibilidad de calificar el incendio como intencional.

A tres años de la peor tragedia infantil registrada en México, como ha sido calificada desde entonces, Jorge Alcázar establece en el documento que poseen nuevos indicios de que alguien ordenó el incendio en la bodega. Me ofrece el trabajo de investigar y verificar estos indicios para obtener pruebas que obliguen a la PGR a seguir esa línea en la averiguación previa.

Una estrategia desesperada. La falta de memoria, de tiempo y el talento del sistema de justicia mexicano para la acinesia, a estas alturas, han condenado el incendio de la guardería al silencio. Lo que me pide Jorge Alcázar es quijotesco, incluso, patético. Ha sido una pérdida de tiempo venir a Hermosillo. Al día siguiente regresaré a Tijuana, un lugar en el que nunca he podido llorar de amor, me consuelo.

7

Al terminar de leer el resumen del abogado, descubro que tengo un hambre salvaje. Son las seis de la tarde y el burrito de machaca se ha convertido en un recuerdo. No muy lejos del hotel, sobre la calle Cucurpe, que asciende al cerro de la Campana, solía haber una taquería a la que íbamos al terminar el turno en la Procuraduría, ubicada a dos cuadras largas de ahí.

Aún existe.

El mismo güero bigotón, alto y desgarbado, con cierto aire mongoloide acentuado por los años, sigue preparando los mismos tacos cuya carne condimenta en exceso y remoja en su jugo en lugar de apenas dejar que las brasas la besen. Legendarias taquerías las hay por toda la ciudad, pero una pereza cobarde me impide recorrer un itinerario que amenaza con haber cerrado sus puertas. Engullo un par de quesadillas con diezmillo. Sé que voy a arrepentirme. Las acompaño con una soda de fresa dulce como un pan de muerto. En el último año mi estómago ha comenzado a colgar por encima del cinturón. Mi dieta sigue siendo tan desastrosa como siempre, pero al llegar al cuarto piso mi metabolismo ha caído en un sopor suicida.

Regreso al cuarto de hotel caminando como un paquidermo, no tanto por la comida sino por el examen de los pros y los contras de la propuesta de Alcázar. Ante mí, los caminos que deberé transitar si acepto el encargo, las cloacas en las que tendré que sumergirme, la sórdida impunidad de los habitantes de esas cloacas, su miseria moral, su cinismo. En oposición, la plácida existencia que tengo en Tijuana, la entrañable simpleza de Sherlock y Holmes, la vida sin expectativas: trabajar, comer, dormir, coger, trabajar, comer, dormir, coger, trabajar, comer, dormir, coger con putas, amigas ocasionales que se cuelgan de un tubo hasta que la gravedad y los años las derriben para siempre y a mí con ellas.

He llegado a la habitación.

Prendo la notebook, me conecto al WI-FI del hotel, lento y espasmódico. En el Google escribo el nombre de mi ex y las palabras boda, subsecretario de Hacienda. El enlace ocurrió menos de un año antes. Sendas notas en la sección de sociales del Expreso y de El Imparcial dieron cuenta del acontecimiento. Al fondo de una de las fotos, la fachada neogótica de la catedral de la Asunción le proporciona a mi ex un aire de arpía de cuento de hadas enfundada en un vestido blanco de diseñador. Lujo y boato en todas las imágenes en las que un novio pingüino, bajo y calvo, se cuelga del brazo de la esbelta figura de Cristina. El surrealismo de las gráficas se acentúa a causa de sus protagonistas: la clase política sonorense, devota del dinero y de María. El anciano arzobispo emérito de Hermosillo, Carlos Quintero Arce, fue uno de los invitados especiales al enlace. El mismo que, según el informe de Alcázar, redactó tres años atrás una carta exonerando a los dueños de la guardería de cualquier culpa, pues eran honorables ejemplos de cristianismo. Cartas parecidas escribieron la ahora candidata al senado Claudia Pavlovich y otros miembros de la élite política y empresarial. Cristina sobresale de entre todos ellos por su belleza silvestre, ajena a los afeites del dinero. En algún rincón de las crónicas la mencionan como funcionaria del Instituto Sonorense de la Mujer. Sonrío derrotado. Cristina, cuando era estudiante de derecho, fue una de las feministas más combativas de la facultad. Quería ser abogada para transformar las leyes patriarcales y misóginas que reducían a la mujer a una mera posesión. Era una jovencísima recién egresada el día que se incorporó al colectivo que impulsó la creación de los institutos de la mujer. La deseaba tanto como la despreciaba cuando se montaba en su discurso feminista, gesticulante, implacable. La lucha interna que libró al saber que su marido estaba envuelto en un escándalo en el que la Procuraduría pretendía solapar la violación de una muchacha, la fue consumiendo a tal grado que, al final, el paso definitivo lo di yo, convertido para entonces en un saco de culpas, propias y ajenas.

Cierro las páginas de internet y apago la notebook.

Esa noche duermo poco y mal.

Después de vivir ocho años bajo la anestesia de la desmemoria, siento que despierto de un sueño enervante, carente de imágenes, para adentrarme en una pesadilla cuyo principal efecto radica en que estoy perfectamente despierto.

Me masturbo evocando a una Cristina a la que poseo en la sacristía, justo después de la boda, apenas levantándole la vaporosa falda de sesenta metros de tul de seda. Después de eyacular en la soledad de aquel criadero de cucarachas, me invade una sensación de inutilidad. La memoria no es más que eso, una inútil herida que no cicatriza. Prendo un cigarro y continúo con la lectura de *El valle del terror* con la esperanza de que la suficiencia del detective inglés me venza. A los quince minutos los párpados se convierten en plomo. Apago la luz, dejo la novela sobre el buró y abrazo la almohada.

Pero esa noche, como hace mucho tiempo no me pasa, no puedo conciliar el sueño. Me arrepiento de no haber comprado una botella de tequila y beber hasta caer inconsciente. No quiero presentarme al día siguiente en el despacho de Alcázar destilando por los poros agave fermentado. Recibo impaciente el amanecer, como si la luz del nuevo día fuera a resolver mis contradicciones. Me demoro en la ducha que me doy bajo la vigilante mirada de una cucaracha detenida en el alfeizar de la pequeña ventana. Me demoro en el desayuno: huevo en polvo revuelto con jamón, una simulación amarilla que sabe a cloro. Me demoro en el paseo que emprendo rumbo a la colonia Centenario, con el fólder bajo el brazo y sin haber tomado una decisión. Cada vez que me convenzo de rechazar la propuesta, me asalta una desazón que brota de una parte de mí que no estoy muy seguro que me pertenezca. Es una sensación inquietante. Una suerte de alumbramiento.

El licenciado Alcázar aún no llega. Me entretengo observando a la recepcionista. Viste una ajustada falda que se detiene unos centímetros por encima de las rodillas. Las caderas y los muslos, carnosos, terrenales, no combinan con su delgado y largo talle, como si ambas mitades pertenecieran a mujeres diferentes. Aun así, me parece más atractiva que el día anterior. Lleva suelta su larga cabellera rubia, y a mí, las largas cabelleras sueltas a su albedrío me enloquecen. Le calculo unos veintidós años. Podría ser su padre. Desde que alcancé, dos años atrás, los cuarenta, me asalta muy a menudo esta clase de derrotas. Cristina es diez meses menor que yo. Se casó con ese tal Hernández o Jiménez, no me acuerdo, por la iglesia. Nosotros lo hicimos por lo civil en una ceremonia de lo más republicana. Un día los papeles del divorcio llegaron a mi buzón en Tijuana. Los firmé sin siquiera leerlos. Nada había en disputa. Nos habíamos casado muy jóvenes, audaces, ignorantes. Casi seis años duró el matrimonio. Ella no quiso tener hijos hasta apuntalar su carrera. Yo simplemente no quería.

La voz de la recepcionista me saca de mi introspectivo rencor. El licenciado Alcázar me espera en su despacho. Tiene una puerta trasera por la que entra sin ser visto.

Me siento frente al abogado escrutando su talante. Se ha esfumado la jovialidad del día anterior. En sus ojos atrapados en una red de venas a punto de reventar, detecto un atisbo de indiferencia ante el rechazo que parece intuir. Me ofrece un café. Acepto. El licenciado Alcázar se levanta de su silla ergonómica, un poco ostentosa, y deja la oficina. Está distraído. Ya sin toda esa gesticulación hiperactiva con que me recibió un día antes, puedo entender su soledad. Hace tres años que se enfrenta a la indiferencia de una sociedad acostumbrada a olvidar pronto a sus muertos, a la destreza de un sistema judicial experto en empantanar casos como este y a unos deudos ante los que debe comparecer con las manos vacías las más de las veces. Podrán pasar tres, cuatro, cinco, seis, siete años más, una década, y Jorge Alcázar continuará promoviendo careos, revisiones de pruebas, nuevas testimoniales, amparos, ampliaciones del término, recalificaciones del delito, como un loco encerrado en un manicomio obsesionado con la idea de que no está loco. Un día los propios padres terminarán abandonándolo, derrotados por la necesidad de enterrar a sus pequeños para siempre. Y el exitoso abogado Jorge Alcázar guardará bajo siete llaves el expediente y tendrá que seguir con su vida como si nada hubiera ocurrido.

Alcázar entra de nuevo con una taza en las manos.

La pobre Mónica no se da abasto, se disculpa.

Dejo el fólder sobre el escritorio para recibir la taza. Mónica prepara un café aguado, sin cuerpo.

Antes de que me des tu respuesta, me gustaría que conocieras a alguien, ya no tarda en llegar.

Asiento mientras le doy un sorbo al café. Huelo la trampa. Un ataque de taquicardia asalta mi pecho. Dejo la taza sobre el escritorio, a un lado del fólder. Quisiera decirle que no es necesario conocer a nadie, que ya tengo una respuesta. Mi corazón bombea sangre como si no supiera hacer otra cosa. Alcázar me sonríe malicioso, con una especie de autoridad moral que le permite cualquier salto al vacío. Lo envidio por ello.

¿Cómo has encontrado Hermosillo después tanto tiempo?

No la veo muy diferente.

No creas, esta ciudad ha cambiado mucho… y para mal. Pensarás que sueno como un viejo, pero extraño ese espíritu de pueblo del que tanto nos quejábamos. Hermosillo crece sin parar, sin rumbo, a merced de los caprichos e intereses de esta camarilla ambiciosa que nos gobierna, voraz, que no tiene llene. Esta ciudad ni siquiera quiere darse por enterada de la profunda herida que dejó el incendio de la guardería. Como si…

La recepcionista abre la puerta del despacho e interrumpe al abogado.

Ya llegó Raquel, anuncia, ¿la hago pasar?

Termino en silencio la frase inconclusa de Alcázar: como si no hubiera ocurrido.

Sí, que pase.

II
RAQUEL

8

Arturo Pacheco Salazar aún tiene grabada en la piel, seca como una tormenta eléctrica, la noche en que la policía se presentó en su casa con una orden de cateo. Tumbaron la puerta, destrozaron los viejos muebles, revolvieron su ropa sudada y vieja, lo insultaron, lo vejaron, lo martirizaron con una pregunta que en ese momento no alcanzaba a entender. ¿Dónde la guardas, viejo hijo de la chingada? ¿Dónde tienes el clavo, puto? A los minutos, las horas —Arturo Pacheco había perdido el sentido del tiempo—, aparecieron un par de agentes de la Policía Federal en la pequeña sala de la casa Infonavit de la colonia Solidaridad, con varios paquetes en las manos y una sonrisa como un vaticinio.

Mi comandante, la tenía escondida atrás, en el patio, en un tinaco roto.

Los paquetes contenían dos kilos de cristal, un kilo de cocaína y cinco kilos de mariguana.

Una mañana de julio de 2009, las puertas del Cereso I de Hermosillo se cerraron tras la espalda encorvada de Arturo Pacheco Salazar, de sesenta años, con una sentencia expedita de cinco años por posesión y venta de sustancias prohibidas. Cumplió la mitad de la condena. Cuando recuperó la libertad era un manojo de huesos carcomidos por el miedo.

Arturo Pacheco Salazar trabajaba en la bodega de Hacienda anexa a la guardería ABC. Suponen que había pactado con un periódico una entrevista para dar a conocer su versión de los hechos. Nunca llegó a la cita, lo detuvieron acusado de traficar con sustancias prohibidas.

Toco a la puerta de la pequeña casa de interés social, una suerte de mortaja para un cadáver viviente. Han pasado nueve meses desde que el hombre al que voy a entrevistar salió libre. Me abre un anciano sarmiento, de mirada cristalina y huidiza, con expresión de perro apaleado.

Disculpe la molestia, ando buscando a don Arturo Pacheco.

¿Quién lo busca?

Mi nombre es José González, trabajo para el despacho del licenciado Alcázar, es referente al...

El viejo me cierra la puerta en las narices, lo que me obliga a dar un paso atrás. Por la rendija inferior de la puerta alcanzo a ver la sombra de sus zapatos. Ahí está, del otro lado. Si pego el oído, puedo escuchar un jadeo ascendente: nicotina y miedo.

Lárguese, no tengo nada que decir.

La voz de Arturo Pacheco parece un arroyo turbio encerrado en una caverna.

Entiendo sus reservas, don Arturo, sé por lo que ha pasado, por eso tiene mi palabra de que nadie va a saber de la plática que mantengamos usted y yo. Mire, le voy a pasar por debajo de la puerta una tarjeta del abogado para el que trabajo, él representa a un grupo de padres que lo único que quiere es que se haga justicia. Llámele, verá que vengo de su parte, no le miento. Aquí me espero, no tengo ninguna prisa.

Casi un minuto después la tarjeta desparece por el resquicio como succionada por una aspiradora. Me alejo de la entrada y me sitúo en medio del parterre que separa la construcción de la acera. Me pongo a tararear *Al rojo de la tarde*, de Real de Catorce. Una cortina sucia de flores que fueron amarillas y verdes se abre en un pequeño resquicio por el que el viejo Arturo me estudia. La parcela de la entrada es un depósito de basura. El viento arremolina botellas de plástico, envases de cartón, envoltorios de comida chatarra, hojas muertas y arena. A lo largo de la calle, cientos de cajas de cerillos como la de Arturo Pacheco se extienden en una monótona idea de urbanismo. Algunas caras se asoman movidas por la curiosidad. Tres casas más allá, un hombre inmensamente gordo, vestido con un short que flota alrededor de su cintura carnosa y una camiseta agujereada, cruza la calle y camina hacia mí. Una barba de pocos días ensucia un rostro bufónido. Respira con dificultad a causa de la humedad de esa tarde de mediados de abril, una olla exprés de nubes bajas, preñadas de lluvia, laceradas por los rayos del sol.

¿Qué se le ofrece, compa?

Un sujeto muy parecido, tal vez un poco menos obeso, se ha sumado al comité de recepción.

Vengo con don Arturo, el señor me conoce.

No se haga, amigo, vi cómo le cerraba la puerta en el hocico. Así que órale, póngale a la verga.

El hombre, ahogado en su papada, apenas vocaliza, por lo que las palabras brotan de ese agujero indolente que tiene por boca como si las consonantes no existieran.

Vamos a calmarnos, ¿les parece? De acuerdo, don Arturo no me conoce, pero es muy importante que hable con él, vengo del despacho del licenciado Alcázar…

El gordo da un paso al frente e intenta empujarme por el hombro. Desvío el brazo con un golpe seco de la palma de mi mano en su muñeca. Me alejo un par de metros.

Sin tocar, le digo.

Que le ponga a la verga, insiste el gordo. El desconcierto en sus ojos diminutos, hundidos en unas órbitas violáceas y profundas, contradice la orden. Se trata tan solo de un bravucón de barrio. Pero el otro sujeto se agacha con agilidad, coge una piedra grande como su zarpa obrera y amenaza con estrellármela en la cabeza.

Calmados todos, vamos hablando, ¿les parece? Déjenme les explico. No pretendo hacerle nada malo a don Arturo. Solo quiero platicar con él. Es todo. Represento a un grupo de padres de la guardería ABC y él tal vez tenga información muy importante que pueda ayudarnos.

Ya dejen en paz al pobre viejo, carajo, ya le han chingado bastante la vida, dice el de la piedra. Su voz aflautada es un prodigio en ese corpachón.

Hermosillo se ha convertido en una ciudad torva. En las colonias como aquella, los vecinos apelan al linchamiento a la menor provocación. Ya se han unido a los dos hombres una señora y un muchacho de unos veinte años. Ninguno parece dispuesto a preguntar sobre mis intenciones. La palabra es un lujo que no pueden darse. De todas formas echo mano del verbo, no tengo otro argumento.

De veras que comprendo el temor de don Arturo. No voy a obligarlo a hablar ni mucho menos, solo me gustaría hacerle entender lo importante que es para estos padres la información que pueda darnos. Les pido que se pongan en sus zapatos por un momento; solo buscan una justicia que les han negado una y otra vez.

Pues también deberían dejar en paz a esos pobres angelitos, ahí los traen de arriba abajo, no los dejan descansar, por Dios; lo que pasó pues… pasó, nada ni nadie va a regresarlos, que el Señor los tenga en su gloria, interviene la señora. Tengo la impresión de que pertenece a alguna iglesia evangélica, habla como un predicador.

Amén, remata el muchacho; debe ser su hijo.

Entonces Arturo Pacheco aparece en el umbral como si se hubiera materializado de alguna misteriosa manera que descarta abrir y cerrar la puerta. Ahí está, enjuto, apergaminado, cobrizo, con el cabello blanco muy corto, las orejas y la nariz muy grandes, desproporcionadas en su cara angulosa, apoyado en un viejo bastón de bambú. De los ocho empleados de la bodega de Hacienda, dicen que fue el único que después del incendio intentó quitarse la mordaza impuesta por sus superiores. Lo pagó con dos años en prisión. Renqueante pero digno, con esa dignidad que otorga haber sobrevivido al infierno, cruza la parcela estéril. Lleva la mano libre levantada en señal de paz, como si se tratara de un papa en un mundo en el que la Iglesia católica tan solo fuera una secta de locos.

Todo bien, muchachos, yo me encargo. Gracias, doña Evangelina, déjenme atender al caballero.

El comité de bienvenida, un poco decepcionado, rompe con la asamblea.

Don Arturo, le agradezco mucho que me reciba…

Cierre la boca y escuche. Solo esto le voy a decir, después se me larga y no quiero que usted ni nadie vuelva por aquí. Escúcheme bien. Sé lo que quieren los padres de esos pobres niños —don Arturo se persigna y eleva los ojos hacia un dios en el que ha dejado de creer—. Eso que quieren lo van a encontrar con el chofer, busquen al chofer.

¿El chofer de quién? Dígame el nombre al menos, don Arturo.

Está usted pero bien pendejo si cree que le voy a dar un nombre. Busquen al chofer de un exfuncionario muy importante, muy cercano al mero mero, él fue.

Arturo Pacheco da media vuelta y empieza a regresar a su casa. Con la punta del bastón aparta una botella de Coca-Cola mientras lanza una maldición. Me quedo inmóvil con la esperanza de que recapacite y me dé más información.

Gracias por su ayuda, don Arturo, grito al comprobar que no sucederá. Oiga, espere. ¿Lo tienen amenazado? Usted mandó decir a Manos Unidas que tenía algo importante que contarles.

Váyase y no vuelva.

No me puedo ir así, con las manos vacías, dígame el nombre del chofer, en dónde puedo ubicarlo, no sea gacho.

Un poco antes de que cierre la puerta, veo cómo el viejo esboza una sonrisa desdeñosa, fúnebre, carcelaria.

9

Abre la hija de Raquel. Como la ocasión en que la conocí, hace cuatro días, retiro la vista de su cara. De inmediato me obligo a contemplarla. Ella me observa en silencio. Raquel me contó que Paola, desde el incendio, no ha emitido una sola palabra. Con el muñón de su mano derecha se rasca la cabeza sin dejar de observarme. Reprimo la palabra monstruo que empieza a rondar por mi cabeza. Un escalofrío me atraviesa la espalda. Ahogo la palabra en lo más profundo de mi incomodidad y trato de sonreírle. Paola me pone nervioso, en consecuencia, me hace sentir un canalla. Es difícil posar la mirada en esa geografía de la infamia.

Raquel surge de un recoveco en el recibidor.

Cuántas veces te he dicho… Ah, es usted.

No sé por qué me he presentado en casa de esa mujer. En principio tengo que informar de mis avances a Alcázar. Raquel, una de las integrantes más activas de Manos Unidas, es, a lo sumo, un apoyo, una guía para adentrarme en el caso.

¿Gusta pasar?

La mujer se pone entre la niña y yo. Supongo que se trata de una especie de instinto protector. Pero Paola reaparece y le tiende la mano tumefacta. Perdió seis dedos en el incendio. Me sorprende la naturalidad con que Raquel toma la mano de su hija.

Pase, pase, no se quede ahí.

Sé que no debo hacerlo. Pero la idea de regresar a la habitación que me ha cedido Alcázar para que me instale, ubicada en la segunda planta del despacho, una especie de cuarto de invitados, me agobia. Luego del encuentro con el extrabajador de la bodega sentí una cruda pereza, desnuda, punzante; me dieron ganas de renunciar a ese despropósito. Dejé la colonia Solidaridad en el Atos que Alcázar me ha prestado (el auto mandadero del despacho) y conduje despacio por las calles de la ciudad. Cuando quise darme cuenta, había atravesado la urbe de norte a sur y me encontraba muy cerca del Centro Ecológico, a unas cuadras de la casa de Raquel, en la colonia Y Griega. Al día siguiente de aceptar el trabajo, para ponerme sobre la pista de Arturo Pacheco, la mujer me citó en ese mismo domicilio al que he llegado un poco a la deriva.

No me hables de usted, le pido tontamente mientras la sigo a la sala.

Es por respeto, dice risueña. Raquel tiene veintiocho años. Siéntese.

Acabo de platicar con Arturo Pacheco.

Raquel abre los ojos como si la esperanza fuera un hábito en su vida. Antes de que continúe hablando, me hace un discreto gesto con la mano para que calle.

Paola, amor, ve a tu cuarto a ver la tele, ahora te llevo la cena, y le da un beso en la coronilla, en donde nunca le volverá a crecer el cabello, un claro grisáceo en medio del negro azabache. En otras partes del cráneo tiene calvas parecidas. La niña asiente y desaparece por un pasillo decorado con fotos de Paola antes y después del incendio. Pero siéntese. ¿Le ofrezco un café, una soda… tal vez se le antoje una cerveza?

Se me hace agua la boca.

Una cerveza, si no es mucha molestia.

La cocina está separada de la sala por una pequeña barra. Puedo ver a Raquel abrir el refrigerador, agacharse e incorporarse con dos botes de Tecate Ligth. Detesto la Tecate Light, pero no digo nada. La mujer regresa a la sala con las cervezas y unas servilletas que coloca sobre la mesa de centro como posavasos. Se sienta en un sillón frente a mí.

¿Y cómo estuvo?

Hago un gesto de impotencia mientras destapo la cerveza. Le doy un trago largo, glotón, que me despierta una súbita vergüenza.

¿Tenía sed, eh?

Ya me desacostumbré al clima de aquí. Es algo que uno olvida muy rápido. Hago una pausa en la que paladeo la cerveza. Está extraño.

¿La cerveza?

No, no, el encuentro con ese tal Pacheco.

¿Pero qué le dijo?

De entrada, no quiso hablar. Se ve que está aterrado.

No es para menos. Dos años en la cárcel…

Pero a ti te dijeron que estaba dispuesto a hacerlo.

Ajá, eso me dijo mi antigua compañera de la escuela. Que conoció a un hombre que tenía información sobre el incendio en la bodega.

Tal vez no fue buena idea que me presentara yo. Se ha de haber asustado.

¿Pero no le dijo nada?

Sí, que buscáramos al chofer de un exfuncionario, que él sabía todo.

¿Cuál chofer, cuál exfuncionario?

Paola aparece de repente en la sala. Se hace un silencio. Vuelvo a esconder la mirada.

¿Tienes hambre, amor?

La niña afirma con la cabeza.

Qué madre desnaturalizada. Ven, ayúdame a preparar el cereal.

Madre e hija van a la cocina. Raquel extrae un bol de plástico rojo de la alacena y se lo entrega a Paola. Esta lo sujeta fuertemente con el muñón y los cuatro dedos sanos y lo lleva hasta la barra. Estira los brazos, arrugados como si hubieran permanecido muchas horas en remojo, y coloca el recipiente sobre la barra. La niña al momento del incendio acababa de cumplir tres años. Ahora está a punto de cumplir seis. Paola desvía sus ojos negros, ofidios, hacia mí. Me atrapa estudiándola con una expresión de lástima y repulsión. Aparto la cara. Paola, a su corta edad, es un alma vieja que ha experimentado el rechazo en todas sus formas. Quizá por ello no habla. Raquel, cuando me la presentó, me advirtió que no se trataba de una lesión física sino psicológica. La madre termina de preparar el cereal y conduce a la niña a su cuarto. No dejo de admirar la naturalidad con que ambas se relacionan, el parloteo cariñoso de Raquel que consigue arrancar una sonrisa de la niña.

Cuando Raquel regresa, estoy buscando un pretexto para marcharme. Ha sido una pésima idea presentarme ahí.

¿Quiere cenar algo? No tengo gran cosa, puedo preparar unas quesadillas o unos sándwiches. Aquí a la vuelta hay una taquería bastante buena.

No, no, cómo crees. Mejor me voy, tengo que escribir el informe del encuentro con Pacheco que quiero presentarle al licenciado mañana temprano. Te paso una copia y ya me dices con calma si tienes alguna idea de quién puede ser ese chofer.

Es normal, no se apure, a todo el mundo le pasa.

Disculpa, no entiendo.

La forma en que reacciona delante de Paola, le digo que es normal. Les pasa a sus abuelos, a su tío, y mire que ya son tres años…

No reacciono de ninguna manera, no sé por qué dices eso…

Esquiva la mirada, evita el contacto, quiere que desaparezca de su vista cuanto antes. No lo niegue, tampoco se siente mal por eso. A mí, que soy su madre, me pasaba al principio. Pero mire, le puedo decir que Paola parece bastante cómoda con usted. Hay gente que es mucho más descarada con la lástima que le despierta mi hija o con el asco, que también los hay.

Raquel habla en un susurro gutural, envolvente, tranquilizador.

Cuando Paola detecta esto, tiene una forma de retar a la gente que suele amedrentarla. Pero con usted me he fijado que se comporta con bastante naturalidad.

No sé qué decir. Tendría que ser un maestro del descaro para saberlo, un político, un vendedor de cualquier cosa.

Seguro que hace mucho tiempo que no se come unas quesadillas con queso asadero y tortillas de harina de San Pedro; no me tardo nada, póngase cómodo y cuénteme a detalle lo que pasó con ese hombre.

Le doy un último trago a la cerveza y le relato el encuentro con Pacheco con ese estilo impersonal que suelen adoptar los policías, sin omitir ningún hecho, sin resaltar emociones ni sacar conclusiones subjetivas. Desde que Raquel, por instrucciones de Alcázar, me proporcionó el nombre, la dirección y la historia del exempleado de la bodega, acudí dos veces a su casa sin encontrarlo. La tercera fue la vencida.

Al terminar de hablar, un plato rebosante de quesadillas cortadas en triángulos y un par de cervezas más ocupan la mesa de centro.

La verdad, no tengo ni idea de quién puede ser ese chofer ni dónde buscarlo, pero preguntaré entre los padres de Manos Unidas a ver si saben algo.

A ti te aseguraron que el viejo estaba dispuesto a hablar, ¿verdad?

Ajá. Como ya le dije a usted y al licenciado, mi antigua compañera de escuela me llamó hace como un mes para comentarme que tenía algo muy importante que decirme. Vino aquí a la casa y me explicó que don Arturo, después de salir de la cárcel, había empezado a frecuentar la misma iglesia que ella, es una iglesia evangélica, creo; el caso es que el hombre parece que mostró algún tipo de arrepentimiento en una reunión, les confesó que sabía quién había quemado la bodega; mi amiga y otros miembros de la iglesia le animaron a contarnos lo que sabía. Según esto, les dijo que podíamos ir a visitarlo.

El viejo ha de haber hablado con alguien y lo disuadió. Le han de haber metido miedo. Un chofer de un exfuncionario importante, muy cercano al mero mero, eso dijo. ¿No tienes idea de quién puede ser?

Raquel se encoge de hombros y me advierte que las quesadillas están enfriándose y la cerveza calentándose.

Pronto la charla toma otros derroteros, como si se hubiera cansado de su impotencia.

Antes de que esa mujer entrara al despacho, había decidido rechazar la oferta de Alcázar. Esa misma noche volvería a Tijuana. Para justificarme me dije que no tenía espíritu de exhumador. Raquel se sentó en la silla de a un lado, me estrechó la mano, se presentó y comenzó a explicarme qué era Manos Unidas, qué perseguían, por qué habían emprendido la lucha para hacerle justicia a sus hijos. Las palabras *lucha* y *justicia* en sus labios no sonaban pretenciosas ni impostadas. Ni Alcázar ni yo la interrumpimos. Hablaba sin arrogancia a pesar del ominoso recuento de los daños. Alcázar sabía lo que hacía. No tuve cara para rechazar el trabajo, aunque lo deseara. Pospuse la negativa. No fueron las cifras ni los hechos; tampoco la lástima ni la conmiseración, nada de ello reclama para sí esa mujer. Era algo que había perdido mucho tiempo atrás, que no recordaba haber experimentado por lo menos desde que terminé la carrera y entré a trabajar a la Procuraduría de Justicia.

Le he puesto un nombre: estupor.

10

Raquel Sánchez agradeció el agua fría que se deslizaba por su garganta sin dejar de observar a Jota Eme a través de la ventana. Estrujó el cono de cartón como si estuviera estrujando los testículos del sujeto que en ese momento montaba en una moto repartidora de pizza y lo arrojó al bote de la basura. Jota Eme prendió la motocicleta de una violenta patada al pedal de arranque. Se incorporó al bulevar Vildósola sin ninguna precaución, como si estuviera ejecutando un salto al vacío. ¿Pero qué les pasa a los hombres? ¿Por qué actúan así? ¿En qué cabeza cabe? La mujer se acomodó un mechón del cabello, castaño, lacio, largo hasta los hombros, detrás de la oreja. Un gesto que Raquel hacía cada vez que sentía miedo o incertidumbre. Un gesto que se anticipaba a las derrotas.

El repartidor de pizza se había presentado en el trabajo de Raquel sin previo aviso. Estaba furioso a causa de la notificación del juzgado de lo familiar. Cuando Jota Eme se enojaba, parpadeaba como un niño asustado y chocaba las palmas a intervalos precisos, como si con esos esporádicos aplausos disolviera el impulso de lastimar a Raquel. Ella siempre creyó que era muy frágil la frontera que separaba la violencia verbal de ese hombre —desconcertante, corrosiva— de la violencia física. No tenía ninguna duda de que si hubiera seguido a su lado, un día habría terminado por cruzar la línea. De entrada, era difícil pensar en Jota Eme como alguien capaz de agredir a una mujer. Además, Raquel estaba enamorada y pensó que con los años… Tú sabes que muchas mujeres, a esa edad, creemos que podemos cambiar a los hombres, me dice a medida que me cuenta su historia.

Jota Eme se había presentado hecho una furia en el trabajo de Raquel porque la notificación del juez le ordenaba destinar un veinte por ciento de su salario a la manutención de Paola. En ese momento ya no les quedaba nada en común más que esa niña de tres años de mirada silenciosa, austera de palabras y unos rasgos ligeramente orientales, herencia de su abuela materna.

No me chingues, Raquel, si me quitan el veinte por ciento de la raya no me queda ni para la botana. Te dije que me dieras tiempo, en cuanto me salga algo mejor me pongo al corriente con la pensión.

Llevas dos años pidiéndome tiempo, y mientras, a la plebe, la mantengo yo solita. Y más te vale cumplir porque si no te vas al bote y en tu vida vuelves a verla.

No puedes negarme el derecho a verla.

¿Estás seguro?

Vete a la chingada

Raquel, cuando la moto repartidora de pizza desapareció en el horizonte del bulevar, dejó la ventana y regresó a su puesto bajo el escrutinio de su jefe, convocado a la recepción por los gritos de la pareja.

¿Todo bien, Raquelita?

Todo bien, don Esteban.

Preferiría que resolvieran sus asuntos fuera de la oficina.

No se vuelve a repetir, don Esteban.

Raquel iba a cumplir dos años en el Despacho Contable Espinosa y Ramírez. Atendía el teléfono y la recepción, preparaba el café, sacaba copias, escribía oficios. Un pinche trabajo de mierda con un salario de mierda, me confiesa. Antes de quedarse embarazada aspiraba a ser actriz y a punto estuvo de licenciarse en Artes Escénicas por la Universidad de Sonora. Recibió la noticia de que estaba preñada una tarde de septiembre de 2005. Cursaba el último año de la carrera. Ya había participado en algunos montajes con poca fortuna, pero Raquel no era de las que se doblegara ante la crítica. El hecho mismo de estudiar teatro era un desafío. El padre, mecánico; la madre, ama de casa; un hermano dos años mayor, futuro ingeniero eléctrico. ¿Quieres ser actriz? Estás loca, había sido el unánime clamor entre los miembros de la familia. Raquel, que si bien no poseía talento histriónico alguno, sí tenía el don del convencimiento, terminó por salirse con la suya.

Pero aquella tarde de septiembre, cuando los análisis de sangre confirmaron la noticia que ya había arrojado unos días antes la prueba de embarazo, la vida de Raquel dejó de ser una promesa y se convirtió en un futuro inmediato.

Una noche de sexo reconciliatorio, un espermatozoide portador del cromosoma X de Jota Eme navegó por las aguas de la vagina de Raquel, superando la hostilidad del DIU —ya en ese momento inservible—, hasta alcanzar el óvulo. Después de un mes sin hablarse, cuando todo parecía terminado, entre otras cosas, porque Jota Eme no soportaba que su novia se subiera a un escenario frente a cien pares de ojos, acordaron conversar. Él, con la esperanza de conseguir otra oportunidad; ella, decidida a acabar con la relación. Jota Eme, cuando estaba en plan cariñoso, era irresistible, me cuenta Raquel.

Ese día consultó el reloj que colgaba de la pared de la recepción del despacho: un presentimiento viejo descendió por su espalda. Faltaban dos horas y media para las cinco. A esa hora, ni un segundo más tarde, deslizaría la tarjeta en el aparato checador y se lanzaría en su destartalado Volkswagen Golf a buscar a Paola a la guardería, ubicada en la colonia Y Griega, muy cerca de ahí. Cuando se aproximaba la hora de salida, el corazón de Raquel comenzaba a alebrestarse lleno de presagios y temores. Paola era una niña frágil, con un aire enfermizo que desmentía una salud de hierro. Más bien se trataba de un halo de abandono que se reflejaba en una mirada demasiado adulta, perspicaz, distante. Raquel lograba buena parte del día mantener a raya la culpa que le asaltaba cada mañana al dejar a su hija en la guardería, concentrándose en la rutina del trabajo. Pero a medida que la aguja se acercaba a las cinco, surgía la imagen de Paola con su mochila de Dora la exploradora en la espalda desapareciendo en el interior de la estancia. No podía hacer mucho al respecto. Tenía que trabajar y su hija debía pasar ocho horas atendida por extraños, entre extraños. Le consolaba el hecho de que Paola, en alguna ocasión, desde su taciturna realidad, había expresado algo parecido al afecto hacia las cuidadoras, hacia alguna de ellas al menos.

La nube de polvo ocre, sucia y pertinaz, flotando sobre la calle De los Mecánicos, solía anunciarle que estaba cerca de la guardería. Daba vuelta en la gasolinera, situada a unos cincuenta metros de la estancia, para adentrarse en esa nebulosa provocada por la afluencia de coches. La colonia Y Griega era tierra suelta y basura, arena, que le recordaba a la ciudad su origen montuno. Raquel acostumbraba cerrar la ventanilla para que la polvareda no penetrara en la cabina del Golf.

Pero esa tarde no fue así, recuerda Raquel.

Habitualmente padres y madres de familia se agolpaban con una cierta desesperación en la salida del inmueble. Tras una jornada laboral extenuante en maquiladoras, fábricas y pequeños negocios, acudían a la guardería y se encaminaban cuanto antes a sus hogares para mitigar el desasosiego de una vida al límite de sus fuerzas, darle sentido a través de una descendencia que con suerte tendría un mejor destino. A Raquel le ponía de mal humor el cotidiano caos que se originaba ante la pequeña puerta que expulsaba a los vástagos de la clase trabajadora hermosillense. El agandalle, el abuso, la arrogancia, esa urgencia cansada, claudicante. Esa fiereza que brotaba en hombres y mujeres que tomaban de la mano a sus hijos, que los alzaban en brazos y que se marchaban de ahí como si huyeran.

Pero ese día no fue así, asegura Raquel.

A las tres y diez de la tarde, me cuenta, por la ventana del Despacho Contable Espinosa y Ramírez, contempló un inusual desfile de patrullas y ambulancias que se dirigían al sur a toda velocidad. Sintió un golpe en la boca del estómago. Los presagios se manifiestan ahí, no en el corazón, me explica Raquel con esa forma tan suya de afirmar ciertas obviedades. Don Esteban se asomó a la recepción para comentarle que en la radio hablaban de un incendio en la colonia Y Griega. ¿No está ahí la guardería de Paolita?, le preguntó sin darle mayor importancia, sin alarma, con una curiosidad impertinente. Raquel quiso responder, pero el escándalo de las sirenas en el bulevar se lo impidió. A través de la misma ventana por la que había contemplado a Jota Eme desaparecer enfurecido, observó que la gente salía de los negocios aledaños y señalaba al cielo. Ella también alcanzó la calle y siguió con la vista las manos de las personas aglomeradas en la acera. Una columna de humo negro apuntalaba el cielo azul de Hermosillo.

Eran las tres de la tarde con quince minutos cuando Raquel Sánchez abordó el Volkswagen Golf y enfiló hacia la guardería de su hija sin poder quitar la vista de la columna de humo, espesa, inagotable.

Normalmente no me tardaba más de diez minutos del trabajo a la estancia, pero ese día el camino se me hizo eterno, recuerda.

El calendario marcaba viernes 5 de junio de 2009. Entre otras noticias, los periódicos destacaban un informe de la Auditoría Superior de la Federación que señalaba que el gobierno de Felipe Calderón, en 2007, no había invertido 120 millones de pesos en programas de seguridad, desarrollo social e infraestructura, dinero que se hallaba perdido. Obama llamaba a una nueva era en las relaciones de Estados Unidos con los musulmanes. Y en Sonora daban cuenta del hallazgo de once ejecutados en una camioneta por el rumbo de Caborca con claras señales de tortura. Ese día se llevaría a cabo el debate entre candidatos a la gubernatura del estado.

11

El teléfono me despierta. Es Sherlock, enojado porque no encuentra a mi casero para pagarle la renta. Cuando acepté el trabajo, Alcázar no quiso saber nada de que me regresara a Tijuana a guardar mi vida en un casillero por un tiempo indefinido. El abogado me mostró el cuarto de las visitas situado en la segunda planta del despacho, una especie de buhardilla cuya ventana ofrece una bucólica vista de la Centenario, con una cama individual, un clóset empotrado, una mesita con un par de butacones, un escritorio y un baño anexo. Me dijo que me sintiera como en mi casa y me puso en la mano un sobre con dinero para que comprara algo de ropa y artículos de higiene personal. Tómalo como un adelanto, no tenemos tiempo que perder, me dijo. Al gerente de SeguCop, para ganar unos días, le inventé el pretexto más antiguo del mundo: la muerte de mi abuelo que había muerto por primera vez muchos años atrás. No quería presentar mi renuncia definitiva. A Sherlock y Holmes, sin dar muchos detalles, les expliqué sobre la oferta de Alcázar, les pedí que estuvieran al pendiente del departamento y les envié el dinero de la renta. Les prometí que a la vuelta de dos semanas estaría de regreso.

¿Qué hago?

No sé, sigue insistiendo.

No me responde al celular.

Mándale un mensaje.

Ya se lo mandé.

Pues no sé. Mira, al ver que no me encuentra en el depa, seguro me habla. Ya le inventaré algo y lo pondré en contacto contigo. No te vayas a gastar la lana de la renta, que te conozco.

¿Cómo te va en esa misteriosa chamba, eh, puto? A mí se me hace que te andas cogiendo a una vieja.

Sí, compa, es igualita a tu hermana.

¿No será a tu chingada madre?

Ya tengo que colgar.

Ya en serio, compa, lo que necesites, aquí estamos.

Voy a llorar, besitos, bye.

La luz matinal que baña la buhardilla a esas horas es un espectáculo encantador, un antídoto contra el reinado que impondrá en unas horas el sol de Hermosillo. Por la ventana abierta entra el gorjeo de un batallón de gorriones perezosos. Me estiro en la cama revuelta, chirrían algunos huesos de la espalda. Consulto la hora: siete cincuenta de la mañana. Una hora más tarde me reuniré con Alcázar para presentarle el informe de mi fracaso. Raquel no fue de gran ayuda con la identidad del chofer. Incluso me pareció que evadía el tema, como si sus apremios tuvieran que ver con contarme su historia. Me confesó que era la primera vez que hablaba del incendio con un extraño. Eso soy: un intruso que asoma la nariz en un agujero congelado por el silencio. Ya en la puerta de su casa, al despedirnos con un apretón de manos, me volvió a decir que preguntaría entre los miembros de Manos Unidas sobre la existencia de un chofer relacionado con la bodega.

Me levanto de la cama y me dirijo al pequeño frigobar instalado en un rincón del cuarto. La noche anterior, cuando regresaba de casa de Raquel, llegué a un Oxxo a comprar una botella de Jimador, un jugo de manzana, unas papas fritas y un sándwich de jamón y queso. Me siento al escritorio, prendo la notebook. Pongo a sonar los grandes éxitos de Radio Futura. Mientras paso el desayuno a golpe de jugo y mi cuerpo añora una buena dosis de café, busco en Google información relacionada con el incendio. Las notas de prensa que encuentro no me aportan más datos de los que Alcázar ha consignado en el resumen del caso. La mayor parte de las referencias se concentra en los cuarenta y nueve niños que perecieron en el infierno que se desató ese 5 de junio. Las alusiones a los lesionados, como Paola, son escasas. Mientras que los pequeños fallecidos han pasado a la categoría de mártires, los vivos, con sus quemaduras, sus enfermedades cardiorrespiratorias y sus heridas psicológicas, entran en esa otra categoría que es preferible ignorar por su concreción permanente.

He soñado con Paola: le crecían en la espalda unas alas de ave rapaz y sobrevolaba la ciudad. Podía ver lo que contemplaban los ojos de la niña, aunque me encontrara en tierra, frente a un edificio reducido a cenizas, de rodillas, dibujando un rostro en el suelo. La mancha urbana, extensa e irregular, chata, era azotada por una tormenta de arena que desdibujaba sus contornos. Cientos de personas levantaban la mirada, señalaban a Paola y soltaban falsas carcajadas, ridículas pero malévolas, que se cortaban abruptamente porque las bocas abiertas se llenaban de arena. Mis ojos dejaron de observar el mundo a través de los de la niña pájaro y se concentraron en el dibujo que había hecho como si mi mano fuera guiada por una fuerza ajena: era el retrato de Cristina, aunque no se parecía a ella en absoluto.

Me doy una ducha y me alisto para bajar al despacho a esperar a Alcázar.

Tendría que haber hecho un informe escrito del encuentro con Arturo Pacheco, así me lo pidió, pero es tan insustancial la entrevista con el exempleado de la bodega, que me parece una pérdida de tiempo.

Al descender el último peldaño, el aroma del café proveniente de la recepción me aviva el cerebro. Es algo bastante pavloviano. Olfateo el rastro adelantando el primer sorbo que acompañaré con el primer Camel del día. Paso por delante de Mónica, la recepcionista. De nuevo su cabello está suelto, algo húmedo, y despide un olor a fresas que interfiere con el del café. Viste una blusa blanca, traslúcida, que permite adivinar sus altivos pechos, contenidos en un sujetador también blanco. Le sonrío y le doy los buenos días. Mi voz delata excitación. La chica me contesta el saludo pero no la sonrisa, enfrascada en revisar unos documentos. Le digo, por decir algo, que voy a servirme un café. Le ofrezco uno. Con su nariz rectilínea, de escuadra y cartabón, y su mentón un poco más pronunciado de lo que las dimensiones de su rostro aceptarían, Mónica señala una taza con el logo del despacho sobre la barra. Entiendo la señal como un sí, me regreso unos pasos y cojo la taza.

¿Qué hace?

Comprendo mi error al comprobar que la taza está llena hasta la mitad. La devuelvo a su lugar.

Disculpa, entendí que sí querías.

Mónica hace una mueca que subraya sus rasgos equinos. Soy incapaz de interpretar el visaje. No sé si se ríe del malentendido, le provoca repulsión o extrañeza. Continúo mi camino hacia la cafetera, me sirvo en un vaso de cartón y busco el exterior para prender un cigarro. El café huele mucho mejor de lo que sabe. Es una decepción bastante cotidiana en mi vida. Emparentar aroma y gusto se trata de una ciencia que Mónica no domina. Aunque la excitación sigue ahí, rondando mi bajo vientre.

Una camioneta Durango color guinda entra en la cochera de la casona. Jorge Alcázar desciende rozagante, como si estuviera estrenando una vida. A su lado me siento puteado, vulgar, y el alma emponzoñada de los sirvientes se me mete en un descuido por el culo.

Buen día, Pitic, dice mientras se quita del rostro unos lentes de sol Gucci que le hacen verse como un moscardón.

Me incomoda que sigan llamándome así. Es una broma de los tiempos estudiantiles. Cuando cursaba la carrera, solía presumir que me dedicaría a representar a los capos del narco y antes de los treinta y cinco años tendría una mansión en la colonia Pitic tan ostentosa como la casa de gobierno, joya de ese barrio en la que habitan los gobernadores durante su mandato. Un compañero, no recuerdo quién, comenzó a decirme Pitic. Con el tiempo dejé de ser José González. El vocablo, de origen pima, significa entre dos ríos y es el nombre indígena de la geografía que ahora ocupa Hermosillo. No me molesta en sí el apelativo, sino el joven lleno de ínfulas que lo portaba con un orgullo imbécil.

Vente, vamos por la parte de atrás. ¿Cómo te fue?

Al fondo de la cochera una puerta comunica con un patio interior por el que se accede a la oficina de Alcázar sin necesidad de atravesar la recepción.

Mal.

El abogado prende las luces del despacho, el más grande de los tres; en los otros dos, los socios de Alcázar, jóvenes, inexpertos, llevan una gran cantidad de asuntos, esclavizados por los tiempos de la justicia mexicana.

Mónica, buenos días, no me pase ninguna llamada ni a ningún cliente hasta nuevo aviso, ordena Alcázar por el teléfono fijo mientras me hace señas para que tome asiento. ¿Tienes calor? ¿Prendo el aire?

Estoy bien así.

¿No te fue bien entonces?

No quiso colaborar.

¿Nada?

Que buscáramos al chofer de un exfuncionario, que él sabía todo.

¿Y luego?

Es todo.

¿Nada más? No puede ser

Es todo lo que dijo.

¿Para eso te pago?

¿Qué querías, que lo torturara?

Alcázar da un golpe con la mano abierta sobre el escritorio. Me sobresalto, no lo esperaba. Hasta ese momento, Alcázar ha mostrado un total control de las emociones y transmitido una confianza inquebrantable. La frustración no casa bien con el exitoso abogado de las causas perdidas. Tampoco ese arrebato de violencia que se diluye pronto.

¡Hijo de la chingada!, masculla.

Tienes que entenderlo, le quebraron la voluntad, sé muy bien lo que siente ese hombre.

Pero nos mandó decir que nos contaría todo lo que sabía y ahora sale con esa pendejada.

Ha de haber tenido un arrebato de coraje, no sé, un par de tequilas, unas cervezas y le hirvió la sangre. No sabes cuántas veces estuve a punto de buscar a algún reportero con un par de huevos y contarle todo el asunto de la violación, pero a la mera hora…

Lo hubieras hecho.

Vete a la mierda.

Ya, ya, disculpa. Entiende mi desesperación. Necesitamos llevarle a la PGR pruebas de la intencionalidad lo antes posible; a pesar de haber aceptado el peritaje Smith, la verdad es que han dejado morir esa línea de investigación. Logramos que volvieran a testificar los empleados de la bodega, pero mantuvieron su declaración original llena de contradicciones. Dicen que abandonaron la bodega a las dos cuarenta y cinco sin que notaran nada raro. Pero eso es imposible. El fuego alcanzó la estancia a esa misma hora y, según Smith, necesitó diez minutos al menos para propagarse hasta la guardería. Lo que significa que el incendio en la bodega comenzó, mínimo, a las dos treinta y cinco. Su declaración los pone en el lugar de los hechos a esa hora. Y en la declaración original aseguraron haber bajado los interruptores como todos los días. O bien alguien llegó antes y los corrió para poder prenderle fuego a la bodega sin testigos y luego los aleccionaron, o bien ellos mismos iniciaron el fuego por orden de alguien. Están mintiendo.

¿Qué harías tú si eres un pinche empleadito de gobierno y te amenazan con joderte la vida, eh? ¿Si ves que a uno de tus compañeros lo meten al bote dizque por narcotráfico?

El rostro de Alcázar enrojece, su presión sanguínea no anda bien. Hace un gesto de paz con las manos y se da unos segundos para calmarse.

Cuéntame a detalle tu charla con Pacheco.

Narro aquello que considero importante, obviando el encuentro con los vecinos.

No vayas a decirle nada a Raquel, me instruye Alcázar al concluir el relato.

Por la cara que pongo, adivina que ya lo hice.

No me chingues, te dejé muy claro que al único que debes informar de cualquier cosa es a mí.

Me pareció importante que lo supiera, me dijo que iba a averiguar entre los demás padres a ver si alguno podía aportar algo, me justifico. No acudí a Raquel con esa intención. La verdad es que no tengo ni idea de por qué me presenté en su casa la noche anterior.

Que sea la última vez, Pitic. ¿Un chofer? ¿Y qué te dijo Raquel?

Estaba igual de perdida que tú.

¿Quiénes tienen chofer en esta ciudad? Los empresarios y los políticos. Los dueños de la construcción que alberga la bodega y la guardería, los Matiella, no creo que se pararan por allá nunca. Se limitaban a cobrar la renta. Fueron excluidos de cualquier responsabilidad de inmediato. Nos quedan los políticos… Te dijo que era el chofer de un exfuncionario; ha de haber sido uno de alto rango que iba a la bodega por cuestiones de su trabajo. Un exfuncionario de Hacienda tal vez. Carro de lujo, muy visible en esa colonia. El secretario, un subsecretario…

Me daré una vuelta por las inmediaciones de la bodega, tal vez algún vecino pueda decirnos algo, quizá haya visto entrar y salir un carro de lujo. Tal vez recuerde una marca, un modelo, el color.

Inténtalo por ahí. ¿Y el informe escrito?

Luego te lo paso, la verdad, no me pareció importante.

Quiero un registro de todo por escrito. También de tu plática con Raquel.

No, eso sí no va a pasar, pienso mientras abandono el despacho.

12

Una no sabe cuántas niñas pueden ser tu niña, me dice Raquel. Una no sabe cuántos rostros son el rostro de tu hija hasta que comienzas a buscarla.

Raquel Sánchez llegó a la calle De los Mecánicos y se encontró con un agente de tránsito que le impedía el paso. A unos cuantos metros, ambulancias, patrullas, bomberos, gente corriendo con bultos en brazos, gritos imposibles de emitir, gritos que aún resuenan en esa calle enlutada. Descendió del coche y esquivó al policía mientras aullaba mi hija está ahí, mi hija está ahí, deseando que no estuviera, que ese día hubiera amanecido enferma y quedado en casa, que la abuela hubiese pasado a buscarla antes, como a veces sucedía. Rogando a un dios en el que no pensaba mucho, que por esa vez, solo por esa vez, no fuera el dios que había permitido que se llenaran de sangre las llanuras de Ramá. Quería llegar a la entrada de la guardería, zambullirse en el humo negro que la pequeña puerta vomitaba, buscar a Paola entre las brasas vivas. Otras madres, otros padres también lo intentaban, pero los cuerpos de seguridad que ya habían acordonado el edificio lo impedían. La multitud clamaba enloquecida. ¿Qué clamaba? Lo imposible: que el tiempo retrocediera y que el destino de esa ciudad, de ese barrio obrero, de esa calle hasta entonces insignificante, no hubiera sido escrito aún.

En ese momento de histeria en el que nadie era capaz de poner orden, una parte de mí se empeñaba en decirme que ese día Paola no había ido a la guardería, que regresara a casa, que ahí estaría esperándome.

La esperanza puede ser un disparo en el corazón al que sobrevives muchos años.

Una voz se hizo dos y luego diez y luego cien. Y decían todas que en una casa aledaña a la estancia habían recogido a los niños ilesos. Ahí está Paola, se dijo Raquel, pero no estaba. Se sumó al río de padres que invadía la sala y el comedor y la cocina de unos extraños que multiplicaban sus fuerzas para dar de beber a los pequeños, tratar de calmar su llanto, consolarlos. Una colección de diminutos rostros deformados por el terror que pasaba ante los ojos de Raquel como explosiones de luz que se apagaban de inmediato, cuando ninguno era el de su hija, sumiéndola en un invierno que avanzaba minuto a minuto por todo su cuerpo. Raquel, tres años después, aún se reprocha haber envidiado a los padres que salían de esa casa anónima, una casa de porche verde, con sus hijos intactos en brazos llorando de incredulidad.

Tal vez fue un bombero o un paramédico o un policía, no logra recordarlo. Alguien le aconsejó que buscara en los hospitales de la ciudad. ¿En cuáles? En todos, no había suficientes para albergar tanta muerte.

No supo cómo ni de dónde habían salido, pero al abordar el coche, su padre y su hermano le dieron alcance llenos de preguntas que no podía, que no quería contestar. Buscó inútilmente las llaves en el bolso hasta que su hermano le indicó que estaban puestas y el motor encendido, no lo había apagado cuando llegó. Fue su hermano quien la arrancó del asiento del piloto para tomar su lugar y la arrojó a la parte trasera. Entonces el coche empezó ese otro peregrinar que duraría toda la tarde y parte de la noche.

Hospital. Sala de espera. Caos y dolor. Médicos y enfermeros rebasados por las circunstancias, tratando de sostener un profesionalismo que no los había preparado para una estadística dictada por el diablo.

Hospital. Sala de espera. Caos y dolor. Camas y más camas ocupadas por cuerpecillos quemados parcial o totalmente, muchos irreconocibles.

Aquí no está. ¿Cuál sigue?

Para entonces, algunos medios de comunicación hablaban ya de una treintena de niños que habían perecido entre las llamas. Y a Raquel, hundida en el asiento trasero de su coche, en donde cada día Paola se instalaba para ir a la guardería, la esperanza se le fue transformando en vaticinio. Está muerta, murmuraba. Y la imagen de su hija envuelta en llamas anulaba esa otra imagen, la de los cientos de familiares agolpados en las entradas de los hospitales, desesperados porque nadie les daba razón de sus hijos, nietos, sobrinos. Un grito sordo que recorría la noche caliente de Hermosillo, empeñada en negar que algo así podía suceder. Un grito que los habitantes de esa ciudad, encerrados en sus casas, escuchaban con los ojos perdidos en la muerte.

Como una autómata, cuenta Raquel, avanzaba entre el tumulto guiada por su hermano y su padre mientras el deseo de dar con la niña y el de postergar el momento la desgarraban. En el instante en que hallara a Paola, la realidad impondría un hecho inapelable.

Raquel, en algún pasaje de su deambular entre hospitales, quiso salir corriendo, huir del sudor y las lágrimas de esa multitud que enfermaba de incertidumbre. Refugiarse en un rincón oscuro, solitario, en una caverna, para poder fijar a Paola en su memoria en el minuto mismo en que la niña, antes de desparecer por la puerta de la estancia, giraba sobre sus talones y agitaba la mano para despedirse. Lo que venía después de ese minuto, lo que vendría posteriormente en cuanto encontrara a su hija, sería una voz impertinente y voluntariosa: ¿por qué la llevaste a la guardería? ¿Por qué no se quedaron en casa ese día?

Raquel cree recordar que alrededor de las tres de la mañana, después de haber buscado en las clínicas del IMSS, el Hospital General, el Hospital Infantil, el Hospital Chávez, en una camilla del CIMA halló a Paola con el sesenta por ciento de su cuerpo quemado. Pudo identificarla por las sandalias blancas y rosas con mariposas en el empeine, extrañamente intactas. Una doctora les confirmó que estaba viva pero que su condición pendía de un hilo. Raquel se derrumbó a los pies de la médica y le rogó que salvara a su hija. Clavó sus uñas en los tobillos de la joven doctora —exhausta a esas horas, agotada por las decenas de intervenciones de emergencia que había realizado para entonces; con la piel calcinada de los niños pegada a sus manos— y empapó de lágrimas sus zapatos blancos mientras le suplicaba que no dejara morir a Paola. Su padre y su hermano la desprendieron de la médica. Esta solo alcanzó a balbucear que haría todo lo que estaba en sus manos, al tiempo que trataba de alejarse para continuar con una jornada que se le quedaría grabada en la memoria para siempre.

Raquel, tres años después, con cierto cinismo resignado, dice que su hija tuvo suerte. Dos días más tarde Paola fue de los pocos niños trasladados en helicóptero al Shriners Hospitals for Children, en Sacramento, California. En las clínicas del IMSS, funcionarios de la institución llegados de la Ciudad de México impidieron a los padres evacuar a sus hijos heridos y murieron a las horas o a los días.

Nunca dieron una explicación de por qué actuaron así. La idea generalizada es que querían evitar un escándalo internacional.

Tuve suerte, insiste Raquel, maldita suerte la nuestra. Ella poseía un destartalado coche rescatado por su padre de un deshuesadero con el que atravesar esa anarquía sufriente; muchos padres, a pie, detenían taxis que no les cobraban el pasaje o coches particulares que se aprestaban a llevarlos a su destino.

Tuve fortuna, sí, porque no terminé mi peregrinar en la morgue, adonde los familiares arribaban después de buscar en todos los hospitales de la ciudad infructuosamente. La última estación de un tren surgido de las entrañas del infierno. La policía había colocado unas vallas de acero alrededor del acceso para impedir la entrada de la muchedumbre enfurecida, harta del silencio, al borde del abismo. Olga, una psicóloga acechada desde entonces por inefables pesadillas, esa noche recorrió al menos treinta veces el pasillo que separaba la morgue del exterior; en una mano el nombre de uno de los pequeños identificado y en la otra un megáfono. Voceaba a la víctima y al instante surgían gritos destemplados entre la multitud que se abría en abanico para dar paso a los deudos. Algunos padres desfallecían al transitar por el pasillo de la muerte, otros preguntaban incrédulos a la psicóloga si estaba segura de que su hijo había muerto.

Desgraciada suerte la mía, se dice Raquel. Aislada en ese hospital de Sacramento al cuidado de Paola, no fue testigo de cómo las autoridades del IMSS y del Gobierno del Estado, todavía con los rescoldos del incendio, organizaban un siniestro partido de tenis en el que las responsabilidades y las culpas iban de un lado al otro. La escalada de reproches entre Bours y Calderón hasta romper relaciones los despojó de la máscara compungida que exhibieron los primeros días y dejó al descubierto su verdadera calaña. No tuvo Raquel que masticar y tragarse la declaración del gobernador, cuando un reportero lo interrogó sobre el estado de su conciencia: Duermo como un bebé, dijo a las puertas de la casa de gobierno en la colonia Pitic. Como sí lo hicieron los padres de los entonces más de cuarenta niños muertos. Raquel se pregunta al contar su historia qué es lo que detuvo a los deudos para no salir a las calles y arrasar con todo a su paso. Linchar al mandatario estatal, que nunca depuso su arrogancia. Acudir a los lujosos hoteles donde se hospedaban las autoridades del IMSS, encabezadas por Daniel Karam —llegadas de emergencia de la capital para controlar los daños— y colgarlas de una farola, por ejemplo. ¿Acaso alguien hubiera culpado a los padres y madres por ello? ¿Qué los detuvo, qué nos detuvo?, se pregunta Raquel. ¿Un atisbo de fe en un sistema que históricamente había mostrado su desprecio y su vocación homicida?

Tres años después, Raquel Sánchez, los integrantes de Manos Unidas y del Movimiento Cinco de Junio mantienen viva la llama de que en algún rincón olvidado del aparato de justicia mexicano, existe un policía, un fiscal, un juez que se atreverá a hacer su trabajo.

Me queda claro que Jorge Alcázar no ha dejado de hacer el suyo. No tengo tan claro que un domesticado cínico como yo pueda estar a la altura de esa fe disparatada.

Le pregunto a Raquel por Jota Eme, no lo ha mencionado en todo el relato. Me dice que el padre de Paola la llamó por teléfono toda esa tarde y toda esa noche pero que no quiso contestar. Al día siguiente, cuando pudieron estabilizar a Paola, se presentó en el hospital. Discutieron. Raquel le recordó que durante todos esos años le había importado un carajo su hija, que no tenía por qué ser diferente ahora. Se marchó hecho una furia. Cuando surgió la oportunidad de llevar a la niña a Sacramento, le pidió que se presentara de urgencia en el hospital a firmar la autorización. Al ver el estado de Paola, se quebró de tal manera que no paró de llorar hasta que lo sacaron a rastras del hospital. No la acompañó a California. No lo necesitaba, me dice, yo era la madre.

13

Desde las vallas que impiden el paso a la guardería, los niños son-
ríen. Fotos castigadas por el sol, opacas, marchitas, dispuestas a lo
largo de la calle como si fueran espectadoras de un desfile. Bocas
chimuelas, ojos lúdicos, mejillas rozagantes, ceños fruncidos, miradas reflexivas, pícaras, sorprendidas por la cámara que captó el
momento en una piñata o en la sala de su casa, un día cualquiera
en el que fueron inmortalizados sin saber que terminarían ahí, en
la fachada de una guardería en ruinas.

Una lona azul cubre el hueco que abrió una pick up después
de que su dueño, en reversa, la estrellara varias veces contra el
muro para improvisar una salida: las de emergencia, de metal,
estrechas, se encontraban cerradas bajo llave e incandescentes.
El conductor fue proclamado héroe de la guardería. El senador
Beltrones le donó una Silverado del año a causa de su iniciativa,
que al menos salvó la vida de cien niños. Multitud de notas de
prensa dieron cuenta del regalo. Algunas de ellas me parecieron
repugnantes por la forma en que alaban al político. El héroe de la
pick up recibió una atención desmedida de los reporteros. Abrumado, terminó por no dar más entrevistas. En cada una revivía el
instante en que la pared, poco a poco, cedió a sus embates y reveló
lo que escondía la estancia infantil en sus entrañas. El héroe de la
pick up optó por el silencio. Con el tiempo fue olvidado. Su hijo,
nacido cinco días después del incendio, se llama Ángel porque así
le decían las personas que lo paraban por la calle para agradecerle

su determinación. Eres un ángel, proclamaban, como si Dios hubiera tenido algo que ver.

En la esquina con la calle De los Ferrocarrileros, cuarenta y nueve cruces blancas con los nombres de los niños en negro y algunos modestos arreglos florales rodean un improvisado altar. En unos días más, la marcha conmemorativa por el tercer aniversario partirá de ese lugar. Las cruces blancas, dispuestas en un estricto orden, y las fotografías de los pequeños tienen el efecto de poblar de voces el entorno. Voces anteriores al incendio que componían el murmullo fresco que suele brotar de los lugares en donde se concentran muchos niños. En ese momento adquiero plena conciencia de lo que esconde esa geometría mortuoria. Hasta entonces, todo el asunto lo he vivido desde un plano estadístico: cifras, datos, fechas, estrategias judiciales, proclamas. En cuanto a la condición de Paola, viva, presente en esa primavera de 2012, aunque atroz, es exclusiva, única para mí. Pero el ejército de cruces blancas alineadas con una perfección desquiciante, nominales, perpetuas, estáticas, silentes, acaba en un segundo con las matemáticas, como si el sufrimiento hubiera dejado de ser un dato para convertirse en un padecimiento en su estado más puro, comprometiendo mi conciencia. Se me empañan los ojos. Me siento avergonzado. Puede haber testigos de mi debilidad al acecho. Trabajadores rudos de la gasolinera, la llantera o el taller mecánico en la esquina opuesta a la bodega. Tipos de manos callosas y lengua sucia que me niegan un dolor al que tal vez no tengo derecho.

Doy vuelta a la izquierda y me adentro por la calle De los Ferrocarrileros. La bodega de Hacienda está cercada por una malla ciclónica que clausura el acceso al almacén. Una cinta amarilla con la leyenda PGR CRIMINALÍSTICA cuelga a lo largo del cerco como si hubiera sido olvidada por alguien que tenía mucha prisa por largarse y no volver. Más allá de la cinta, árboles sedientos, maleza seca, y una boca negra y ennegrecida por el hollín, atravesada por unos alambres de acero con unos pequeños letreros prohibiendo el paso. Ese es el lugar de los hechos, la escena del crimen contaminada una y otra vez durante casi tres años. Sobre la acera de enfrente se sucede una serie de casas. Me atrae una de fachada verde limón salpicada de arcos escarzanos. Sus inquilinos, por la ubicación, tienen una vista perfecta del trajín de la bodega. Atravieso la calle y con la punta de la llave del Atos toco en la puerta de hierro forjado como si estuviera mandando un telegrama. La cochera está vacía. No hay nadie. Después de cinco minutos, desisto.

En este país en el que nadie ve ni escucha nada, ningún vecino me proporcionará un indicio de lo que busco: un vehículo de lujo, probablemente una camioneta, conducida por el chofer de un funcionario que entró y salió de la bodega en los días previos al incendio. Es absurdo. Maldigo al exempleado. Siempre me queda el recurso de apretarle las tuercas al viejo. Cuando se lo insinué a Alcázar, este fue tajante: Arturo Pacheco también es una víctima, no vamos a revictimizarlo escudados en que el fin justifica los medios. No nos convertiremos en los monstruos a los que perseguimos. ¿Es eso posible? La ética de Alcázar pone en entredicho mis capacidades. Mi formación en la Procuraduría pasa por la tortura, la coacción y el chantaje. Fuera del sistema ya, enfrentado a este, sería razonable pensar en utilizar sus mismas armas. Pero no hay forma de que Alcázar lo entienda. Así que estoy parado en medio de la calle De los Ferrocarrileros tras los pasos de una sombra.

Decido regresar más tarde, a esa hora de la mañana difícilmente encontraré a un posible testigo. Vuelvo a la calle De los Mecánicos. Voy a abordar el Atos cuando una corazonada —qué seríamos sin ellas—, me lleva al taller mecánico de la esquina.

Un muchacho de no más de veinte años, con aspecto de haberse revolcado con un pulpo gigante, surge de las profundidades del motor de un Cavalier. Es fibroso, duro, acholado. Lleva en la frente el sello de quienes han pasado una temporada en la cárcel. Me observa con un gesto de repulsión que no tiene que ver conmigo, sino con los misterios mecánicos del auto. Me espeta un qué se le ofrece como una invitación a esfumarme. En el taller la temperatura pone a prueba los nervios de cualquiera. Le explico el motivo de mi visita. El muchacho me contempla como si fuera un chiste, se encoge de hombros, me dice que es nuevo ahí, me señala a un hombre al fondo del local y se sumerge otra vez en el motor.

El hombre se encuentra ordenando una serie de herramientas incomprensibles en un tablero colgado en la pared. De espaldas, los anchos hombros desmienten su cabello gris, cortado al rape. Al darse la vuelta, un rostro cuadrado lleno de pequeñas arrugas ennegrecidas de aceite me encara sereno. Se trata de un hombre mayor, aunque su cuerpo no se haya enterado de ello. Las manos, enormes, se apoyan en el canto de una tosca mesa de madera. Me identifico y le explico lo que busco. Con un trapo sucio que extrae del bolsillo trasero se limpia las manos. Su tamaño, su violencia estática, la historia que esconden entre los dedos grandes y acerados, hacen que me avergüence de mis manos de picapleitos.

Francisco Gutiérrez, para servirle, y me tiende una de sus extremidades rocosas, la derecha. Su textura es aún más monumental que su apariencia. ¡Qué triste caso! Fíjese que no me tocó, a esa hora había salido a comprar unas piezas. Estaba solo mi ayudante, no ese, ese es nuevo, otro que ya se fue. Él sí arrimó el hombro en el incendio, como todos los de por aquí. Si me apura, por eso renunció, en una de esas no aguantaba ver todos los días la guardería quemada. Yo no tengo más remedio, soy el dueño del taller y de esto le doy de comer a mi familia. Pero si pudiera, fíjese que sí me iba a otra parte. No vea cómo se me estruja el corazón cada que la miro. Que andan buscando justicia, dice. Más que eso van a necesitar los padres de esas criaturas. ¡Justicia! ¡En este país! No me haga reír.

Sé qué es difícil de creer, don Francisco, pero si usted nos ayuda y otros más, pues tal vez… Haga memoria, no creo que llegaran muchos carros de lujo a la bodega.

Si no necesito hacer memoria, fíjese. Pero quién lo iba a decir, ¿verdad?

¿A qué se refiere?

Aunque ahora que lo pienso, sí tenía facha así como de guarura, no tanto de un chofer normalito, no sé si me explico.

¿De quién habla?

Pues del compa que conducía el camionetón negro. Y déjeme decirle que no anda desencaminado; si no me falla la memoria, empezó a venir unos días antes del incendio. Al principio no le di bola, pero un día se dejó venir con todo y carro, que dizque se jaloneaba cuando le pisaba a fondo y su jefe era muy maniático con esas cosas. Lo revisé, traía un problema en la bomba de la gasolina. Ya ve que cuando fallan el motor pierde fuerza…

¿No recuerda si le dijo su nombre, dónde trabajaba?

Pues el nombre… ahí sí le voy a quedar mal. Pero me acuerdo perfectamente del carro, en eso mi memoria no falla. Ya son treinta años entre motores; y como dice usted, pues no caen por aquí muchos de esos. Ya ve que esta es una colonia de gente medio amolada, pura carcacha. Pero a una Navigator, pues no todos los días le echamos el diente, ¿verdad?

¿Una Navigator negra? ¿Qué modelo?

Así es, licenciado; ha de haber sido 2005 o 2006, con molduras y parrilla cromadas. Motor V8, tres válvulas por cilindro…

El dueño del taller extravía los ojos en el recuento y parece próximo a tener un orgasmo. Saco una pequeña libreta y una pluma y anoto el galimatías mecánico. De pronto, don Francisco guarda silencio.

¿No recuerda nada más? ¿Algo del chofer?

Pues como bien dice usted, licenciado, se me hace que trabajaba para el gobierno. Tenía esa facha al menos, ya sabe, como de madrina, ya me entiende.

Sé a qué se refiere el mecánico, los conozco bien. Me los crucé muchas veces en la Procuraduría. Satélites de los políticos, no tienen nombre ni ocupación. Lo mismo acarrean votos en unas elecciones que amenazan o compran a un periodista, acuden a recoger a la escuela al hijo del jefe o le consiguen coca, putas o mayates, según los gustos. Viven en los intersticios del sistema y hacen el trabajo sucio. La mayoría son expolicías o exmilitares reciclados. No aparecen en la nómina o lo hacen en puestos anodinos. Su principal pago es la impunidad otorgada por su ambiguo estatus, la cual les permite desarrollar actividades paralelas. Su patente de corso expira cuando el jefe cae en desgracia, hasta que reaparecen gravitando alrededor de otro político.

¿No se acuerda de cómo era, don Francisco, qué aspecto tenía?

Era muy moreno, casi negro, grandote, tipo clóset aunque fondón, gordo pues. Lo que sí me acuerdo es que al otro día del incendio lo vi salir de la bodega con algo en las manos, como una caja, unos documentos o algo así. Lo acompañaba un cuate.

¿Está seguro? ¿Al día siguiente del incendio?

Claro que estoy seguro, se subieron a la Navigator y se largaron quemando llanta; ya no lo he vuelto a ver.

¿No se quedó con el número de placa?

¿Qué pasó, licenciado? Soy gente de paz, no me ando metiendo en lo que no me llaman.

Y está siendo de gran ayuda, señor, no sabe cuánto se lo agradecen los padres…

Una cosa sí le digo, y me va a disculpar usted y esa pobre gente, pero yo a la autoridad no pienso decirle nada de esto, por si se le ocurre mandármelos. Yo no vi nada, no sé nada.

Lo entiendo.

No estés jodiendo, Calacas.

El grito viene de la entrada del taller. El ayudante, junto al Cavalier destripado, encara a un sujeto en andrajos con un morral de ixtle a la espalda en el que guarda pedazos de cable y latas de aluminio. Encorvado ligeramente, con la mano libre sujeta la parte derecha de su vientre como si la protegiera del mundo. El pelo enmarañado ha perdido brillo y la ropa amenaza con desprenderse del cuerpo para dar paso a una desnudez sucia, famélica.

Ya te dije que no traigo un quinto, sácate a la chingada y deja chambear.

Ey, Calacas, ven, acércate, quiero presentarte a un licenciado muy importante, dice el dueño del taller mientras agita su manaza en el aire.

El sujeto arrastra su cuerpo hacia nosotros. Al caminar, se encorva aún más y aprieta con determinación el vientre. Con la difusa mirada del cristal recorre mi estampa de arriba abajo y abre la boca. Los pocos dientes que sobreviven parecen invitados de piedra.

Présteme cincuenta bolas, licenciado, luego le pago.

Le presento al Calacas, héroe de la guardería, dice con una solemnidad socarrona don Francisco. Hasta salió en la tele, ¿no es cierto, Calacas?

Tele mis huevos, hijos de la chingada. Qué onda, patrón, ¿no tiene para la botana?

¿Para la botana? ¿No será para la cura?

Errático y nervioso, el Calacas es un manojo de tics. A cada instante observa por encima del hombro hacia la calle.

¿No los ha visto, jefe?

¿A quiénes, Calacas?

Pues a los chotas hijos de su puta madre que me la tienen jurada.

Cuida esa boca, que estamos con gente decente.

¿No tiene cincuenta bolas, licenciado? Es para la medicina de mi hermana.

No metas a tu hermana en esto, desgraciado, que bastante tiene con aguantarte.

Me corrió de la casa la cabrona; patrón, présteme para la botana, ándele.

Toma, Calacas, pero quiero ver que te compres uno tacos en la esquina. De aquí te voy a estar checando.

Don Francisco extrae una cartera grasienta del bolsillo del pantalón y le tiende un billete de cincuenta pesos.

No tiene una lanita que me preste, licenciado, vuelve a pedirme antes de que don Francisco, con un gesto, le indique que se ha terminado la charla y que se marche.

Vemos en silencio cómo sale el Calacas del taller y toma en dirección contraria a la taquería. Ahora renquea como si la pierna derecha hubiera dejado de responder a las órdenes de su cerebro.

Cualquier día amanece muerto el desgraciado, murmura don Francisco.

¿Por qué dijo que era un héroe de la guardería?

¿No conoce la historia del Calacas, licenciado?

Niego dispuesto a escucharla, intuyo que don Francisco quiere contármela.

14

Como un perro hambreado de nariz afilada, el Calacas acostumbra husmear el arroyo seco que nace y muere en la colonia Y Griega. A lo largo de la hendidura en la tierra, reminiscencia de las acequias que regaban los campos antes de desaparecer bajo la mancha urbana, los vecinos arrojan toda clase de objetos y cadáveres: el oxidado cuadro de una bicicleta, el esqueleto de una lavadora, el motor de un refrigerador, rines con llantas montadas, llantas en carne viva; perros, conejos, gallinas y gatos destripados… los ojos del Calacas, adiestrados para detectar los tesoros de la basura, han visto de todo, incluidos los cuerpos de algún que otro cristiano que encontró en el canal su sepultura. El Calacas tiene su hogar a la vera del arroyo, en un predio elevado un par de metros sobre el cauce. Una capilla en honor a la Virgen de Guadalupe domina la entrada del solar, muy cerca del puente de la calle De los Mecánicos que cruza el canal, casi en la esquina con la calle De los Campesinos. Al fondo, en dos cuartos en obra negra, se amontonan su hermana, su cuñado, sus tres sobrinos y él mismo, que cuando puede duerme a la intemperie. Las escasas temporadas de lluvias torrenciales, a veces separadas entre sí por un lustro, suelen provocar inundaciones en las casas asomadas a la antigua acequia. Sucede en tan raras ocasiones que, a los pocos meses, los vecinos lo han olvidado y nadie hace nada para remediarlo.

El Calacas tiene muy pocas cosas claras en la vida, una de ellas es que no necesita ser rescatado de ese arroyo macilento ni de su oficio de buhonero, de ilustre pepenador. Aprecia en su justa medida la libertad que le otorga la tarea de levantar fierros, cables y botes de aluminio, se conforma con los frutos de su cosecha y disfruta como un millonario las bondades de una caguama bien fría y un churro forjado como Dios manda.

Al menos, eso declaró a todos aquellos que se interesaron en su gesta, que fueron muchos y muy variados, acosadores profesionales. Por eso, cuando aparecieron en el arroyo las auras de plumas luminosas, dientes perfectos y chalecos coloridos, que agitaban las alas como si fueran pavos reales, el Calacas, de entrada, quiso que se esfumaran, pues los confundió con un mal viaje de mariguana. Pero por más que los ahuyentó, reaparecían con sus promesas de gloria y fama: es tiempo de héroes, le susurraban, y tú eres el más grande de todos. Al final cedió al canto de las sirenas y una mañana de junio abordó un avión rumbo a la Ciudad de México.

Nunca antes se había subido a un aparato que se suspendía en el aire durante tres horas para atravesar medio país, por encima de las nubes incluso, tan cerca del sol, pensó. Puso como condición que le administraran un Rivotril que le indujera a un sopor placentero, del que salió cuando la aeronave planeaba hacia el corazón del monstruo de cemento.

El gigante lo acogió con lujo de camionetas y fanfarrias. Eres un héroe, le decían las auras tiñosas que poco a poco, según se acercaban al moderno edificio de la televisora, habían empezado a tratarlo como lo que en verdad era. El Calacas, primero entre esa marabunta de viajeros diestros y eficaces, luego entre la congestión de vehículos, cláxones, gritos y chiflidos, no se sintió Aquiles, sino una insignificante rata de alcantarilla enloquecida por el ruido de la ciudad.

Puso otra condición, un ruego, un deseo, una humilde solicitud: conocer a Cepillín, su payaso preferido. El Calacas seguía teniendo alma de niño. Y a todo le dijeron que sí las auras mientras lo empujaban por interminables pasillos repletos de gente con mucha prisa, ocupada, indiferente.

Cuando entró al plató, la presentadora lo recibió como a un legendario guerrero. Aplausos, vítores, lágrimas, risas. El Calacas, mareado por tanta luz, sin nadie que le dijera al oído que viera tras de sí, que era mortal, sintió que flotaba y se alejaba liviano de ese planeta de conmovedoras simulaciones en el que, aun cuando lloraban, no dejaban de sonreír, como si la máxima aspiración en sus vidas fuera mostrar el refinado arte de sus dentistas.

Cuando la güera que conducía el programa, con esa boquita siempre a punto de dar un beso o escupirte en la cara, le pidió que le contara a tooooodo México su gesta, el Calacas relató el día en que se convirtió en un héroe involuntario.

Primero fue la columna de humo negro. La misma que observó Raquel Sánchez desde su trabajo, la misma que contemplaron miles de hermosillenses ese 5 de junio de 2009.

No dijo al aire, ante millones de telespectadores mochos y persignados, que se encontraba a la orilla del canal con un par de cuates tumbando un churro de una yerba espesa y jodida, ni que la cerveza corría con especial procacidad para combatir el calor. Tampoco, pues los héroes no tienen por qué confesar sus íntimas motivaciones, que pensó que aquello era un incendio como cualquier otro y, con suerte, se haría de un sustancioso botín chatarrero.

El Calacas brincó del arroyo a la calle De los Mecánicos y siguió la columna de humo. Dejó atrás la De los Campesinos, cruzó la De los Mineros y se plantó en la esquina con la De los Ferrocarrileros.

Nunca supo a quién pertenecía la voz clara y fuerte que le ordenó —en medio del griterío de los padres histéricos y la pasiva contemplación de los policías de aquel infierno— que se metiera en la guardería: ¿a Dios, al diablo? Era una voz imperiosa a la que no pudo resistirse. El Calacas siempre sostuvo que todos esos años pateando calles a 45, 46, 47, 48 grados lo habían preparado para ese momento. Su piel lagarto, su piel iguana, su piel serpiente, curtida en el desierto, no sentía el calor que despedían las llamas, alimentadas por materiales altamente inflamables, glotonas, mórbidas. Esquivaba la lluvia de fuego que caía del falso plafón como si estuviera en medio de un pasaje del Antiguo Testamento y el humo tóxico se colaba en sus pulmones sin colapsarlos, hechos a otros humos tóxicos. Detrás de una puerta que tumbó con un extintor inservible, se topó con una pequeña silueta evanescente, inmóvil, sentada en una silla. El Calacas pensó que era una muñeca y dudó en auparla. ¿Qué clase de héroe hubiera sido si reaparece en medio de las llamas con una muñeca de trapo entre los brazos? Al tentarla descubrió que aquello que se le deshacía entre los dedos era piel. Se quitó la camiseta, envolvió el cuerpo incandescente con ella y encontró la salida de nuevo.

Vuelve a entrar, le dijeron los policías, aunque ellos no se atrevían e impedían por seguridad que lo hicieran los padres de los niños. Vuelve a entrar, Calacas, que tú eres carne de cañón.

Y volvió a escabullirse como una lagartija intrépida entre las dunas abrasivas y rescató a dos niños más, justo cuando una pick up reventaba la pared frontal de la estancia infantil y el oxígeno irrumpía avivando las llamas.

Después de eso, fue imposible introducirse nuevamente.

La güerita de boca trompuda, senos opulentos, incontenibles en el escote de su vestido ajustado, lloraba cuando el Calacas terminó de contar la hazaña. El público lloraba y el héroe lloraba. Los espectadores en sus casas lloraban. Los camarógrafos lloraban.

Y con lágrimas vivas corriendo por su rostro inmaculadamente maquillado, de fondo el coro angelical entonando el melifluo himno del programa, Edith, la güera, hizo un enlace en vivo y comprometió a uno de los mejores especialistas del país a curar la hernia que martirizaba al héroe, una hernia inguinal, una hernia que ningún héroe debía padecer.

Se terminó el show. Cayó la noche en el estudio mostrando el verdadero rostro de la tramoya desangelada. La conductora güerita desapareció entre algodones, ya no volvió a dirigirle la palabra ni la mirada. Las auras rodearon al Calacas y casi en andas lo pusieron de patitas en la calle. Apúrale con el taxi, no vayas a perder el avión de vuelta, el último de la noche, le dijeron.

¿Y el paseo por la Ciudad de México que le prometieron? ¿Y el encuentro con Cepillín, su payaso preferido? ¿Y la puta hernia?

El crédulo Calacas, despojado de su condición de héroe una vez que se apagaron las luces del plató, de vuelta a su realidad de pepenador, lastre de la sociedad, etcétera, aterrizó de nuevo en el canal seco de la colonia Y Griega, después de remontar por los aires buena parte de este país farandulero sin un miserable Rivotril que echarse al cuerpo y con la amarga sensación de haber sido el hazmerreír de todo México.

Entonces, tal vez por la atención mediática que recibió su heroísmo, por haber exhibido la cobardía de los uniformados o por ser el último escalón de la pirámide, los policías municipales que patrullaban el sector en el que está incluida la Y Griega, comenzaron a visitarlo con irritante frecuencia. Obesos y orondos, probablemente disfrutaban humillando al efímero adalid al que habían empujado a las llamas. Extorsión, acoso, detenciones arbitrarias, tortura, levantones, el Calacas pasó más de una noche en la comandancia acusado de actos contra la moral pública, o de paseo en una patrulla por lugares inhóspitos mientras su hermana lo buscaba con el Jesús en la boca.

El Calacas aprendió que los héroes, en este país, o se mueren pronto o terminan rumiando su gloria en un oscuro calabozo.

La hernia del Calacas siguió creciendo tanto como su leyenda, hasta parecer un hombre embarazado. Tres años después, en las horas más bajas, seguía encerrándose en la capilla guadalupana situada en la entrada del predio de su hermana, para acallar los gritos de los niños quemándose y tratar de olvidar el pequeño cuerpo que se le deshacía entre los brazos, deseando que hubiera sido una muñeca de trapo y él un bufón.

15

Le rendí a Alcázar un informe sobre la conversación con el mecánico, su descripción de la camioneta negra, los vagos apuntes sobre el chofer y la sospechosa extracción de documentos al día siguiente del incendio.

Al terminar, Alcázar me recriminó:

Hace ya quince días que estás en Hermosillo y Dulce sigue esperando que nos visites.

Para el abogado era importante que aceptara la invitación. Dulce representaba ese tiempo anterior al exilio, una época que mi colega se obstinaba en traer al presente para borrar todo vestigio de resentimiento. Necesitaba confiar en mí. Necesitaba mi perdón, aunque en el fondo estuviera convencido de que había obrado correctamente. Pero Alcázar se equivocaba. Mi resistencia a reunirnos en su casa tenía que ver con el hecho de que Dulce, toda ella, su tiempo y su memoria, estaba contaminada de Cristina. De mi expulsión de la Procuraduría había dejado ya de culpar a Alcázar, si es que alguna vez realmente lo había hecho.

Ese mediodía de sábado me presento en casa de Jorge Alcázar con una botella de vino chileno barato. Prefiero la cerveza y el tequila. Los Alcázar viven en un fraccionamiento de profesionales, académicos y tecnócratas al Poniente de la ciudad, de calles recoletas, parques verdes y casas amplias, de dos pisos, con una espaciosa cochera al frente y un patio de unos doscientos metros cuadrados en el que los Alcázar no crían ninguna mascota. Un ama de casa me abre la puerta. Adivino que es Dulce gracias al contexto, no hay otra forma de reconocerla. Ante mí aparece una mujer hinchada como un sapo. Más tarde sabré que el embarazo de los gemelos le provocó una retención de líquidos que la ha convertido en ese zepelín vertical de sonrisa condescendiente. Viste un pantalón beige casual que la emparenta con Obélix. La blusa de seda, escarlata, disimula mal unos senos grandes, maternales. A diferencia de su marido, Dulce se ha aseñorado pronto y mal. Me abraza emocionada. Pitic, susurra mientras me estrecha contra su cuerpo de nodriza. Me relajo entre sus brazos. Es cálida y reconfortante su carne mullida. La alegría con que ha exclamado mi sobrenombre me parece sincera, como si nada más existiera entre nosotros ese tiempo de estudiantes golfos y fraternales, antes de que la vida terminara poniéndonos a prueba a cada uno.

La sala es suntuosa, impersonal, copiada a detalle de alguna revista de decoración con el último grito en muebles y alfombras, cuadros y adornos. Mucha porcelana, azulejos, maderas finas, aluminio y vidrio. Tras el ventanal puede apreciarse un rectángulo de pasto artificial amurallado; en medio, un angelote barroco expulsando agua por la boca. Le doy la botella de vino a Dulce en el momento en que Alcázar desciende por las escaleras. Me siento abrumado y torpe cuando el Gato Negro pasa a manos de mi amiga. Me asegura que le encanta el Merlot y que no debía haberme molestado. No tengo ni idea qué es eso del Merlot ni me interesa. La botella costaba cien pesos, me la encontré en un Oxxo. Alcázar, con un pie en el recibidor, da media vuelta y le grita a los niños que bajen a saludar a la visita. Del piso superior desciende un murmullo electrónico de efectos especiales de alguna clase de videojuego.

Los gemelos son indistinguibles. Tienen siete años, me informa Dulce. Heredaron sus nombres de abuelos maternos y tíos paternos, o viceversa… no presto mucha atención. Me saludan con esa timidez de trámite con que saludan los niños a los amigos de sus padres. Es inquietante la similitud de sus gestos y ademanes, como si la misma personita tuviera un fiel duplicado del que se hubiera perdido el original. Unos segundos después remontan las escaleras, ansiosos por volver al videojuego. Dulce les recuerda que en unos minutos más estará lista la comida. Ya en el segundo piso, a gritos, los gemelos le exigen a su madre que se la lleve al cuarto. Jorge Alcázar quiere intervenir para imponer algún tipo de autoridad. Dulce lo detiene con un gesto de la mano y me señala con los ojos. Tengamos la fiesta en paz, pronuncia esponjosa.

Jorge me ofrece un trago. Le pido una cerveza. Me trae un agua amarillenta con burbujas sin cuerpo ni sabor: Bud Light. Alcázar es de esos. El abogado bebe un vodka tonic. Dulce nos indica que pasemos al comedor, en donde una mesa grande y cuadrada está puesta a detalle para tres personas. Dulce se ha convertido en una mujer de manual. Intercambiamos algunas frases corteses y banales sobre la casa, hermosa y elegante, sobre el vecindario, sobre esa zona de la ciudad no hace tanto tiempo desierta y su veloz urbanización. Unos boleros viejos en voz de Luis Miguel suenan de fondo evidenciando el cívico silencio.

Dulce deposita una ensaladera al centro de la mesa mientras Jorge Alcázar abre una botella de vino diferente a la que traje. Cada quien se sirve de la ensaladera. La anfitriona explica que se trata de una ensalada de espinacas y jamón serrano, nuez picada, champiñones y queso parmesano. El aliño es a base de aceite de oliva, ajo fino, jugo de limón y vino blanco. Es la primera vez que la prepara, dice, la ha sacado de un recetario en internet. La ensalada me parece insípida. El sabor de las espinacas me remite a gusanos y caracoles. Le sigue una lasaña que reivindica las artes culinarias de Dulce.

Esta, después de subir un par de porciones para sus hijos en una charola, se sienta a la mesa, se sirve su quinta copa de vino, se la cepilla de un trago violento y pronuncia lo impronunciable.

¿Ya te enteraste de lo de Cristina?

Alcázar reprende a su mujer con la mirada.

Hace unos días supe que se ha vuelto a casar. ¿Te refieres a eso?

Así es, Pitic, a eso me refiero. Con un funcionario panista, no me friegues.

Dulce, exclama Alcázar mordiendo el nombre de su mujer.

¿Te molesta que hable de Cristina?, me pregunta.

Para nada.

¿Sabes que desde que se casó no me regresa las llamadas? La muy zorra. ¿Y sabes por qué? Porque se le cae la cara de vergüenza. Una cosa es trabajar para esa bola de ratas y otra cosa es casarse con una de esas ratas, ¿no crees?

Cristina es funcionaria del Instituto Sonorense de la Mujer, interviene Alcázar.

Lo sé, digo.

Alcázar me mira sorprendido. Quiero explicarle cómo he obtenido esa información, pero Dulce continúa con su diatriba.

La verdad, al principio todos nos la creímos. Cuando llegaron al poder gracias al incendio en la guardería…

Eso no está comprobado, querida, interrumpe Alcázar. En Hermosillo ganó el PRI, a pesar de todo.

Fue por el incendio, Jorge, no sé cómo puedes creer esas tonterías que dicen. La tragedia los llevó al poder y una vez ahí, se olvidaron de los niños y se han dedicado a robar. Así de claro.

Los números son los números, Dulce, y aquí ganó el PRI, aunque no te guste. En cuanto a la guardería, tienes toda la razón, el gobernador no ha cumplido con ninguna de las promesas que les hizo a los padres y ha preferido encubrir a los culpables.

No deseo que la conversación se pierda en el tema del incendio. Hace mucho tiempo que tengo claro que no hay ninguna diferencia entre unos y otros. Está a punto de concluir el segundo sexenio panista y el país es una gran fosa abierta llena de cadáveres anónimos. Necesito que Cristina, incorpórea y distante, regrese a la mesa.

¿No los invitó a la boda?, pregunto ingenuamente, aunque puedo anticipar la respuesta.

Al parecer fue una boda íntima, solo los más allegados, dice Alcázar.

Qué boda íntima ni que nada. Invitaron a toda la plana mayor del gobierno, al hipócrita del arzobispo, a todo el mundo menos a nosotros, sus amigos de siempre. ¿Sabías que nadie de la camarilla de la escuela fue requerido?

Tal vez le das demasiado valor a las viejas amistades, digo.

Se hace un silencio como si acabara de estallar una bomba en el centro de la mesa y nuestros oídos zumbaran incapaces de captar otro sonido que no sea el de la explosión. Dulce parece no recordar que esa misma camarilla me dio la espalda y me olvidó en el exilio. Alcázar se levanta de la mesa pretextando ir por más vino. Deja a su esposa sola con su metedura de pata. Ella me observa sin saber qué decir, aún aturdida por los efectos de la explosión.

Ay, Pitic, murmura.

Sonrío impreciso. Me enternece el empeño de Dulce para que nada más exista entre nosotros ese tiempo de estudiantes golfos y fraternales, antes de que la vida terminara poniéndonos a prueba a cada uno.

¿No ejerces?, le pregunto para aliviar la tensión.

A veces le ayudo a Jorge con algunos asuntos. Después de casarnos todavía trabajé un rato en el despacho de Molina. ¿Te acuerdas de Molina, el de procesal civil? Lo dejé con el embarazo, se me complicó mucho, estuve casi un año en reposo, un problema de retención de líquidos… y todo este tiempo me he dedicado a criarlos.

Yo tampoco ejerzo, después de lo que pasó…

No supimos qué hacer, ¿entiendes?, me interrumpe con vehemencia. Cristina tuvo mucho que ver. Nos puso a todos en tu contra, y Jorge, pues Jorge todo este tiempo se ha sentido muy culpable.

Mejor vamos a olvidarlo. El único responsable fui yo, tomé la decisión equivocada, es todo, no hay más que hablar.

Dulce se levanta de la mesa abruptamente, desplazando con los muslos la silla que está a punto de caer. Viene hacia mí, se detiene a mi altura y apoya mi cabeza en su cadera. Ay, Pitic, vuelve a decir, te extrañamos. La postura y la situación son bastante incómodas e inesperadas. De reojo alcanzo a ver a Alcázar regresar con una botella en la mano. Ambos sabemos que ese abrazo no arregla nada.

16

Las farolas de la plaza Emiliana de Zubeldia proyectan sombras viejas en la recién estrenada noche de ese día de principios de mayo. Al centro, encorvadas sobre sus bordados, un grupo de mujeres dialoga con los muertos mientras le arrancan a la tela, a golpe de aguja, mariposas, globos, papalotes, dados, carritos y los nombres de sus hijos. Murmullos, suspiros, risas sueltas acompañan el hilván, en algunas primerizo, en otras diestro, de lo que en unas semanas más será otro testimonio del dolor. Bordan con empeño trágico. La imagen me recuerda a *Las hilanderas*, el cuadro en el que Velázquez capta con precisión el ensimismamiento de las modistas un poco antes de que Atenea convierta a Aracne en un insecto. De entre todas esas mujeres, la mayoría madres de los niños fallecidos en el incendio, Raquel se incorpora de una silla plegable, guarda el bordado en un bolso grande y se despide de sus compañeras.

Raquel me ha citado a las ocho en esa plaza que durante mis años de estudiante cruzaba al menos dos veces al día. La plaza está frente a la Rectoría de la Universidad de Sonora, uno de los edificios más bellos de esta ciudad sin edificios bellos. La plaza es famosa por los puestos de hot dogs que la ciñen en una ronda de gastronomía demente. Los hot dogs estilo Hermosillo tienen la peculiaridad de estar hechos con pan Virginia, el doble de grande que el original, y aceptar creativos aderezos además de las tradicionales salsa de tomate, mostaza y mayonesa. Se trata de una cuna de miga en cuyo centro descansa una salchicha sobre la cual puede derramarse queso fundido y rallado, frijoles, champiñones, cebolla blanca y morada, pepinillos, guacamole, coloridas salsas picantes e incluso chorizo. Al final queda un mazacote que a duras penas se abarca con las manos. Es barato y es efectivo: el alimento ideal de los estudiantes.

Raquel camina hacia mí mostrando una sonrisa fatigada. Me roza apenas la mejilla con un beso impersonal y me propone, como una travesura, cenar unos hot dogs. Acepto. Desde mi vuelta a Hermosillo no he comido ninguno. Tiempo atrás, un gringo de paso por la ciudad escribió sobre ellos en un blog o en una revista, no estoy seguro. Desde entonces, los hermosillenses llevan a los turistas a la plaza Emiliana de Zubeldia para presumirles que son internacionalmente famosos, con esa reduccionista idea de que los Estados Unidos son el resto del mundo.

Hace una semana que no veo a Raquel. Durante ese tiempo he comprobado la indiferencia que rodea a todo lo relacionado con la guardería ABC, la hostilidad incluso. Como si la memoria colectiva hubiera decidido bloquear el horror del incendio, borrarlo de su pasado inmediato para no tener que enfrentar su verdadero significado.

Siguiendo las huellas de la camioneta negra y su misterioso chofer, contacté a un par de excompañeros de la Procuraduría que, creí, podrían ponerme sobre alguna pista. Los elegí a ellos porque en los años que trabajé en la institución habíamos desarrollado algo parecido a la amistad. El primero se había convertido en un agente desechable que erraba de una agencia del Ministerio Público a otra por todo el estado. Oficinas destartaladas y sin ventilación, con cero presupuesto, en pueblos de mala muerte cuyos verdaderos dueños son los traficantes de droga. Tras celebrar secamente que me hubiera reportado después de tanto tiempo sin saber de mí, me dijo que por su posición actual no podía ayudarme y me aconsejó que me olvidara del asunto, como todo el mundo lo había hecho, salvo los padres de los niños, que lo que realmente buscaban era volverse ricos a costa de sus hijos. El segundo de ellos, el licenciado Basave, no me regresó las llamadas hasta que, tres días de acoso más tarde, se puso al teléfono. Había ascendido en el escalafón de la Procuraduría y en ese momento firmaba como director de Capacitación y Evaluación. Fue tajante: los únicos culpables eran los padres de esas pobres criaturas: ¿a quién se le ocurre llevarlos a esa guardería teniendo en cuenta las condiciones en las que estaba? No seas hijo de puta, Basave, le repliqué amistosamente, más como un ruego que como un reproche. No sabes con quién estás hablando, ¿verdad, González?, me contestó. Y colgó.

También solicité un padrón vehicular del Gobierno del Estado a la Comisión Estatal de Bienes y Concesiones. La petición aún no ha tenido respuesta ni la tendrá nunca. Alcázar y yo llegamos a la conclusión de que no existen muchas camionetas de esas características al servicio de la alta burocracia. La que buscamos la utilizaba alguien perteneciente al círculo de mayor confianza del exgobernador.

Todo esto le cuento a Raquel mientras intento recordar cómo me gustan los hot dogs estilo Hermosillo. ¿Con queso amarillo, frijoles, champiñones? Paralizado frente a la barra de ingredientes, le hago un resumen de las pesquisas incapaz de armar el hot dog de mis sueños. Al final me rindo y el único ingrediente que le agrego a la salchicha es el guacamole verde intenso.

Nos apartamos de los parroquianos que rodean el changarro para comer.

¿Por qué vienes a bordar?, le pregunto después de una pausa en la que nos dedicamos a tratar de hincarle el diente a esa especie de ballena varada en la abundancia.

¿Por qué no? ¿Porque es una actividad del Movimiento Cinco de Junio y yo estoy con Manos Unidas? Estoy harta de las divisiones entre nosotros. Es lo que quieren, ¿no?, que nos dividamos.

Me encojo de hombros. No pretendo hurgar en esa otra herida, la de las diferencias entre los deudos. Son muchos los motivos que poco a poco han sembrado la discordia en los padres de la guardería: la intencionalidad o no del incendio. Aceptar o no la indemnización que les ofrece el gobierno. Y tal vez la más doloro-sa, que pone a Raquel en una posición vulnerable: algunos de los padres de los niños fallecidos son de la idea de que la lucha debe concentrarse en ellos; no puede compararse el dolor de la pérdida de un hijo con el de las lesiones de aquellos que han sobrevivido. Esta categorización del sufrimiento, sospecho, ha creado una es-pecie de jerarquía. Quienes perdieron a un niño entre las llamas tienen una suerte de derecho superior a monopolizar la tragedia frente a aquellos cuyos vástagos, a pesar de estar desfigurados por el fuego, finalmente viven.

¿Sabe qué? Aunque Paola no hubiera estado en esa guardería, creo que también vendría a bordar todos los martes, como algu-nas de las mujeres que están ahí, dice Raquel.

A causa de la proximidad del tercer aniversario del incendio, el Movimiento Cinco de Junio ha organizado una serie de acti-vidades conmemorativas, entre las que se incluye la convocato-ria abierta a los hermosillenses para acudir cada martes a bordar a la plaza.

Tal vez no, no puedes saber eso. De todas formas, me parece una pérdida de tiempo. No sé si podría aceptar la indiferencia de la gente; míralos paseando, comiéndose un hot dog como si nada, ni siquiera saben qué está pasando a unos metros de ellos.

Usted y yo también estamos comiendo un hot dog como si nada. ¿Qué esperaba, eh? Hasta hace unos días usted no había dedicado un solo segundo a pensar en nosotros. Ahora que está involucrado porque lo contrataron se indigna por la indiferen-cia de la gente. Al principio también a mí me enfurecía. No po-día entender que fueran a un restaurante, al cine, a una cantina y continuaran con su vida como si nada después de lo que había pa-sado. Luego, con el tiempo…

Raquel deja de hablar. Contempla el hot dog extraviada en una sinapsis imposible.

Olvídelo, ¿quiere? ¿Qué tal el hot dog?

No comprendo la pregunta. Trato de ponerme en el pellejo de esa mujer, si algo así es posible. Raquel me interesa más allá de las circunstancias que nos tienen ahí, en ese puesto, en esa plaza, en esa noche cálida y sofocante. El asombro que me despierta la mujer es como un elixir. Un tónico que me permite vivir esa ciudad sin las heridas de sus derrotas.

¿Cómo dices?

El hot dog, ¿está bueno?

No está mal. Menos rico de lo que recordaba, pero bastante mejor que su aspecto.

Raquel suelta una carcajada complaciente. El sentido del humor no es una de mis cualidades. Siento un cosquilleo en el estómago que me parece el colmo de la cursilería.

Si supieras la de hot dogs que comí en mi época de estudiante.

¿Es egresado de la Unison?

Orgullosamente búho. Generación 92-96. Ahí conocí a Alcázar.

Gran trabajo el que está haciendo el licenciado. Otros ya hubieran tirado la toalla. No sé por qué, pero me lo imagino como un buen compañero, amigo de todos, siempre dispuesto a ayudar.

¿Alcázar?... Sí, era un buen compañero.

Un regusto acibarado me quema la lengua. Le doy un trago al refresco de fresa para endulzar la mentira. A Raquel, de repente, la sonrisa se le vuelve una mueca de asco. Enarca las cejas, se le expanden los ojos y da un paso atrás como si quisiera desaparecer. Observa algo o a alguien por encima de mi hombro. Despacio, doy media vuelta. A unos pocos metros, un sujeto alto, de cabello relamido y barba abundante, esbelto y cauto como un felino, nos estudia detrás de unos lentes de sol tipo aviador aunque la noche ha caído hace rato. Lleva un sobretodo negro hasta los tobillos que lo hace verse ridículo en medio del calor húmedo y sofocante, pero también siniestro.

¿Qué pasa? ¿Quién es?

Es mejor que se vaya, musita Raquel.

No me muevo. El sujeto se aproxima, sonríe con tristeza. De cerca despierta esa ternura que provocan los gigantes.

Me imaginé que te encontraría aquí. ¿Por qué no me devuelves las llamadas?

Una vaharada de alcohol viejo llega hasta nosotros.

Ya sabes por qué, no te hagas.

Hace más de un mes que no veo a Paola.

Porque no quieres. Ahí está, en la casa.

Sabes a qué me refiero.

No te la vas a llevar; si quieres verla, ve a la casa cuando esté yo.

¿Y este bato, qué? ¿Tu nuevo amiguito?

No te importa.

Depende.

¿De qué hablas?

De sus intenciones, ¿verdad, amigo? ¿No andarás sobre la lana, eh, compa? Tengo que velar por los intereses de mi hija.

No digas pendejadas. Será por tus intereses, ¿no?

Qué tal si mejor la deja en paz. Trabajo para Manos Unidas, es mi cliente, y usted la está molestando.

Ahora entiendo. Otro pinche licenciadillo que anda viendo qué levanta. ¿Ya ves, Raquel, cómo tengo razón? Es que eres muy ingenua, mujer, siempre te lo he dicho.

Intento replicar, pero Raquel me lo impide posando una mano en mi hombro. Un gesto íntimo y valiente. Sus dedos permanecen unos segundos ahí; puedo sentir las yemas atravesar la tela de la camisa y acariciar mi piel. No sé si tras las gafas el tipo observa ese ademán delicado, entrañable, o el rostro encendido de ella.

Ya sé a qué viniste y por qué me andas buscando. Ya te llegó el chisme. Desde ahorita te digo que esta vez no se hace.

Ah, Raquelita tan idealista. Ya veremos, ya veremos.

El sujeto se aleja sin darnos la espalda, como los actores de antes que por regla mantenían la cara al público, hasta perderse entre los árboles de la plaza.

Es Jota Eme, el papá de Paola, dice Raquel.

Arroja los restos del hot dog al bote de la basura y se echa a andar hacia Rectoría. Pago la cuenta sin perderla de vista. Camina enfurecida y errática, buscando su coche. La alcanzo a la altura de la glorieta que se abre frente al edificio principal. La mujer llora. No sé si abrazarla. Al final poso la mano en su antebrazo y lo aprieto en un torpe intento de consuelo. Raquel se disculpa por el arrebato. Se despide sin dar explicaciones, repentina como un aguacero. Se aleja entre los coches estacionados en la calle paralela a Rectoría.

III
CRISTINA

17

Alcázar está perdiendo la paciencia. Los padres están perdiendo la paciencia. Se acerca el tercer aniversario del incendio y de nuevo la guardería es noticia. La candidata del PAN a la presidencia, Josefina Vázquez Mota, ha anunciado que aparta de su equipo de campaña a Juan Molinar Horcasitas, el director del Seguro Social que autorizó el funcionamiento de ABC: su presencia dificulta el diálogo con los familiares de los niños fallecidos. Eduardo Bours continúa como vicecoordinador de finanzas de la campaña de Peña Nieto a pesar de la indignación de algunos sectores de la sociedad. Claudia Pavlovich recorre el estado tras una senaduría capoteando las acusaciones por haber defendido a los dueños de la estancia infantil. La palabra justicia es manoseada, masticada, escupida, copulada, enaltecida, ridiculizada, vejada. La PGR anuncia nuevas imputaciones a funcionarios menores del Gobierno del Estado y el municipal para salvar la tormenta que desde 2009, con la proximidad de cada aniversario, se cierne sobre la fiscalía. Y Alcázar empieza a ser menos amigable conmigo: el tiempo pasa, estamos como al principio.

Merodeo por el centro de la ciudad sin mayor objeto que el de hallar una forma de dar con la camioneta y el chofer. También busco un lugar donde cenar, van a ser las ocho y media, el hambre aprieta. Repaso la lista de viejos colegas que podrían echarme una mano, pero está empolvada, llena de olvidos. Una idea empieza a cuajar en mi cabeza, una idea que sé que no le va a gustar nada a Alcázar, pero se me están agotando los recursos. Como si lo invocara, recibo una llamada de Jorge. Hace un par de días que lo esquivo. Irremediablemente contesto. Crispado, me insinúa un ultimátum. Balbuceo una serie de pretextos sobre el mutismo que rodea al asunto. Alcázar, con una voz cansina, opaca, como si de pronto aceptara una verdad universal, me confiesa que tal vez fue un error invitarme a colaborar en el caso. Me siento como un niño al que se le imputa una travesura cuyo alcance no comprende. Quizás hay un grado de verdad en la implícita sugerencia de Alcázar y todo eso no es más que un disparate. Acorralado, le grito que si quiere resultados me deje hacer mi trabajo.

Tú dirás, regreso con Pacheco y le saco la información como sea, y sabes lo que eso significa.

Haz lo que tengas que hacer, consiente Alcázar.

Al colgar, me da por imaginar la sensación de asco que doblegará a mi colega después de haber pronunciado esas palabras. Una bola de fuego que se instala en la boca del estómago quemando los pulmones, la garganta, hasta llegar al cerebro. En todos esos años he desarrollado un alto grado de inmunidad a ese magma que abrasa durante un tiempo. Después termina por solidificarse en la conciencia como una roca plutónica. Entonces todo es más fácil.

Decido esperar antes de regresar al domicilio de Pacheco con el deseo de que Alcázar se arrepienta y me detenga. Soy de nuevo un soldado. Desando sin prisa la calle Serdán. Atravieso la antigua plaza de la Bandera. En la plaza Zaragoza me entretengo con un músico callejero que extrae de una trompeta vieja selváticos barritos. Me adentro por las calles de la Centenario hasta llegar al despacho. Abordo el Atos y pongo rumbo a la colonia Solidaridad.

No hay ninguna llamada de Alcázar, ningún mensaje. En el fondo lo esperaba.

Esta vez, en cuanto Pacheco entreabre la puerta, la empujo con el hombro sin darle oportunidad de impedirme el paso. El viejo es liviano. Se desparrama en el suelo silenciado por la sorpresa. Cierro la puerta. Le exijo que se calle poniendo el dedo índice sobre mis labios con una mesura fría, algo amanerada, como si todo se tratara de una broma. Esbozo una sonrisa granuja, tal vez recuperada. Pacheco no intenta incorporarse. Un viejo televisor de colores deslavados vocifera chismes sobre personajes de la farándula. Frente al aparato, una silla plegable de tela. Ningún otro mueble adorna la pequeña sala. El anciano rota sobre su espalda preso de unas convulsiones desconcertantes. Poco a poco me doy cuenta de que son carcajadas. Un hedor a mierda y alcohol fermentado me obliga a reparar en el entorno. La casa acumula basura y botellas de cerveza vacías en los rincones. El olor a excremento proviene del baño, mezclándose con el aroma de alimentos en descomposición. Es una pocilga. El viejo se revuelca en ella entre ataques de risa y tos. Está borracho. Le tiendo una mano para ayudarlo a incorporarse. El anciano la rechaza.

Vete a la verga.

El viejo para de golpe de reír. Se enconcha como un feto arrugado y pestilente. Cruzo la sala de dos pasos hasta el televisor, subo el volumen. Regreso al bulto buscando con la mirada a mi alrededor. A unos cuantos metros encuentro el bastón del anciano que ha rodado junto con él. Lo cojo, lo alzo por encima de mi cabeza y descargo un golpe en el piso, a unos pocos centímetros del rostro de Pacheco.

Ya sabes a qué vine, cabrón. Dame el nombre del chofer y del funcionario.

Vete a la verga, insiste Pacheco y vuelve a reír.

Golpeo la espinilla de su pierna derecha. El viejo se traga la risa mientras se retuerce como un alacrán rodeado por el fuego.

Son intocables, pendejo, nadie puede hacerles nada, balbucea y se ahoga en un nuevo ataque de tos.

Ese es mi problema, pinche viejo mañoso. Dame los nombres.

El bastonazo impacta en la otra espinilla. He aumentado la fuerza.

El próximo va derechito a los huevos, hijo de la chingada. ¡Los nombres!

Al viejo le ruedan unos lagrimones espesos por su cara de pájaro desplumado. No sé si por la risa o el dolor. Le doy unos segundos para que considere la petición. Jadeo. El brazo con el que sostengo el bastón empieza a punzarme a la altura del hombro con que impacté la puerta. Arturo aprovecha la tregua para arrastrase hasta la silla plegable. Como si fuera un gusano, trepa en ella y se derrama. Contempla unos segundos la pantalla. Los gritos de los conductores del programa me aturden.

Mira nada más las tetas de la Montijo, exclama Pacheco. Qué ganas de enterrar la cara en ellas.

Situado detrás del anciano, estudio el voluminoso pecho de la conductora. La nostalgia de Pacheco me provoca un destello de ternura. Con delicadeza apoyo la punta del bastón en el escroto del viejo. Este no mueve un músculo. Un ronquido atraviesa sus pulmones.

Sabía que tarde o temprano regresarías. Todos lo hacen. Estoy cansado, quiero dormir.

Dame los nombres y podrás descansar todo lo que quieras.

Para qué los quieres, no va a pasar nada. A esos cabrones nunca les pasa nada.

Eso déjamelo a mí; vamos, Pacheco, los nombres.

Tengo sueño. Pásame la caguama.

Cuál caguama.

La que está en el refri, pendejo.

¿Si te la traigo me dirás los nombres?

Pacheco asiente sin remedio. Retrocedo sin quitar la vista del anciano, entro en la cocina, convertida en un caldo de sopor y moscas. Abro el refrigerador, localizo la botella de cerveza, regreso a la sala. El viejo continúa desparramado sobre la silla. Se rasca rítmicamente los testículos por encima del pantalón. Bebe con parsimonia, suelta un eructo blando, como si tuviera una sordina en la boca.

La verdad, solo me sé el nombre del chofer, le dicen el Charly. Carlos Pérez Maza, no se me olvida el hijo de la chingada. Un cabrón prepotente, bien culero. Empezó a rondar la bodega, se paseaba como si fuera el dueño. Decía trabajar para el mero mero, el que movía todos los hilos en el gobierno. Ese día llegó con otros dos cabrones a eso de las dos de la tarde y nos dijo que le chispáramos de ahí. Órale, dijo, a chingar a su madre, que tenemos chamba. Un par de horas después me hablaron, que se había quemado la bodega. Me tuvieron un montón de horas encerrado, me hicieron firmar una declaración, ni sé lo que ponía. La bodega me valía madres, pero los chiquillos quemados… son chingaderas. No sé por qué pensaron que quería irme de la lengua. Me cayeron aquí en el cantón y me acusaron de tirar droga. Dos años estuve en el bote. Dos años. En mi vida había visto la porquería que me sembraron.

¿Para quién trabaja ese Charly?

Siempre se cuidó mucho de decir quién era su jefe. Nunca nos quedó claro si para el secretario de Hacienda o el de Gobierno, o para el mismísimo gober, u otro gallo pesado, la verdad. O era el achichincle de todos ellos.

Le creo al viejo, no tengo por qué no hacerlo.

¿Sabes en dónde para el cabrón ahorita, si sigue chambeando para el gobierno?

No, no he sabido nada de él, y me cae que ni quiero. Es un diablo, ten mucho cuidado si te lo topas, se ve que no tienes lo que hay que tener.

Gracias, abuelo, y disculpa por los bastonazos.

Vete a la verga, y cierra la puerta cuando lo hagas.

18

Me conmueven las muestras de afecto de Sherlock y Holmes. Este pone en altavoz su teléfono y conversamos de forma tan desordenada que no entiendo ni la mitad de lo que me cuentan. La conclusión: me he quedado sin trabajo en Tijuana. Durante el mes que llevo en Hermosillo recibí un par de llamadas del gerente a las que no contesté. Sherlock y Holmes me informan que un imbécil que se cree cagado por los dioses ha ocupado mi lugar. Como la empresa no tuvo noticias mías, aplicaron la cláusula de abandono definitivo. Holmes también me avisa de su mudanza transitoria al departamento, la mujer con la que vivía lo corrió de su lado. Recuerdo a una señora pocha y obesa, diez años mayor que mi amigo, colérica, opresiva. Las veces que conviví con ellos, la mujer se dirigía a Holmes gritando y agitando los brazos como si estuviera picando una cebolla gigante, con una jerigonza spanglish en la que se alcanzaba a percibir una constante amenaza. También ese plazo se ha cumplido. Holmes no parece realmente afectado por la ruptura. Tanto Sherlock como yo siempre creímos que estaba con Mildred, Jennifer, Margaret (o cualquier otro nombre al uso) por su cuenta en dólares y la casa en la colonia Chapultepec que posee la mujer, ganada a pulso en un juicio de divorcio cuya contraparte —un gringo con aspecto de alacrán güero, suele bromear Holmes— cedió de inmediato con tal de quitarse de encima a esa energúmena hispana de casi cien kilos.

Ahora Holmes duerme en el destartalado sillón de mi departamento. Yo seguiré pagando la renta. No te olvides de enviar el baro, me dice antes de colgar, y agrega que piensa tomar prestado mi Altima.

Me da un pequeño ataque de pánico. Era obvio que tarde o temprano me echarían de SeguCop, pero la confirmación del hecho, la visión de esa playa en donde arde mi última nave, el barco para volver a huir de esa ciudad siniestrada, me asusta. Me sirvo un Herradura Reposado. Lo bebo de un golpe y me sirvo uno más. Contemplo la copa de una ceiba que asoma por la ventana abierta. Mayo ha traído un repentino descenso de la temperatura. La noche es un silbido que mece los árboles importados en las calles de la Centenario.

¿Y ahora qué?

La investigación se agotará más temprano que tarde. Se acabará el compromiso con Alcázar y me encontraré a la deriva, en medio de una ciudad que no me pertenece pero que grita mi nombre en cada esquina, siempre con un deje de burla y rencor. Pienso en mi familia, de la que suelo tener noticias gracias a los ocasionales mensajes de Facebook de mi hermana. Pienso en mi padre consumido en construcciones instantáneas bajo el sol quemante de Arizona. En mi madre recluida en el motor-home de un barrio del extrarradio de Tucson. Mis padres no pueden abandonar el país en el que residen ilegalmente y yo detesto cruzar la frontera. Hace años que no los veo. Pienso en los que se aventuran en la cada vez más mortal ruta del desierto y se suman a los millones de ilegales en el otro lado. Pizcar tomate, lavar platos, levantar paredes de madera y estuco en un santiamén en suburbios en los que nunca podré vivir. A mis cuarenta y dos años he dejado de tener un futuro y mi pasado es una herida agusanada.

Me sirvo un tercer tequila y prendo un Camel. Me asomo a la ventana. Casi puedo acariciar las hojas de la ceiba. La calle está tranquila, agazapada, nadie la recorre, ni a pie ni en automóvil, como si pesara una prohibición sobre ella. El pequeño ataque de pánico persiste. Me concentro en la investigación. Aunque llamar así a ese cúmulo de desatinos me da risa. ¿Le debo algo a alguien?

Tal vez estoy a tiempo de renunciar, volver a Tijuana y recuperar mi trabajo. Veo a Raquel perdiéndose entre los coches en la entrada de la universidad, frágil, rota, una tejedora de tragedias. Desde entonces no me regresa las llamadas. Y a su hija monstruo, un jirón de piel con una voluntad de vida irracional. Jota Eme: escalofriante el tipo, el padre de Paola.

¿Soy tan arrogante como para pensar que puedo salvarlas? ¿Pero salvarlas de qué? El cuarto tequila entra en mi torrente sanguíneo como una tromba y empiezo a sentirme mareado. Desde el mediodía no pruebo alimento. Dejo la ventana, me recuesto en la cama. ¿Realmente lo estoy haciendo? ¿Me he enfundado la armadura blanca y cabalgo por esa llanura de cenizas que nadie quiere remover? ¿Hasta qué punto soy esa clase de sujeto inagotable, de inmensa fe: un optimista? El tequila hace que mi cabeza se vuelva pesada y nebulosa. En ese momento me siento incapaz de seguirle el paso a Alcázar, a Raquel, a todos aquellos que aún no renuncian.

Sin quitarme la ropa, apoyado de cualquier forma en la cabecera de la cama, me adormezco.

Dos horas después mis propios ronquidos me despiertan. Tengo la boca seca. Un tizón en la lengua. Me levanto, me dirijo al frigobar, bebo directamente de la botella medio litro de agua. Voy al baño a orinar y a lavarme los dientes. De regreso, me desvisto, me acuesto e intento seguir durmiendo. Son las cinco de la mañana. El amanecer me acecha con ojos turbios. Doy varias vueltas en la cama. Pruebo con la lectura de *El valle del terror*. Conan Doyle se adentra en el mundo de las Molly Maguires, una organización secreta de mineros irlandeses en Estados Unidos que puso en jaque a la industria del carbón a mediados del siglo XIX. Para unos, luchadores radicales contra las brutales condiciones laborales en los socavones carboneros de la época. Para otros, delincuentes sin escrúpulos. El homicida en la narración de Sir Arthur perteneció a las Molly Maguires en el pasado.

Una hora después renuncio al sueño. De forma parsimoniosa, como si me preparara para una cita, me doy una ducha, me rasuro con esmero y me recorto el bigote de baterista setentero mientras silbo por lo bajo *No puedo evitar*, de Duncan Dhu. Elijo la mejor camisa de las que he comprado con el adelanto de Alcázar y salgo a la calle, que en ese momento apenas clarea. El hombro aún me duele.

En los alrededores de la plaza Bicentenario palpita el mundo político y burocrático de Sonora. Cercada por el Congreso del estado, el Poder Judicial y el Palacio de Gobierno, un sinfín de oficinas gubernamentales se desparrama por las callejuelas de los alrededores. La plaza fue remodelada dos años antes gracias a los ríos de dinero que inundaron el país por la celebración de los doscientos años de independencia. En honor a ello se han cometido muchos excesos arquitectónicos. Contemplo el espacio que se abre ante mí, la fuente en medio, apagada, y una estructura al fondo de tres pisos con un conjunto escultórico en el que el ángel de la Independencia cuelga sobre las cabezas de Hidalgo y Madero. El edificio, que me recuerda a un anfiteatro romano, contiene boutiques de artesanías, cafés y restaurantes. Rememoro la plaza de antes, con el busto de Hidalgo olvidado sobre una plataforma que los mendigos utilizaban para dormir y por la que se paseaban las ratas y las cucarachas. Podría haber sido peor. Me siento en una banca con un café en una mano, El Imparcial en la otra. Tengo mucho tiempo por delante. La ciudad apenas despierta. La mañana se presenta tibia. El sol despunta tímido por el cerro de la Campana, erguido sobre la plaza con su rostro seco y arrugado. El periódico anuncia temperaturas inusualmente templadas con máximos de treinta y cinco grados. Una enorme foto del debate sostenido por los candidatos presidenciales Enrique Peña Nieto, Josefina Vázquez Mota, Andrés Manuel López Obrador y Gabriel Quadri ocupa la portada del periódico. Ignoro los entresijos del acto y busco directamente la sección policiaca. Asaltos, robos, un par de homicidios y varias gráficas de tiradores de droga detenidos con paquetes de mariguana y cristal. He endulzado el café del Oxxo con dos sobres de azúcar para matar su sabor plástico. Aguardo paciente la apertura del changarro en la esquina del Congreso. Quiero desayunar unos tacos de cabeza con un agua de cebada. Renuncié hace tiempo a la idea de llevar cualquier tipo de dieta. Mi estómago oculta ya el pene a la vista cuando me desnudo. Desde arriba suelo tratar de tener noticias de él sumiendo la panza. Después seguiré mi plan, desesperado, suicida: visitar a Cristina en las oficinas del Instituto Sonorense de la Mujer. Si alguien puede obtener información sobre la camioneta y el chofer es ella, feliz consorte de un subsecretario de Hacienda.

Cuando vivía en Hermosillo ocasionalmente desayunaba tacos de cabeza. Desde mi regreso, lo he convertido en una costumbre. Desde mi regreso he engordado al menos un par de kilos. Mastico con fruición un poco lela la tortilla de harina, la carne de res cocida en ajo, cebolla, chile verde, orégano, laurel, pimienta... mientras observo las escalinatas del Congreso. A esas horas de la mañana transitan las secretarias, los asistentes, el personal de intendencia. El edificio es una especie de pirámide invertida blanca con amplios ventanales translúcidos en el segundo piso. En la esquina del mismo, justo enfrente del puesto de tacos, se yergue un mástil con una flácida bandera mexicana. A la derecha se extiende a lo largo de la plaza el edificio del Poder Judicial, cuyas columnas dóricas en la fachada me remiten a las cortes de justicia de Estados Unidos. La fastuosidad que rodea al poder, cualquier tipo de poder, siempre me ha despertado coraje, repulsión y envidia, como a la mayoría de los mortales, supongo.

Termino el tercer taco, apuro el agua de cebada, pago. Me lavo las manos bajo el chorrito de un dispensador naranja de agua. En un puesto ambulante compro unos chicles de clorofila. El aliento que me dejan los tacos de cabeza es una vaharada caliente y espesa. Enfilo por toda la calle Comonfort hasta el Paseo Río Sonora, convertido en un desagüe enlodado de la presa Abelardo L. Rodríguez. Cruzo el puente, me adentro en el complejo arquitectónico del Centro de Gobierno, dos moles rotundas y feas comunicadas entre sí por un paso elevado. Uno de los edificios se llama México, el otro Sonora; en este último, en el tercer piso, se ubica el Instituto Sonorense de la Mujer.

La licenciada Cristina Goñi se encuentra en una reunión, me explica la recepcionista, una señora flaquísima, muy arrugada, con el pelo teñido de un rubio efervescente. Decido esperar. No tiene para cuándo, me dice la recepcionista. En la blusa blanca que viste, con la leyenda Un Nuevo Sonora coronada por seis estrellas en la pechera izquierda, distingo una mancha verde, exactamente entre los dos senos marchitos. Igual la voy a esperar un rato, a ver si hay suerte, le informo mientras le advierto con el índice de la presencia del lamparón. La señora se ruboriza, extrae un pañuelo de papel de alguna parte del mostrador, lo moja con la punta de la lengua y lo restriega en la blusa según me da la espalda.

Me instalo en uno de los sillones del recibidor. Estiro las piernas, me hundo en el letargo de las oficinas de gobierno. Una mesa de cristal al centro exhibe folletos informativos de los diferentes programas dirigidos a la mujer. Prevención sobre violencia de género, consejos de salud, oportunidades de empleo, cosas así. Cristina solía afirmar que a la mayoría de los gobernantes les importa un carajo la situación de la mujer. Recién egresada de la carrera, se involucró con los grupos feministas que impulsaron en todo el país la creación de esos institutos, pensados para visibilizar la violencia legal, laboral, psicológica, física que padecen las mujeres. Mi ex, en momentos de debilidad, llegó a confesarme que habían sido una decepción. Más allá del resentimiento y los celos, no acierto a explicarme el nuevo estatus de Cristina. A imaginármela en una oficina vestida con una blusa como la de la recepcionista, negociando cada proyecto, cada propuesta, cada centavo, con sujetos cuyo único propósito es avanzar en el escalafón político. ¿Se ha convertido en uno de ellos? Cuando la conocí había en Cristina una vehemencia que consiguió diluir por un tiempo mi cinismo, que en esa época confundía con ambición.

Fue en una fiesta en casa de un tipo llamado Lorenzo, fósil de la facultad de derecho, proveedor de ácido, yerba y coca: el anfitrión perfecto. En una rockola situada al fondo del patio sonaban los incipientes éxitos de los grupos de rock en español que empezaban a consolidarse: Caifanes, Maldita Vecindad, Café Tacvba, Maná; además de las bandas argentinas e ibéricas. Cuando Cristina apareció en la fiesta acompañada de su amiga Dulce, me pregunté qué carajos hacía esa vieja en ese lugar. Habíamos coincidido en un par de asignaturas. La tenía muy presente porque interrumpía a los maestros constantemente para cuestionarlos, pero sobre todo, por las discusiones que sostenía —con una pasión que me parecía sobreactuada— sobre los contenidos de las materias. Cristina había ganado cierta celebridad a causa de la furia con que le espetó a un profesor que las mujeres valían más que las vacas. Se había puesto de pie y le había escupido la frase a la cara perpleja del anciano catedrático, porque en el Código Penal de Sonora, en esa época, el abigeato estaba más penado que un delito sexual.

No han cambiado mucho las cosas, me digo mientras le sonrío a la recepcionista del Instituto Sonorense de la Mujer.

Cristina no encajaba en esa fiesta en la que emborracharse, drogarse y coger eran las prioridades. Me sorprendió el cuerpazo que se cargaba. Solía acudir a clase con ropa holgada, bastante masculina, un moño en la cabeza, poco maquillaje. Al lugar se había presentado con un pantalón de mezclilla negro muy entallado. Una camiseta roja de tirantes subrayaba unos pechos altivos que en el escote formaban un canal profundo. Su cabello castaño ondulaba hasta los omóplatos desnudos, hueso y piel morena, brillante. Arqueaba la espalda por la elevación de los tacones sobre los que se sostenía con una graciosa ineptitud. Cada vez que daba un paso, parecía tantear el suelo hasta convencerse de que no caería. La estudié con calma. La chica se esforzaba por integrarse al bullicio de los machos y asumir la complacencia de las hembras, la condescendencia con que aceptaban ese cortejo primitivo.

Había una tensión pavorosa en la forma en que sonreía, en que sostenía la cerveza o fruncía el ceño cuando pensaba que no la observaban. Me acerqué con una estrategia vil. Ensayé la frase antes de soltarla: en mi cabeza sonaba como un chiste buenísimo. ¿Qué hace una vaca como tú entre tanto toro en brama? La respuesta, instantánea, me dejó aturdido: ¿Y qué hace un idiota como tú entre tanto pendejo? No es necesario que respondas. Me dio la espalda y partió en busca de su amiga. Al encontrar a Dulce le susurró algo al oído, luego desapareció de la fiesta. Después de eso, inicié una contraofensiva en la que el deseo, en algún punto que no logro fijar, se convirtió en obsesión, y la obsesión, me convencí entonces, en un amor que me transformó en alguien que nunca llegué a ser pero que derribó los prejuicios de Cristina.

Dice la licenciada Goñi que deje sus datos, que ella lo localiza más tarde; hoy va a ser imposible, tiene todo el día ocupado.

Me siento de nuevo como aquella vez en la fiesta, veinte años atrás: estafado. Me levanto del sillón, cruzo la recepción y apoyo los codos en el mostrador. Mi cara queda a escaso un metro de la recepcionista. Unas raíces cenicientas asoman de su cráneo para dar paso al rubio oxigenado.

Dígale que no pienso moverme de aquí hasta que me atienda. Solo necesito cinco minutos. Es por una cuestión de trabajo, no tiene nada que ver con lo nuestro. Usted no sabe que fue mi mujer, ¿verdad? No ponga esa cara, estuvimos casados, sí, señora, felizmente casados diría yo, al menos al principio. Dígale, y quiero escuchar cómo se lo dice, que mi presencia aquí no tiene nada que ver con eso, que necesito su ayuda profesional. Vamos, ¿qué espera?

La recepcionista cuchichea al auricular del teléfono un resumen del discurso. Repite dos veces sí, sí, aquí lo tengo, enfrente, con creciente aprehensión. Cinco minutos después Cristina aparece tras la puerta acristalada que da acceso a las oficinas del ISM. No viste la blusa con el emblema Un nuevo Sonora, como la recepcionista, sino un traje sastre lacónico, azul marino. Me contempla a través del cristal con la misma mueca de soberbia de aquella fiesta, aunque esta vez ensombrecida por la incredulidad. Agito la mano a modo de saludo con un cinismo blando mientras reprimo un estremecimiento. Qué hermosa está. Cristina abre la puerta después de titubear unos segundos, me invita a pasar. Ahí mismo, sin adentrarnos en el crucigrama de cubículos que se extiende a lo largo del local, me pregunta a qué vine.

Tú también te ves muy bien. Te sienta de maravilla el poder, Cristina.

No me chingues, Pepe. Ella siempre me llamó así. No en este momento y menos tú. ¿Qué quieres?

Es largo de explicar, vamos a tu oficina… porque me imagino que tienes una oficina, grande y con amplios ventanales al río.

¿Estás de vuelta en Hermosillo?

Digamos que es temporal. Vamos a un lugar privado y te explico. De veras que estoy aquí por una cuestión de trabajo.

Me salí de una junta muy importante, ahora no tengo tiempo de atenderte. Déjale un teléfono donde localizarte a la recepcionista, te prometo que más tarde te llamo y agendamos una entrevista, ¿de acuerdo?

Es en serio, Cristina, no me juegues con el dedo en la boca. Es vital para la chamba que estoy haciendo, tú puedes ayudarme, de no ser así, no habría venido a molestarte.

Ok, ok, te juro que al rato te hablo para ponernos de acuerdo. Tienes mi palabra… por cierto, has engordado mucho, casi no te reconozco, dice Cristina con un encanto de hiel y veneno. Una vez que ha comprobado el efecto, se aleja por los pasillos, enérgica y bella.

19

Navego por la red a propósito del incendio en la guardería sin saber muy bien qué busco y me encuentro con que un articulista habla de la culpa y menciona a Karl Jaspers, quien hace una clara distinción entre la culpa moral y la culpa metafísica. Dos tipos de remordimiento: el primero nace de la responsabilidad directa de causar daño a un ser humano. El segundo, un sentimiento difuso, un contagio que brota del daño causado a otros por circunstancias y acciones ajenas, como la persecución y la expulsión de los chinos de Sonora, por ejemplo. La culpa de estar vivo. Dicho de otra forma, escucho doblar las campanas y no necesito preguntar para saber que lo hacen por mí. Enfrentados en mi cabeza ambos remordimientos, me empeño en que el metafísico alcance para borrar la imagen del viejo Pacheco derrotado una vez más.

Ahora tengo un nombre en mi poder: el nombre de un granuja, un rufián. Y un regusto en la boca a cobre y sarro. Pero algo se ha roto en mi interior. No soy el mismo. Durante años vi desfilar a sujetos culpables o inocentes, poco importaba, a los que arrancábamos sus confesiones con las técnicas más bestias de tortura. Yo era parte de un engranaje, una pieza minúscula de un artefacto consentido. Había una naturalidad en el funcionamiento de ese artefacto y un acuerdo tácito que alimentaba su relojería. Lo que sucedió con Pacheco me empeño en pensar que es diferente.

¿Lo es?

Dejo la habitación, bajo al primer piso y atravieso el despacho con una furia que me exculpa. Mónica, la recepcionista, me persigue por el pasillo como un cachorro ladrando al surtidor de una manguera. El licenciado está ocupado, en este momento no puede recibirlo, repite la mujer caballo mientras intenta detenerme, cloc, cloc, taconeando flamenca. Abro de golpe la puerta de la oficina. Los dos jóvenes socios de Alcázar se hallan sentados frente al abogado. Cierran la boca y me contemplan boquiabiertos. Alcázar reprime la sorpresa con una bondad cortés y distante y me saluda como si tuviéramos una cita concertada.

Este asunto no puede esperar, licenciados, al rato continuamos con lo nuestro. Yo les aviso.

Los socios de Alcázar se levantan, impulsados más por la expresión algo demente que ensombrece mi rostro que por la petición de Alcázar. Al pasar frente a mí me estrechan la mano sin verme a los ojos. Mónica regresa a la recepción refunfuñando. Desde que me he instalado en el piso de arriba, la joven siente que su territorio ha sido invadido por un ejército de bárbaros.

Creo que es necesario que guardemos las formas, sin importar lo que pase.

El comentario de Alcázar me detiene camino al sillón de piel sintética situado al fondo de la oficina. Estoy exhausto. Son un par de segundos durante los cuales busco una réplica. No la encuentro. Continúo mi viaje al sofá. Me repantingo desafiante. Ayer torturé a un pobre viejo alcohólico, no hay manera de guardar las formas después de eso. Necesito restregar en la cara de Alcázar el lodo entre mis manos. Tirarme en el sillón mostrando los genitales como un mandril es una forma de hacerlo como cualquier otra.

El chofer se llama Carlos Pérez Maza. No pude sacarle el nombre del funcionario, más bien, no lo sabía. Y le creo.

Ya era hora.

¿Ya era hora?

Mira, Pitic, sé que ayer…

No, no sabes nada ni quieres saberlo. Está bien así. Para eso me trajiste. Ya tenemos un nombre por dónde empezar. Sé que te vas a encabronar con lo que te voy a decir. Fui a buscar a Cristina para pedirle ayuda.

¿A Cristina, tu ex? ¿Estás loco?

Si acepta ayudarnos, es la forma más rápida de saber si este tal Pérez Maza trabaja aún para el gobierno o no. Estos tipos suelen caer parados, sus servicios siempre son necesarios. En cuanto lo ubiquemos, le hago la visita correspondiente.

Cierro las piernas y pongo un tobillo sobre el otro. Estoy satisfecho. Las paredes de la oficina de Alcázar ahora lucen tan sórdidas como las de cualquier comandancia. Me siento en mi elemento. Por primera vez aventajo a Alcázar. Mi colega ha perdido su aparente inocencia.

¿De veras fuiste con tu ex? ¿Pero no ves el tamaño de la pendejada que hiciste? Fue un pretexto, dime que fue un pretexto para verla. ¿Qué le contaste?

Nada, estaba muy ocupada, solo le dije que necesitaba su ayuda para un asunto. Me va a llamar….

Y le vas a decir que ya solucionaste el problema, que muchas gracias pero ya no necesitas de sus servicios.

¿En serio crees que estoy buscando pretextos para verla?

No puedo descartarlo, Pitic, espero que lo entiendas. Pero hay otra cosa que me preocupa más. Es una funcionaria y la esposa de un subsecretario. Este gobierno se ha mostrado alérgico a todo lo relacionado con la guardería. Le tienen pavor al tema. No han movido un dedo. Con el pretexto de que es un asunto de la PGR, le han dado la espalda a los padres, el incendio para ellos simplemente no existe. Al involucrar a Cristina corremos el riesgo de que sepan a quiénes andamos buscando. Hay muchas complicidades que ni por enterados.

Cristina no haría eso.

La Cristina de la facultad no, la de ahora, quién sabe, cambió mucho, más de lo que crees.

Tenemos el nombre del chofer y la marca de la camioneta, si logro convencer a Cristina de que nos ayude, en un par de días sabremos el paradero de este tipo. De otra forma no sé cómo podemos encontrarlo. Te consta que los contactos a los que recurrí me cerraron la puerta en el hocico. Se supone que éramos amigos, empezamos juntos en la Procu… igual no quisieron saber nada.

No veo por qué va a ser distinto con Cristina.

La conozco mejor que tú, déjame probar. ¿O tienes una mejor idea?

Siento cómo Alcázar flaquea.

Tiene que haber otra forma de encontrar al chofer, Pitic, no me chingues. ¿Cristina? Por favor.

Seguro que hay otra forma, no digo que no, pero nos puede llevar meses. Este es el camino más corto. La conozco, la conozco muy bien, y a pesar de su nueva situación, estoy seguro que en un tema como este nos va a ayudar sin comprometernos.

Espero que no la riegues, Pitic, no quiero pensar que me equivoqué contigo. ¿Sabes lo que está en juego?

Claro que lo sé, no soy tan pendejo.

Alcázar se encoge de hombros, tan abrumado como yo, tan exangüe. Toma un fólder del escritorio y lo abre: se le acumula el trabajo con las nuevas imputaciones de la PGR a funcionarios de Protección Civil, del Cuerpo de Bomberos. La estrategia del aspaviento y la diversificación en el caso tiene como objeto seguir preservando la impunidad de los intocables, me comenta cansado. Entiendo el gesto y el comentario como una invitación a largarme. Ya en la puerta, Alcázar me detiene.

¿Se encuentra bien Arturo Pacheco?

No te preocupes, te aseguro que ha tenido días mucho peores.

Mónica sigue mi paso por la recepción con una inquina que transforma su rostro caballuno en el de una mujer madura sentada en la barra de un bar a la espera del amanecer. Le guiño un ojo. La recepcionista bufa. Al hacerlo, el cabello suelto cae como una cortina sobre su cara. Me dan ganas de abrazarla. Es tan joven pero tan reglamentaria. Alócate, muchacha, mejor si es conmigo, pienso mientras fantaseo con un encuentro fugaz en la habitación de arriba, el desmesurado cuerpo de Mónica recargado en el antepecho de la ventana abierta, su grupa insinuante y la copa de la ceiba peinando susurros y gemidos.

Salgo del despacho sin un plan. Bueno, esperar la llamada de Cristina es mi plan. Tengo hambre, un agujero en el estómago que exige grasa y una cerveza. Son las secuelas de esas últimas horas vórtice. He dado un gran paso en la investigación. Quisiera compartirlo con Raquel: una buena noticia que podría sacudirla del marasmo en el que parece sumergida. Una Raquel llena de pretextos y postergaciones, esquiva, como si después del incidente en la plaza Emiliana de Zubeldia se avergonzara de haberse mostrado frágil, vulnerable. Aunque el pudor me lo impide, quisiera decirle que ella le da sentido a mi presencia en esa ciudad de espejismos, por más humor involuntario que haya en esta idea. Freno el impulso de marcarle. Raquel me preguntará cómo he obtenido el nombre del chofer. Tendré que mentirle.

Al aproximarme al Atos confirmo —mientras trato de digerir la sorpresa— que las casualidades no existen. Sentado sobre la cajuela del auto, Jota Eme me espera con esa misma sonrisa prendida en alfileres que lucía en la plaza. Lleva puestos de nuevo los lentes de aviador, no el sobretodo negro que le da ese aspecto de vampiro.

Bueno, bueno, bueno, ¿pero a quién tenemos aquí? Al gran licenciado que va a meter a los malos a la cárcel.

Jota Eme, al enderezarse para tenderme la mano, se tambalea. Su cuerpo y su aliento huelen a vino picado. Jota Eme aprovecha el saludo de manos para sostenerse. Luego da un paso atrás en busca de la perspectiva correcta.

¿Quiere?

Me ofrece una pachita de Jimador que extrae del bolsillo trasero del pantalón. Le digo que no.

¿Está seguro? A mí se me hace que es usted bien pedote. Y cogelón. Y que anda tras los huesos de mi Raquelita. Pero no hay bronca, todo bien. Vengo aquí de cuates. ¿Le estoy quitando su tiempo?

De hecho, sí. Tengo un compromiso, ahora no puedo atenderlo, con permiso.

Esquivo a Jota Eme, desactivo con el control los seguros del coche. Apenas voy a introducir la llave en el encendido, cuando Jota Eme alcanza la puerta del copiloto. Se desplaza con el equilibrio de un marinero en altamar.

¿A dónde va? Seguro que me queda de paso, así tenemos chance de platicar. Tengo que pedirle algo muy importante.

Bájese, por favor, no está en condiciones de platicar nada, llevo prisa.

Oh, oh, oh, señor licenciado, le apuesto que no trata así a Raquelita. Yo también soy un papá ABC, así que también trabaja para mí. Qué chistoso, ¿no? ¿No le parece chistoso? ¿No? Vamos, reconozca que es chistoso.

Con mucho gusto lo atenderá el licenciado Alcázar, ponga una cita con él.

Chingada madre, señor licenciado, usted dele, fierro adonde sea que vaya y yo le hago la petición que tengo para usted, luego me tira en cualquier parte. ¿Qué espera? Vamos, vamos, ándele, así me gusta. Fíjese que no hay manera de que Raquelita me escuche, pero yo sé que a usted sí lo va a escuchar porque es el gran abogado, salud por eso. Mire, sé que el dolor y el coraje con estos hijos de su puta madre… a veces me dan ganas de matarlos… sí, sí, a los cabrones del gobierno, a todos. Pero ese no es el tema.

Diga lo que tenga que decir, que ya se me hizo tarde.

Calmado lic, no se enoje. Ahí va, mire, yo sé que patatín y patatán con el orgullo y la dignidad, y por eso Raquel es una vieja tan chingona, porque lo es y le parto su madre a quien lo niegue, pero un millón y medio es un millón y medio, ¿no le parece?

¿Un millón y medio? No entiendo

Un millón y medio de pesos, así como lo oye. No se haga pendejo, si bien que anda sobres de la Raquelita…

Yo no ando sobres de nadie ni de nada. Si tiene algo que discutir con Raquel, búsquela y hable con ella, no soy el mensajero de nadie. Ahora, por favor, bájese.

Detengo el auto sobre el bulevar Hidalgo, casi a punto de llegar a Reforma.

No sabe cómo me molesta que la gente no escuche. Uno habla, dice cosas, ¿no? Se expresa, como quien dice, y espera una cierta comprensión de los que escuchan, pero no sucede eso. ¿Por qué será, eh? ¿Usted sabe por qué pasa?

Mire, no quiero broncas, ni con usted ni con nadie. Le repito, si tiene algo que hablar con Raquel, le sugiero que vaya con ella…

¿Usted está de acuerdo con ella? Dígame la verdad. Porque me hace ver como un pinche interesado, y no es eso, le juro que no es eso.

No sé de qué me está hablando. Mejor bájese…

Yo miro cómo los otros padres aceptan la lana, algunos se han comprado casa nueva, camioneta del año, pero ella, ella, aferrada, que no, que no. No hay manera. Uno trata de platicar pero se cierra en banda. Necia, no escucha. ¿Tiene algo de malo que nos compensen con una lana por lo que nos hicieron los hijos de la chingada? ¿Por lo que le hicieron a mi niña?

Jota Eme empieza a sollozar. Lejos de bajarse del auto, parece hundirse en el asiento, mimetizarse con su tapicería gastada, como si todo alrededor estuviera desvaneciéndose y solo quedara la cabina del Atos. Prefiero la versión cínica, intimidante y matona de ese hombre; al menos así puedo oponer resistencia. El desconsuelo no tiene bandos. Jota Eme le da un ávido trago al Jimador.

No soy el puto padre del año, lo sé. ¿Usted tiene hijos?

Niego en silencio. Siento suficiente desprecio por ese hombre como para no insistir en que descienda del coche.

¿Sabe cuál es el problema, señor abogado? Raquel ha armado una especie de cápsula alrededor de Paola y nadie puede entrar. ¿Cómo chingaos quiere que la mire sin sentir esto? Es como si fuera un fenómeno de circo dentro de una jaula y Raquel nos obligara a todos a asomarnos y nos recordara que el pequeño monstruo es de ella, solo de ella.

Seguramente lo hace para protegerla, le digo.

Al instante me arrepiento. Un incipiente dolor de cabeza se me insinúa en las sienes, como si las taladrara una fina broca. Tengo hambre y sed. Los rayos del sol se filtran por el parabrisas del Atos multiplicando su rabia. No es suficiente las ventanas abiertas para captar el tímido viento. Rompo a sudar. Jota Eme me contempla como si fuera un extraño que le pide lumbre o la hora o una dirección.

¿De mí? ¿De su padre? Pero si esa niña es lo que más amo en este mundo. Desde que pasó lo del incendio no hay noche que no llore. Mire en lo que me he convertido.

Tal vez por eso no lo quiere cerca

Jota Eme fija la vista en mí. En sus ojos hay un brillo demente y cómico. Tenso los músculos del cuerpo a la espera de que me salte a la cabeza.

Le acepto un trago, murmuro, páseme la pachita, ándele. No me haga caso, no sé ni lo que estoy diciendo. Casi no conozco a Raquel, menos a usted. Nada más estoy tratando de ayudar. Cuando la vea le comentaré lo del dinero. Más no puedo hacer. Páseme el tequila, pues.

Es usted un hijo de su puta madre bien hecho. Conozco muy bien a los compas como usted, a mí no me engaña. ¿Se cree mejor que yo? No mame, usted vale verga, compa.

Jota Eme desciende del Atos y se echa a andar por todo el bulevar Hidalgo. Por el retrovisor contemplo cómo la figura alargada, vacilante, se vuelve pequeña, como si la gravedad la aplastara lentamente hasta convertirla en un punto. Enfilo hacia Reforma, doy vuelta a la derecha… conduzco sin rumbo. Tengo hambre, tengo sed.

20

SMS: Es un cretino, solo le interesa el $

SMS: Te lo paso al costo.

SMS: Me da mucha pena con usted.

SMS: No te preocupes, encantado de poder ayudarte.

SMS: Gracias.

SMS: A ver cuándo nos vemos, buenas noticias.

SMS: ¿Este fin? Antes no puedo.

SMS: Ok.

SMS: Le hablo para ponernos de acuerdo.

SMS: Ok.

Espero en vano una respuesta a mi lacónico ok. Estoy a punto de escribir que la extraño seguido de la representación gráfica de una carcajada (jajaja, jejeje, jijiji) que aligere la carga de ese equívoco verbo. ¿Extraño a Raquel realmente? Podría escribir, por ejemplo: he aquí un hombre para llorar. Jota Eme es un gigante tierno al que no debes temer. No soy lo que crees que soy. Quiero ser lo que crees que soy. Necesito un hombre para llorar, aunque los hombres lloran en las cantinas rodeados de otros hombres que no dejan de llorar. Ok profesional. Ok impersonal. Ok.

Tras la inútil espera con el celular entre las manos como si fuera un rosario, pido la cuenta. Son las cuatro quince de la tarde. A través del ventanal del restaurante atestiguo cómo el tráfico agoniza inmóvil sobre la avenida Rosales. Luego del encuentro con Jota Eme, me he decidido por un buffet chino barato y pantagruélico. Siento el estómago hinchado de pollo agridulce, arroz frito, carnitas rojas y chop suey. Todo ello flota en tres medias de Modelo especial. Somnoliento, abrumado por los acontecimientos de ese martes, mi cuerpo es un bloque de cemento al que el centro de la tierra succiona con una fuerza mucho mayor a su voluntad. Quisiera recostarme sobre el sillón en el que estoy sentado, cerrar los ojos y abandonarme al letargo de los carbohidratos. En lugar de eso, parpadeo frenéticamente para vencer la modorra.

Una china menuda y grácil deposita frente a mí una charola con la cuenta y un par de dulces blancos y rojos. ¿Y las galletas de la fortuna en cuyo interior hay frases como no podemos dirigir el viento pero sí ajustar las velas? La china me sonríe y se limita a señalar los dulces diciendo que son más ricos que las galletas. Le doy la razón. Cubro el monto del buffet más diez pesos de propina. Dejo los caramelos sobre la mesa.

Ya en la calle encamino mis pasos por la Doctor Noriega en busca del Atos. Comienzo a tararear *En la ciudad de la furia*, de Soda Stereo. Intercalo versos sueltos en el tarareo… «me dejarás dormir al amanecer, entre tus piernas, entre tus piernas…» En el auto sigo con la melodía aumentando el volumen, casi en un grito. No entiendo por qué me ha venido a la cabeza la canción de Cerati y por qué me acomete esa euforia desganada, abúlica, justo en ese momento en el que echarme una siesta parece algo inaplazable.

En lugar de dar vuelta a la derecha en la calle Serdán para adentrarme en la colonia Centenario, continúo todo derecho por la Rosales hasta cruzar el puente a partir del cual la avenida se convierte en Agustín de Vildósola, un vizcaíno corrupto y despótico, capitán y gobernador de la provincia de Sonora en el siglo XVIII, exterminador de apaches, yaquis y seris, acumulador de tierras… un paradigma de la política sonorense. Giro en la calle Cultura a la izquierda y sigo hacia la presa Abelardo L. Rodríguez.

Detengo el coche en el mirador, desciendo, me siento sobre el cofre y prendo un Camel. La música en mi cabeza se ha esfumado. Frente a mí se abre una silenciosa llanura con un escupitajo en el centro, lejano, casi un espejismo. La sequía que la región arrastra desde 2011 está pasando factura. El Ayuntamiento ha anunciado cortes temporales en el suministro. Unos sectores tendrán agua en las mañanas, otros en las tardes, otros más en las noches. La presa es un eufemismo. Las grietas de la resequedad forman caprichosos dibujos sobre la tierra. Respiro algo parecido a la paz. El silencio solo es interrumpido por el motor de los ocasionales autos y tráilers que circulan a mi espalda, sobre Periférico Oriente. El sol apenas declina por el Oeste y siento cómo castiga mi cuello y mi espalda. Termino el cigarro, lo arrojo a los pies. Un ligero vahído, provocado por el calor, la digestión y la lontananza estéril, me obliga a recostarme en el asiento del piloto. Antes abro las cuatro puertas para cazar una suave, casi invisible brisa que viene de la presa. Construida sesenta años atrás para retener los cauces de los ríos San Miguel y Sonora (otros dos espejismos), las raras ocasiones en que rebosaba agua se convertían en un extraño espectáculo que recuerdo como un ensueño. Un ojo límpido y refrescante en medio de la aridez en la que ha crecido contra todo pronóstico la ciudad. Cierro los párpados atosigado por la modorra. Una negrura moteada por la claridad de la tarde se apodera de mi cuerpo.

La vibración del celular me saca de la narcosis en la que he caído. Es un mensaje de texto de un número sin identificar. Por el contenido deduzco que pertenece a Cristina. Me cita en el café Starbucks a las siete. ¿Hay un Starbucks en Hermosillo? ¡Carajo con el rancho!

Son las cinco veinte de la tarde. Tengo poco más de una hora para ir al despacho, darme una ducha, cambiarme la ropa ensopada en un sudor agrio y espeso, y encontrar a la que fue la mujer de mi vida.

Dos minutos antes de las siete entro en el café. Le pregunté la dirección exacta a Mónica justo cuando concluía su jornada laboral. Demacrada, exánime, ausente, me contestó en automático, como si fuera un desconocido. Sentí lástima por la muchacha.

El café tiene una amplia terraza, a esa hora llena de jóvenes de clase alta concentrados frente a laptops con manzanitas mordidas en las tapas. Pido un capuchino regular. Encuentro una mesa vacía en el extremo de la terraza, al borde del bulevar, bajo un reloj gigante que un alcalde mandó construir muchos años atrás: hace dos décadas que marca las cinco treinta.

Un poco antes de las siete diez Cristina se detiene en el umbral buscándome con la mirada. Por la disposición del café, se le hace imposible localizarme. Se dirige a la barra y se forma en la fila mientras estudia el menú colgado en la pared. Recibe un mensaje de texto en el que le aviso que me encuentro en la terraza. Llega su turno. Ordena. Mientras espera lo que sea que haya pedido saluda de lejos a una pareja de conocidos que charla animadamente en el centro del café. Esto la contraría.

Unos minutos después está sentada frente al hombre con el que compartió casi siete años de su vida. Un mensajero vivo de un pasado que ha congelado como si fuera un embrión a la espera de ser fecundado en el futuro. Un sujeto al que se acostumbró a detestar de forma sistemática.

Ni en sueños hubiera creído que abrirían un Starbucks en Hermosillo, digo sin saludar, o como una forma de saludo. Quién lo hubiera dicho hace unos años.

Ya ves, Pepe, ya somos cosmopolitas.

Me doy cuenta, sí, mascullo al tiempo que, rencoroso como un anciano en un asilo, repaso con la mirada a Cristina.

Pepe, me da mucha flojera que me vengas ahora con el cuento de lo que ha cambiado Hermosillo, lo que hemos cambiado tú y yo… no tengo tiempo para eso. Ahórrate los sarcasmos y la mala leche, ¿ok?

Por lo que veo, tú sigues igual, lo bronca y directa no se te quita. Ni que fuera gripe, ¿verdad?

Tampoco a ti lo enfadoso. ¿Qué quieres?

Al hacer la pregunta, Cristina echa la cabeza hacia atrás para apartar un mechón de pelo que oculta parte de su rostro. Es un gesto reincidente. Lo reconozco al instante. Un movimiento enérgico que deja al descubierto su delgado cuello, abarcable con una mano, y proyecta su mentón afilado hacia el frente como una cuchillada. No estoy preparado para esta memoria corporal. Una especie de conexión genética alimentada durante el tiempo que compartimos nuestra vida. Cristina ha sustituido las blusas artesanales por el traje ejecutivo, se maquilla con un esmero que fracasa y porta aretes de plata de ley a juego con una pulsera, pero sus ademanes no pueden ocultar esa vehemencia brusca de antaño.

Primero déjame decirte que te ves guapísima y que me alegro de tu nueva posición. Es lo que querías, ¿no? Influir en la política para cambiar las cosas.

Noto un tonito de burla que no me gusta ni madres, Pepe. Aunque no lo creas, en donde estoy puedo hacer la diferencia.

Estás a la defensiva, mujer. No me estoy burlando, lo digo en serio.

¿Y tú?

Yo qué.

¿Por qué regresaste a Hermosillo? Me dijiste que era algo de trabajo.

¿Te molesta que haya regresado?

Ahora eres tú el que está a la defensiva. De verdad quiero saber qué te trajo de vuelta.

Es por chamba, sí. Me contrató Alcázar.

Cristina no disfraza la sorpresa. Tampoco en eso ha cambiado, transparente como una medusa. Luego esboza una sonrisa burlona.

¿Alcázar? ¿Es en serio? Vaya par de desmemoriados.

Hay gente que sabe perdonar y hay gente que es incapaz, como tú comprenderás.

Si lo dices por mí, no tengo nada que perdonarte. Cada quién actúa según sus convicciones y creencias; tú elegiste y en consecuencia yo tuve que elegir. Es todo.

¿De veras sigues pensando que tenía elección?

Siempre hay una elección, Pepe, no te engañes.

¿Qué me dices de tus elecciones? Por lo que he sabido, este gobierno está llegando a unos niveles de corrupción escandalosos. Y ahí estás, no solo trabajas en él, para colmo te casas con un funcionario…

Estás hablando por la herida. Te molesta que pueda rehacer mi vida mientras que tú… tú sigues… mejor lo dejamos ahí, ¿no te parece? En cuanto a la corrupción, no te creas todo lo que dicen.

¿Qué no me crea todo lo que dicen? ¿Pero en qué carajos te has convertido, Cristina?

Ya estuvo, ¿no? Si viniste a juzgarme, la verdad, no tienes ninguna autoridad moral. Estoy aquí porque me dijiste que era un asunto muy importante relacionado con tu trabajo. Si puedo echarte la mano en el plano profesional, adelante, pero no me voy a poner a discutir contigo sobre quién es más cínico.

Viniste para regodearte.

Vete a la fregada, Pepe. Qué pendeja soy, ya sabía que era una mala idea, de plano.

Cristina hace el intento de marcharse.

Espera.

Varios parroquianos observan discretamente la escena. En un arrebato infantil, los desafío con la mirada. Continúo hablando en un murmullo.

No te vayas. Olvida lo que dije. Es cierto que necesito tu ayuda.

Cristina, un resorte blando, vuelve a sentarse. Coge entre sus manos el vaso de cartón y sorbe por la ranura de la tapa. Un rastro de espuma queda suspendido en su labio superior: sus rasgos almidonados se convierten en algo ridículo. Le señalo la boca con sutileza, casi con ternura, y le indico que se limpie. Su irritación aumenta. Pasa una servilleta de papel por los labios en un movimiento fugaz. En sus ojos hay una expresión de alerta, de máxima tensión, un brillo enfermizo, como si el colapso fuera un estilo de vida.

Tienes razón, dejemos atrás el pasado. Lo que voy a pedirte te compromete y seguramente pienses que no lo valgo. Así que no lo hagas por mí, hazlo por ellos, por los niños de la guardería.

¿La guardería ABC? No seas culero, Pepe, no me chantajees con eso, con eso no, no caigas tan bajo.

No te estoy chantajeando, Cristina, no me chingues. Sabes que Alcázar está llevando el asunto.

Sí, cómo no, tiene tres años haciéndose publicidad con eso.

¿Quién es la culera ahora?

Ya, ya, pues. ¿Qué quieres de mí?

Esto que voy a decirte no puedes contárselo a nadie, ni a tu nuevo maridito. Alcázar me contrató para ayudarle a conseguir pruebas de la intencionalidad del incendio. Estamos en eso. Y si no soy pendejo, al gobierno de Padrés le conviene que salga nueva evidencia que apunte a Bours y a sus funcionarios como posibles responsables.

A este gobierno lo que le interesa es que se haga justicia.

Voy a fingir que no dijiste eso, Cristina, no estás hablando con un periodista, no me chingues. Escúchame, por favor. Hay un chofer que podría ser clave en este asunto, trabaja o trabajaba para el Gobierno del Estado, no sabemos para qué funcionario lo hacía, pero sí qué camioneta conducía en esa época. Les pedí a algunos de mis viejos camaradas de la Procu que me echaran la mano, pero soy un apestado, lo sabes mejor que nadie, y no van a arriesgarse por mí. Eres nuestra única esperanza. Solo quiero que averigües si aún está dado de alta en el gobierno y dónde localizarlo. Si ya lo dieron de baja, de todas formas tiene que haber

quedado algún registro de su domicilio, sus señas particulares…
algo. Aquí te apunté el nombre y las características de la camioneta que tenía asignada. Tendrás que inventar algún pretexto para
justificar por qué quieres saber de este sujeto. Algo como que lo
acusan de violencia intrafamiliar, no sé.

Cristina estira los dedos y acaricia con las puntas el pedazo
de papel doblado que pongo sobre la mesa. Lo analiza como si
en él pudiera encontrar una respuesta. Evita verme. Me he desparramado sobre la silla liberado de una tensión de la que no tenía conciencia. Siento que me desinflo poco a poco. Ni siquiera
la expectativa de la respuesta de Cristina puede frenar el progre-
sivo vacío. Ella tensa los dedos de la mano, pero los retira como si
el pedazo de papel quemara.

No, Pepe, lo siento, no puedo ayudarte.

Tal vez porque esperaba una negativa, la reacción de mi ex-
mujer me causa gracia.

¿De qué te ríes?

De nada.

No puedo dejar de hacerlo.

No, en serio, dime de qué te ríes, porque no le veo la gracia por
ningún lado.

Me río de ti, de lo que eres ahora comparada con la Cristina
con la que me casé. Esa Cristina no le hubiera sacado la vuelta a
lo que te estoy pidiendo.

Cabrón, escúchame bien lo que te voy a decir. El día que pasó
lo del incendio me encerré en mi casa y no paré de llorar en una
semana. Estábamos en campaña y renuncié a mi puesto en la red
de mujeres. No quería saber nada, me entró una depresión cabrona. Todo dejó de tener sentido. El hijo de un amigo mío muy
querido murió en la guardería. No lo conoces. Me quedé como
paralizada por el asco y la tristeza. ¿Sabes quién me ayudó a salir? Mi actual maridito, como tú le dices. Él me convenció de que
realmente podíamos hacer una diferencia para que no volviera a
pasar. Y desde entonces a eso me he dedicado, aunque no lo creas,

a hacer una diferencia. Te podría contar todo lo que hemos hecho en el Instituto para que las madres trabajadoras tengan garantías en cuanto al cuidado de sus hijos, pero no voy a perder el tiempo, puedo ver en tu cara la pinche expresión de burla. ¿Sabes por qué no quiero ayudarte? Porque tendría que hacerlo a espaldas de mi maridito, y eso me chinga, no quiero engañarlo ni de esa forma ni de ninguna otra. Es un buen hombre.

¿Le dijiste que te ibas a encontrar conmigo?

No tienes remedio, en serio; disculpa, me tengo que ir.

Cristina se incorpora de la mesa y se aleja a trompicones. No hago nada para detenerla. La lealtad que muestra hacia su pareja es una estocada en el cerebro. Olvido al chofer, la camioneta, la guardería, solo quedan las palabras de ella graznando como gaviotas en la playa. De repente entra en mi campo de visión la mano de Cristina y las palabras huyen en desbandada. La mano toma el pedazo de papel. No te prometo nada, me dice Cristina con acritud. Olvido darle las gracias. Las luces de los autos que circulan sobre el bulevar Rodríguez me ciegan. Apenas alcanzo a percibir una sombra que se desvanece.

21

Pregunto por Paola como se pregunta por una mascota o una enfermedad pasajera. Raquel me cuenta que la niña rehusó ir a la escuela el día anterior. En general, los compañeros de su salón, gracias a la labor de la maestra —un encanto—, no la rechazan por su aspecto. Pero en el recreo los depredadores más grandes merodean a sus anchas. Paola se formó en uno de los bebederos del patio. Mientras bebía, el niño de atrás dijo algo así como qué asco usar el bebedero después del monstruo de Gila. Paola, al oír el comentario, dio media vuelta, encaró al niño y comenzó a gritar como un animal salvaje inmovilizado en una trampa. Fue formándose un corro de escolapios a su alrededor que pasaron de la risa al terror, pues Paola no dejaba de emitir ese chillido escalofriante, sostenido, que no era acompañado por ninguna lágrima. Sus ojos penetrantes permanecían fijos, secos, inexpresivos, en el rostro del abusador. En esa cara remendada con retazos de piel es difícil leer alguna clase de emoción: un orificio deforme del que brotaba esa nota aguda que murió cuando Paola se quedó sin aire.

Luego vinieron el revuelo, los lamentos, la llamada, la reunión con la directora. Raquel me confiesa que esperó en la salida de la escuela a la madre del niño para reclamarle que su hijo era un idiota, que fuera la última vez que llamaba monstruo de Gila a su niña, de lo contrario, lo iba a agarrar a nalgadas. La madre le respondió que ninguna zorra iba a educar a su hijo y que encerrara a la niña en casa si no quería que nadie la viera feo. Raquel se dejó ir sobre la madre. Unos maestros intervinieron a tiempo.

Recuerdo las palabras de Jota Eme: Es como si fuera un fenómeno de circo dentro de una jaula y Raquel nos obligara a todos a asomarnos y nos recordara que el pequeño monstruo es de ella, solo de ella. No me extraña que en una escuela, cualquier escuela, una niña con las cicatrices vivas de un incendio saque lo peor de esos pequeños seres mezquinos y arrogantes. La memoria de mi paso por la primaria no es especialmente grata.

Tal vez porque evoco a Jota Eme, me pregunto de qué vive la mujer que tengo enfrente, entregada al cuidado de su hija. No me había detenido a pensar en ello. Se lo pregunto a bocajarro, interrumpiendo el flujo del relato.

El salario que ganaba en el despacho contable lo tengo asegurado de por vida. Una porquería, pero me alcanza. La atención médica de Paola también es gratis de por vida.

¿Quién cubre eso?

El Seguro Social.

¿Y lo de las indemnizaciones?

El Gobierno del Estado le entregó un millón y medio de pesos a cada uno de los padres recién pasó el incendio. Ahora dicen que el gobierno federal va a entregar otro millón y medio. Por eso Jota Eme anda tan desesperado.

Porque no quieres aceptarlo.

Ajá.

¿Tampoco aceptaste la anterior vez?

Me negué durante varios meses, pero Jota Eme, su familia, incluso la mía, me volvieron loca. Al no estar casados ni estar dado de alta en el Seguro Social, Jota Eme no tenía derecho al dinero. Me presionó de todas las formas. Al final acepté para quitármelo de encima. Me quedé con una pequeña parte para comprar la casita en la que vivimos y el resto se lo di a cambio de que se esfumara. Un millón de pesos. Aceptó sin dudarlo el desgraciado. No he sabido de él hasta ahora que empezó a correr el rumor de que iban a soltar más dinero. Me enteré que el pendejo dejó de trabajar, le entró duro al alcohol y al casino y en estos casi tres años se volvió a arruinar.

Raquel guarda silencio. Detecto en sus ojos un destello duro y frío. Es sábado. Nos hemos citado en un restaurante de mariscos sobre la calle Veracruz para comer. Paola está con sus abuelos.

No termino de entender por qué no aceptas el dinero. Es tu derecho. Se llama reparación del daño, una de las tantas formas que tiene el Estado de compensar una pérdida como la que sufrieron todos ustedes. Es una responsabilidad y una obligación de justicia, un deber. No se trata de caridad, no es un favor, no están comprando sus voluntades. Es un derecho que tienen las víctimas. Y es independiente del juicio que se lleva contra los presuntos responsables.

¿Está seguro de que no están comprando nuestra voluntad? Porque al menos aquí, en Hermosillo, hay mucha gente que no lo ve como usted. Piensan que somos unos aprovechados y unos vendidos, que le estamos chantajeando al gobierno con nuestro dolor. Si un papá o una mamá ABC estrena una camioneta del año, lo miran como si fuera un canalla sin escrúpulos. Dicen que estamos lucrando con la muerte y las heridas de nuestros hijos, nos señalan de alborotadores. Ya estuvo con la guardería ABC, ¿aún siguen con eso?, pues si ya les dieron una lana, ya que se calmen, etcétera.

¿Es por eso que no quieres aceptar el dinero?

Claro que no. Me vale lo que diga la gente, ya me acostumbré.

Entonces, ¿por qué?

Raquel hace una pausa para llevarse el tenedor a la boca. Ha pedido unos camarones al mojo de ajo. Yo, un pulpo a las brasas. Soy consciente de que mis argumentos jurídicos a duras penas trascienden el círculo leguleyo. Por experiencia sé que la mayoría de las personas experimenta una suerte de pudor a la hora de traducir un concepto como *reparación del daño* en dinero. Esa materialización del dolor de las víctimas, en un país católico a ultranza, se torna sospechosa, a diferencia de los países de la esfera protestante, los cuales no tienen ningún reparo en cuantificar el daño. El Estado mexicano se aprovecha de ello convirtiendo un derecho constitucional en un diezmo.

Mire, hace tres años no supe responder a esa pregunta; ahora estoy en las mismas. No sé por qué no quiero aceptar el dinero. Entiendo lo que usted me dice, no soy tan tonta, pero mi conciencia me dicta que no lo tome, y siempre le he hecho caso a mi conciencia.

¿Y qué va a pasar con Jota Eme? ¿Cederás a sus presiones?

Esta vez no.

Raquel se expresa con una convicción que me parece extemporánea, cómica, irreal, como si estuviera viendo una película de la época de oro del cine mexicano y ante mí Blanca Estela Pavón comiera una abundante ración de camarones. Yo mismo me siento histriónico, sobreactuado. Quiero seguir adelante con el tema, no por Jota Eme, me trae sin cuidado, sino por un impulso pontifical. Es un síndrome que siempre me ha desagradado en mis colegas. Cuando teorizaban sobre jurisprudencia, acostumbraba a ridiculizarlos confrontándolos con la realidad del sistema judicial mexicano: nadie resiste un cañonazo de cincuenta mil pesos.

Me parece que el licenciado Alcázar no ve con buenos ojos que seamos amigos, dice sorpresivamente Raquel. No hay apremio ni censura en su voz. No le doy importancia al comentario. Me parece que solo quiere cambiar de tema.

¿Por qué dices eso?

El jueves los papás de Manos Unidas tuvimos una reunión con el licenciado. Nos informó de los avances en la investigación. Por cierto, no lo mencionó a usted, bueno, sí, algo así como el investigador que hemos contratado… ya ve cómo es el licenciado de formal. ¿Es cierto que estamos cerca de saber el nombre del funcionario que ordenó el incendio en la bodega?

Ahora sí la pregunta me desconcierta. Alcázar no me ha comentado nada de la reunión.

Me parece un poco apresurado decir eso. Siendo optimistas, sí. El señor Pacheco nos dio el nombre de un chofer que trabajaba o trabaja en el gobierno y es posible que eso nos lleve a algún exfuncionario que pudiera saber algo. Pero por qué dices que Alcázar no quiere que seamos amigos.

Raquel cruza el cuchillo y el tenedor sobre el plato, le da un trago a la limonada y me enfrenta con una expresión risueña.

¿Qué tan cerca estamos realmente de ese misterioso funcionario?

La mujer sonríe como si estuviera a punto de hacer un estriptis.

Dame unos días y podré contestarte a esa pregunta. No quiero darte falsas esperanzas, bueno, ni a ti ni a los demás padres.

¿Cuántos días?

Depende de una persona… un contacto en el gobierno que me va a pasar esa información.

Cuánto misterio, exclama Raquel mientras suelta una carcajada seca, rompiendo con el encanto que brillaba unos segundos antes en sus ojos.

Insisto en lo de la molestia de Alcázar. Una grieta va abriéndose sobre la mesa rústica y coja con un estruendo irreparable.

Cuando terminó la reunión me llevó aparte y me preguntó por usted. Le dije que no lo había visto en toda la semana. Entonces me insinuó que no creía muy conveniente que los papás de Manos Unidas hicieran amistad con un empleado del despacho. Que las fugas de información en un asunto como este eran peligrosas.

Así te dijo, ¿un empleado del despacho?

Eso es usted, ¿no?

¿Y tú qué piensas?

Pues tal vez el licenciado tenga razón, así ni usted ni yo nos vemos comprometidos. Durante todo este tiempo la colaboración entre Manos Unidas y el licenciado ha sido bastante buena, confiamos en él, la mayoría al menos. Tampoco me gusta mucho la idea de que Jota Eme lo haya agarrado de mensajero entre nosotros.

Te propongo algo, cuando nos veamos, nos olvidamos de la investigación, de Jota Eme, de la guardería… todo eso queda fuera.

Y entonces, ¿para qué nos vamos a ver?

Me he ido inclinando sobre la mesa. Mis manos están muy cerca de las manos de Raquel, que reposan inertes a los costados del plato. Un mesero surge de repente y pregunta si puede recoger. Me repliego en el respaldo indicando con la cabeza que sí. Aún queda medio pulpo a las brasas sobre el plato, un revoltijo desmembrado.

¿No le gustó?, pregunta el mesero.

¿Cómo? ¿El pulpo? Sí, sí, está muy bueno, pero no tenía mucha hambre. Nos trae la cuenta, por favor.

Mientras el mesero levanta los trastes, Raquel extrae su celular del bolso y consulta la hora.

Me tengo que ir, Paola me espera, ya lleva mucho tiempo con sus abuelos.

Asiento, aunque podría parecer que mi cabeza cae sobre el pecho como si la hubieran desconectado. En esa postura, le pregunto qué le digo a Jota Eme si me busca de nuevo. Raquel, ya de pie, suspira como una niña incomprendida. Que se olvide del dinero, murmura. Luego me roza la mejilla con un beso maquinal, me agradece por la invitación y cruza el restaurante al tiempo que marca un número en su celular. Imagino que llama a sus padres para avisarles que ya va en camino. O tal vez no, realmente no sé nada de ella.

En menos de una semana dos mujeres me han dejado plantado en público. Me siento un artista de la imbecilidad. Una tortuga de agua cuyo caparazón se reblandece por falta de luz solar. De niño mi madre me regaló una y con los meses el animal llegó a tener un asqueroso chicle por coraza. Murió. Mi madre la arrojó por la cañería. La pecera apestaba a huevo podrido. Nunca más tuve otra mascota. En Tijuana estuve tentado de adoptar un cachorro, pero renuncié a la idea porque iba a pasar demasiadas horas solo.

El mesero me trae la cuenta. Al pagarla me siento aún más imbécil. No creía que esa comida sería una despedida, al contrario, llegué a pensar que me acercaría un paso más a la cama de Raquel. Tengo una secreta fascinación por cogérmela, lo confieso. Quizá solo se trate del prolongado celibato que guardo desde que llegué a Hermosillo.

22

Falta menos de una semana para que se cumpla el tercer aniversario del incendio. La mañana va camino de convertirse en un horno. Me desayuno con una anécdota referida por un columnista de un periódico local. Sucedió seis días antes y el periodista echa mano de todo un cliché: las ironías del destino. En este caso, un plan diseñado por un dios sádico con una perversa forma de entender el perdón, me digo mientras mastico gozoso. Roberto y Marta, padres de Jesús, uno de los niños fallecidos en la guardería ABC, hacían fila ante una de las cajas registradoras del Costco. Un revuelo a sus espaldas llamó su atención. Algunos clientes corrían y otros se arremolinaban gritando alrededor de un hombre mayor en proceso de sufrir un infarto. Roberto posee conocimientos básicos de primeros auxilios, así que acudió a socorrerlo. Le aplicó la reanimación cardiovascular con tanta fortuna que logró estabilizar a la víctima hasta que se presentó una enfermera; posteriormente una ambulancia. Gracias a las maniobras de Roberto, el anciano salvó la vida. El anciano era el padre de Antonio Salido Suárez y suegro de Marcia Matilde Altagracia Gómez del Campo Tonella, socios fundadores de la guardería ABC.

Le pido a la mesera ataviada con ese uniforme kitsch de los empleados del Sanborns que me llene la taza por cuarta vez. El deslucido café apenas logra reponerme de cuarenta y ocho horas de una borrachera sostenida en las que, entre otras cosas, levanté a una mujer alta, bella y sensual de una esquina del centro. Ya en el asiento del copiloto del Atos resultó una vieja prostituta a punto de jubilarse, de lo más simpática, con la que terminé viendo el amanecer desde el mirador del cerro de la Campana. La historia de la vieja puta en ese momento me pareció triste y fascinante. Acepté la profesional felación que me ofreció a cambio de ciento cincuenta pesos. Luego la devolví a su esquina, le di una propina por el tiempo compartido y me largué a desayunar. Mientras comía unas enchiladas suizas, me puse a ojear un periódico que algún cliente había destripado en la mesa contigua y luego olvidado.

La columna especula sobre las crueles coincidencias de la vida al tiempo que afirma que ninguno de los protagonistas de la anécdota conocía la identidad del otro. ¿Qué habría sucedido si Roberto hubiera identificado al hombre cuya vida estaba en sus manos? ¿Lo habría dejado morir mientras atestiguaba satisfecho y en paz los últimos estertores del anciano?

A estas alturas los socios de la guardería ABC son uno de los blancos preferidos de la indignación popular. Con un nombre como el de Marcia Matilde Altagracia Gómez del Campo Tonella es comprensible. La regia nomenclatura era habitual en las páginas de sociales hasta que se le murieron cuarenta y nueve niños. El comportamiento de los cuatro socios de la estancia infantil a medida que pasaron las horas, los días, los meses después del incendio solo confirmó lo que en el imaginario popular era un hecho. Salieron tarde y mal a dar la cara. Se escondieron en Arizona y no regresaron hasta estar protegidos por sendos amparos. Posteriormente se presentaron a declarar un par de veces al juzgado de distrito en un intento por redimirse ante la opinión pública. Después optaron por mandar a sus abogados privando a los padres de los niños calcinados del efímero placer de verlos desfilar hacia el cadalso. Poco a poco todos fueron exonerados.

Marcia Matilde Altagracia Gómez del Campo Tonella es pariente de la primera dama nacional, Margarita Zavala de Calderón, y de la ex primera dama estatal, Lourdes Laborín de Bours. Su esposo, Antonio Salido Suárez, en el momento del incendio fungía como director administrativo de la Secretaría de Infraestructura y Desarrollo Urbano. El marido de la otra socia, Sandra Lucía Téllez, Alfonso Escalante Hoeffer, era subsecretario de Ganadería.

Hasta ese día el único castigo que han recibido es el veto del gobierno federal por un lustro para celebrar contratos con dependencias gubernamentales y una multa de un millón seiscientos mil pesos.

Ignoro otra llamada más de Alcázar. Mi celular registra media docena y otros tantos mensajes de texto reclamando mi presencia.

Cuarenta y ocho horas antes me encerré en una habitación del hotel Kino —el mismo al que había llegado casi dos meses atrás— con un par de botellas de Herradura reposado y un doce de Tecate roja. Pretendía desconectarme de todo y resolver el dilema de renunciar o no a la investigación. A medida que el alcohol ablandaba mi cuerpo, lo maceraba, lo sometía a la autocomplacencia, fue aflorando el animal cínico que era hasta mi regreso a Hermosillo. Sentí náuseas por mis aspiraciones de redención ante Cristina y por el papelón que había representado para Raquel. Tuve que reconocer que Alcázar era un cerdo manipulador que había sabido explotar mis inútiles revanchas. Pero a pesar de todo ello, algunas de las historias que había conocido en estos días parecían haber sedimentado en alguna parte de mi conciencia.

Ya muy borracho salí en busca de diversión. La triste biografía de la anciana prostituta, relatada frente a uno de los amaneceres más bellos que había visto desde mi vuelta a la ciudad, hizo que le contara mi historia. Al concluir, la mujer, que con la luz de la alborada mostraba ya los trazos de una piel arrugada, seca, marchita, en ruinas, deshaciendo cualquier tipo de hechizo (si lo hubo), me dijo: Las mujeres estamos locas, papucho, y ustedes son incapaces de entendernos; esa Raquel está que se muere por tus huesos. Una cosa sí te digo, resultarías un hijo de la chingada si dejas colgada a toda esa gente que confía en ti, y el infierno sería poca condena, papito. Cuando terminó de hablar, puso una mano huesuda y venosa, sembrada de lentigos, sobre mi muslo. Lo retiré apremiado por un asco que la disolución del alcohol acrecentaba. La vieja prostituta exhibió una sonrisa aún más triste que su historia y me pidió que la dejara en la esquina en donde la había recogido.

Un ligero pero persistente temblor hace que me equivoque en el mensaje de texto que envío a Alcázar para avisarle que en quince minutos me presentaré en el despacho. Puince mutos termino escribiendo. Camino del Atos recibo la respuesta: No te entiendo, ¿dónde te has metido? Me da una inmensa flojera contestar. Mi celular es un vulgar Alcatel que me acompaña hace dos años. Me resisto a cambiarlo por esos teléfonos inteligentes que se han puesto de moda, con pantalla táctil y conexión a internet. Sherlock y Holmes empeñaron dos de sus quincenas para comprar el último grito en telefonía celular. Todo el tiempo me presumían la cantidad de funciones incorporadas a sus nuevos juguetes. Solía decirles que ni loco llevaría en mi bolsillo un aparato más inteligente que yo.

Salgo del estacionamiento del Sanborns por Encinas. Al llegar a Reforma recuerdo que la han convertido en una calle de un solo sentido, por lo que no puedo girar a la izquierda. Continúo hasta Doctor Olivares. Voy a tener que dar una larguísima vuelta de regreso a la Centenario. Entronco con Doctor Paliza rumbo al este.

A menos de cuatro cuadras del despacho, las cosas se ponen francamente jodidas. Dos ministeriales en una pick up con el emblema de la Policía Estatal Investigadora me ordenan que me orille. Obedezco. La pick up se estaciona detrás. Un Passat azul marino, sin placas, adelante. Lo primero que pienso es que Cristina me ha traicionado. Aturdido por la magnitud del rencor de mi ex, no entiendo lo que un agente con cara de niño, atlético y rapado al cero, me dice. Se trata de un recién egresado de la academia.

El joven policía se impacienta cuando le solicito que repita la instrucción. Está nervioso.

¿Por qué me pide que descienda del vehículo? Sabe que no está autorizado a hacerlo, agente.

El policía enmudece. Lanza inquietas miradas hacia el Passat. Si me han mandado a un tarugo como este, la cosa no es tan grave.

Tenemos un reporte de robo de un vehículo de estas características, vamos a revisarlo.

Si es así, muéstreme el reporte, agente.

No esté chingando, bájese del carro ahorita mismo, me exige un segundo policía que acaba de ocupar toda la ventana del copiloto con su gordura elíptica. Es viejo, es duro, marcado el rostro por esa brutal suficiencia de los judiciales de la vieja guardia. Abre un puño ancho y compacto como un mazo y deja caer a los pies del asiento un envoltorio que contiene un polvo blanco. Proceda, compañero. En una inspección de rutina encontramos en posesión del detenido un paquete de quince gramos con una sustancia semejante a la cocaína.

El viejo judicial, cuando termina de hablar, muestra unos dientes parduzcos y carcomidos en los bordes. Es la sonrisa de un torturador. El agente joven abre la puerta del coche y se hace a un lado para que descienda. Lleva la mano derecha a la cacha de la pistola. La deja ahí, febril, inexperta.

Todo bien, todo bien, tranquilo, chavalo, me estoy bajando, ¿ves? Listo.

El ministerial joven toma mi lugar en el Atos. La mirada al frente, los brazos tensos: da la impresión de que va a embestir contra el Passat. El otro ministerial, el viejo, el gordo, el siniestro, el clásico, me indica que me suba a la patrulla. Vamos a dar un paseo, me dice. Una frase trillada que puede preceder a una desaparición, una sesión de tortura o una simple advertencia. Me aferro a esta última posibilidad. La hora y el lugar son circunstancias atenuantes.

¿No te acuerdas de mí?, me pregunta el policía mientras se incorpora a la avenida siguiendo al Atos y al Passat. Eras secretario de acuerdos en la Segunda Investigadora; me tocó llevarte a declarar a algunos indiciados.

Por esos días, el desfile de judiciales y detenidos frente a mi escritorio era una rutina tan olvidable como casi todas las rutinas.

Cómo no, exclamo después de unos segundos. ¿Sigues adscrito a la Segunda?

El policía vuelve a mostrar sus dientes ruinosos, pero no dice nada. La anónima caravana acaba de dar vuelta a la izquierda sobre el bulevar Colosio.

No te acuerdas compa, no te hagas. Yo sí me acuerdo de ti porque en esa época eras la joven promesa de la Procu. Todo el mundo decía que ibas a llegar muy lejos. De volada te hicieron eme pe. Y luego todo se fue a le verga, ¿no?

El policía ahoga la carcajada en un cúmulo de flemas que escupe por la ventana. Las flemas salen volando y caen sobre el cofre del auto que va a la zaga.

A chingar a su madre, así, más rápido de lo que canta un gallo.

El ministerial encuentra divertidísima mi caída en la Procu.

A la verga con este bato. ¿No fue así? Ni chance te dieron de refundirte en un pinche pueblo. La has de haber cagado bien duro, ¿no? Y por lo que veo, la has vuelto a cagar.

¿A dónde vamos?

¿Tú qué crees?

Y vuelve a reír el policía. Es una risa sádica y estúpida.

Ya sé qué estás pensando: ya me cargó la verga, estos cabrones me van a llevar al desierto y ahí mismo me van a dar piso. ¿No?

Por aquí no se va al desierto, le digo. Un disparo ciego con el penúltimo aliento. El último servirá para rogar por mi vida.

En eso tienes toda la razón, compa.

Atravesamos el Poniente de la ciudad por el bulevar Colosio, más allá de Horacio Quiroga. Un paisaje de fraccionamientos en construcción se sucede como un apocalipsis. Llegamos al final de la calle. Frente a nosotros, una diminuta cordillera semiárida se achicharra bajo el sol. El Passat y el Atos dan vuelta a la izquierda por un camino en obras. La pick up de la PEI sigue sus huellas. A lo lejos se yergue una mole en medio de la nada. Unos hombrecitos suben y bajan por los andamios que la apuntalan.

Es el nuevo estadio de béisbol, ¿ya lo conocías? La joya de este gobierno. Dizque de ligas mayores, así como el de los Diamondbacks de Arizona. Una chulada. Aunque ya ves cómo es la raza. Que si está muy lejos, que no hay camiones que lleguen hasta aquí. Que si el estadio Héctor Espino es más que suficiente. Pinches Naranjeros, andan de la verga, van a tener tremendo estadio y un equipo de segunda. Pero ya ves cómo es esto. No le meten lana. Aunque quién sabe, igual y ahora, con el nuevo estadio, los dueños del equipo sí lo arman como debe ser, ¿no?

No me gusta mucho el béisbol, la verdad.

Te digo. Seguro que eres medio guacho y le tiras al futbol.

Tampoco. Ningún deporte. ¿A dónde me llevan?

Tenían razón los compas, qué mamón eres.

Ladeamos el estadio en construcción. Máquinas gigantes y amarillas se desplazan por los alrededores. Hombres con cascos naranjas y chalecos naranjas vocean y agitan los brazos como si se tratara de alguna clase de danza folclórica de los Balcanes. La caravana deja atrás la obra y se detiene a la sombra de un bosquecillo de Paloverde.

Ve al Passat, te espera un viejo camarada para echar una platicada de compas. Tranquilo, pendejo, no te vamos a hacer nada. Todo bien. Cuando inauguren el estadio, vamos juntos a ver un juego de los Naranjeros, ¿va?

Otra vez la carcajada se ahoga en un tumulto de flemas que terminan en la tierra. El ministerial, incapaz de hablar por el acceso, me apura con una mano gorda y sucia.

Paso a un lado del Atos, detenido detrás del coche azul. El policía joven mantiene la vista al frente y los brazos marcan las diez y diez sobre el volante. Un canal seco transcurre cerca del bosquecillo.

Los ruidos de la obra agonizan un poco antes de llegar hasta nosotros, amortiguados por el canto de alondras y saltaparedes. Dos zopilotes sobrevuelan en lontananza la coronilla de un cerro reverberante. El calor aprieta. Me detengo a unos cuantos pasos del coche. El conductor desciende del auto, abre la puerta de atrás y me indica que aborde. No va uniformado, pero sí cuelga de su cintura, visiblemente, una pistola automática. Está oxidada, en desuso, sin mantenimiento. Un adorno, pienso. Dentro, el olor a piel nueva y cereza son tan refrescantes como el aire acondicionado. El clima artificial se introduce por mi cuerpo, es una descarga eléctrica. Tengo un escalofrío. Me relajo aplacado por un confort peligroso pero inevitable. El chofer cierra la puerta trasera, ocupa el asiento del piloto y también cierra la puerta delantera. Asume la misma postura del otro policía, el joven. Los seguros del coche clausuran toda posibilidad: clic clac. El director de Capacitación y Evaluación de la Procuraduría, el licenciado Basave, me sonríe desde el otro lado del asiento. Ha engordado más que yo desde los tiempos en que juntos buscábamos escalar la pirámide institucional. Entre nosotros se estableció esa competencia de machos tan parecida a la amistad: envidias, rivalidades pueriles, golpes arteros que se olvidaban en un teibol. Ahora está rebosante de proteína animal. Viste una camisa Ralph Lauren fucsia y unos pantalones de la misma marca, negros, planchados hasta el desquicio.

Está quedando poca madre el estadio, ¿no te parece?, dice.

Ya sabes que a mí el béisbol y los Naranjeros…

Ese es tu problema, González, no sabes apreciar las virtudes de Sonora. Va a ser el primer estadio del país construido bajo los lineamientos de las Ligas Mayores. Ya compré mi abono para la próxima temporada, bueno, eso de comprar es un decir. Justo detrás de *home*. De los mejores lugares.

No lo dudo.

Ahora que has decidido regresar a Hermosillo, deberías hacerte abonado, aunque sea en los *bleachers*. Sabes, el rey de los deportes es la metáfora perfecta de la vida.

¿En qué pinche película escuchaste eso, Basave?

Director Basave, por favor. En alguna película, seguro, pero eso no significa que no sea cierto.

Y tú te has convertido en cuarto bat.

Me halagas, González, ojalá, pero no es para tanto. Cuarto bat, lo que se dice cuarto bat, el licenciado Murrieta, quien te manda saludar, por cierto. ¿Sabes que anda de candidato a diputado? Va a ganar el distrito, es casi un hecho. Fue el único de los boursistas que se mantuvo en el gobierno del Nuevo Sonora. Padrés fue nombrando al gabinete y al llegar al procurador, nada, que lo ratifica en el puesto, inamovible. Renunció hace unos meses para lanzarse a la candidatura. Eso es un cuarto bat, González.

Claro, claro, y me imagino que sigue moviendo los hilos en la Procu y te mandó conmigo… ¿para qué, para advertirme?

No, cómo crees, no conoces a Murrieta, es todo un señor. Me mandó para decirte que fueras comprando un abono en los *bleachers* con el sueldo de titular de la agencia del Ministerio Público de Miguel Alemán.

¿El poblado? ¿Es en serio? ¿No encontraron un mejor basurero donde esconderme?

Total control de los tiraderos de cristal, los puteros, las cantinas. Tuya la plaza, si la sabes manejar, en un par de años tendrías un abono en *home*, junto al mío.

No me gusta el béisbol, ya te dije.

Vamos, González, te reinstalamos, te echas unos añitos en el poblado, jodidones, cierto, pero haciendo una lanita, y luego vemos lo de una dirección. El licenciado Murrieta quiere recompensarte por lo bien que te portaste todos estos años.

Dile al licenciado que le agradezco mucho su oferta, pero no pienso quedarme en Hermosillo, en uno o dos meses más me largo.

Esa es la cuestión: esos meses, compañero. O te vas mañana mismo o te presentas en Miguel Alemán. No sé si entiendes la pichada, mi estimado.

Ya ves, Basave, al final siempre se trata de una advertencia. Dile a tu guarro que desbloquee la puerta y al otro que me regrese el carro, por favor.

Yo sé que confías en Alcázar, pero a ese cuate le mueven otros intereses, no los de la justicia. La estás cagando, mi amigo. La guardería es un asunto cerrado, enterrado, solo estás removiendo mierda que no va a cambiar nada las cosas.

Entonces, ¿de qué se preocupan?

Porque la mierda apesta y estamos en elecciones, pendejo.

Déjame ir, si no, haz lo que tengas que hacer, Basave.

Director Basave.

El director Basave estira la mano derecha, cuya muñeca ostenta un TAG Heuer con correa de piel negra que no ha comprado con su sueldo, y toca el hombro del chofer. Las puertas se liberan: clic clac.

Desciendo del Passat. El policía joven ya está sentado en la patrulla de la PEI, a un lado del judicial gordo. Ambos, indiferentes, revisan sus celulares. El coche azul marino y la pick up se ponen en marcha. Camino al Atos. Temblando, prendo un cigarro. Aspiro y expulso el humo con fuerza, también el miedo, que no termino de exhalar porque es mucho, entrañable. Me asomo al interior del coche: el envoltorio con coca ha desaparecido.

23

Martes 5 de junio de 2012. Tres años. Me dedico a repasar los noticieros de radio y televisión, periódicos y portales que recuentan los hechos y actualizan los avances en la investigación. Algunos columnistas critican estos avances que son prácticamente nulos. La mayoría ignora el hecho. Cinco personas están en la cárcel por el incendio en la guardería: las coordinadoras de zona del Seguro Social (encargadas de supervisar las estancias subrogadas) Yadira Barreras, Irma Díaz y Delia Irene Botello. Su jefa, Noemí López, y el que era delegado del IMSS en Sonora, Arturo Leyva, un anciano de 67 años. Ellas, las cuatro mujeres, a través de cartas abiertas y unas pocas entrevistas concedidas a un puñado de medios locales, no se han cansado de denunciar que son chivos expiatorios, el eslabón más débil de una cadena que Daniel Karam, el director general de la institución en el momento del siniestro, buscó por todos los medios que se rompiera por lo más delgado: ellas, que se suman al coro que clama justicia. La principal prueba que las inculpa es un oficio que la PGR dio a conocer unas semanas después del incendio. Un oficio de 2005, firmado por un funcionario menor, Emigdio Martínez García, en el que se instruye a los dueños de la guardería a subsanar una serie de fallas en las medidas de seguridad. La lista coincide de manera sospechosa con las fallas que fueron saliendo a la luz después de la tragedia. Ni el funcionario menor reconoció como suya la firma (era un facsímil), ni los dueños de la guardería aceptaron haber recibido ese documento. Ellas, las encarceladas, han negado de forma insistente que se elaborara ese tipo de informes con esa clase de recomendaciones en la coordinación de guarderías. En su momento, la PGR dejó en claro que el oficio no inculpaba a la institución sino a determinadas personas: ellas. Me identifico con estas mujeres. No puedo evitarlo. Y es que no me canso de ser una lastimosa referencia. Las pruebas periciales para demostrar la autenticidad o falsedad del documento han sido lentas y desprolijas. En unos meses más saldrán libres si tienen buenos abogados. De eso se trata a final de cuentas.

De entre todo el indignado clamor que el tercer aniversario del incendio de la guardería farfulla y exige, me llama la atención un reportaje firmado por la periodista Lourdes Encinas. En él da cuenta de que entre junio de 1995 y mayo de 2012 se han registrado quince incendios en bodegas y almacenes pertenecientes al Gobierno del Estado. La fuente es la Unidad de Protección Civil Municipal. La causa probable de catorce de los quince incendios dice *Provocado*. Solo el de la bodega de Hacienda contigua a la guardería está calificado como causa *No identificada*. Hay un patrón. Lo anoto en los pendientes que tendré que revisar con Alcázar en unos minutos más.

La reunión responde a la impaciencia, a la desesperación, al hartazgo. Alcázar se ha vuelto huraño. Después del encuentro que tuve con Basave, la desconfianza se ha convertido en una gelatina que nos envuelve cada vez que nos movemos, opinamos, callamos. Alcázar no termina de creerme que rechacé la oferta de la Procuraduría. De cualquier forma, la intrusión de Basave nos hace vulnerables, débiles. Cristina ha dejado de ser una opción. Cristina me ha traicionado. Cristina es una hija de su puta madre. Ya no sé muy bien qué hacer.

Estoy en el despacho de Alcázar. Este se encuentra reunido con sus socios en la sala de juntas. Mónica me ha pedido que espere unos minutos, no tarda en venir. Me doy tiempo para estudiar la decoración de la oficina. Hasta ese momento no me había detenido en los cuadros que cuelgan en la pared del fondo.

Estampas campiranas de una sierra que siempre me ha provocado una cierta inquietud. Tal vez me desagrada que esa geografía sea tan invasiva, que nos defina. Se abre la puerta que da a la cochera. Aparece la cara de Dulce husmeando como un ratón. Sostiene un portatrajes con la mano derecha, alzada como si fuera a detener un taxi. Ella también se sorprende al encontrarme en lugar de su marido.

¡Qué susto! ¿Y Jorge?

Hola, Dulce.

Dulce fuerza una sonrisa y saluda contrariada. No hay rastro de la efusión y la ternura de hace unas semanas.

No tarda en venir.

Dulce revolotea alrededor del escritorio. No encuentra un lugar donde poner el traje.

Llevo prisa, le dices, por favor, que le dejé esto. Coloca el portatrajes, doblado a la mitad como una marioneta, sobre el respaldo del asiento de Alcázar.

A ver cuándo me invitas de nuevo a comer a tu casa. Estaba deliciosa la lasaña.

Sí, claro, cuando quieras, ponte de acuerdo con Jorge. Ya me voy, gusto en verte.

Dulce se arrepiente a medio camino, disimula mal, y me deja con la cara estirada a la espera de un beso. Desaparece por la puerta trasera. Parece un trompo que va perdiendo velocidad.

Solemne como una eucaristía, Alcázar aparece por fin en su privado, por la puerta principal, la que comunica al resto de la casa. Farfulla una disculpa por la espera mientras se dirige al escritorio. Al sentarse empuja la silla con rueditas hacia atrás para tomar una distancia que cree necesaria. Está tan absorto que solo cuando se recarga en el respaldo se da cuenta de la presencia del portatrajes. Se incorpora sobresaltado. Extiende sobre sus dos brazos la bolsa negra y larga y la contempla con extrañeza, como si fuera un recién nacido.

Acaba de estar Dulce, te dejó eso.

Ah, claro. Más tarde tengo una reunión de la Barra de Abogados con unos diputados, una pendejada de una consulta por unas reformas al código penal.

Alcázar se desplaza al fondo de la oficina y extiende el portatrajes sobre el sillón. Regresa y se sienta de nuevo. Parece arrepentirse de la confidencia. No da más detalles. No se los pido, no me interesan.

José, esto que voy a decirte es muy desagradable para mí. Al fin y al cabo, fui yo quien te propuso venir a Hermosillo a trabajar con nosotros. Mis socios y yo lo hemos analizado a conciencia y hemos llegado a la conclusión de que tus servicios ya no son necesarios.

Me rasco la cabeza para ganar tiempo. Aunque me lo esperaba, en el fondo tenía la esperanza de que no sucediera. Siento que retrocedo ocho años y me invade esa misma sensación de desamparo. Y escupo algo fuera de lugar.

Dulce se ha convertido en una puta arpía, ¿sabes? No sé cómo puedes vivir con una mujer así.

¿Perdón?

Ya me escuchaste. Aunque si estás con ella es porque tú también te has convertido en una mierda, ¿no es así?

La decisión de prescindir de tus servicios es totalmente profesional, te voy a pedir que no hagas de esto algo personal, José.

Pitic, pendejo. Soy Pitic, todo este tiempo me has llamado Pitic y ahora sales con la mamada de José. Si vas a hacer esto así, entonces dime licenciado González.

Comprendo tu molestia, pero aquí estamos hablando de un grupo de padres de familia que busca que se les haga justicia por sus hijos fallecidos en un incendio. Pensé que tus servicios podrían ser valiosos para el asunto, pero a la vista de los resultados, en lugar de ayudar te has vuelto un obstáculo. Reconozco que gracias a ti tenemos el nombre del chofer que nos podrá llevar al funcionario o a los funcionarios que ordenaron el incendio, pero fuera de eso, nos has traído más problemas que soluciones.

Uno de mis socios tiene un contacto en la policía municipal, vamos a pedirle que corra el nombre del chófer en la base de datos a ver qué sale.

¡Qué poca madre! Sin mí no tendrías nada, cabrón. ¿Acaso tú o alguno de tus pinches socios maricones hubieran agarrado a putazos al viejo de la bodega?

Me he puesto de pie. Recargo las manos en el borde del escritorio y mientras vocifero me balanceo como un juguete de madera. Alcázar desliza la silla un metro más atrás. En apariencia conserva la calma.

¿Quieres saber la verdad? Te advertí que no recurrieras a Cristina y te valió. Ahora los cabrones de la Procu saben en lo que andamos. Y en lugar de buscar por otro lado, te dedicaste a conquistar a Raquel. ¿Qué quieres, cogértela? No me friegues, Pitic, no pensé que fueras tan culero, o que estuvieras tan necesitado, ya no sé qué creer.

El volumen de voz de Alcázar es monocorde, ensayado, contenido, ni un decibel arriba ni uno abajo. Parece la voz de una grabación.

No sabemos si fue Cristina, suplico claudicando a mi furia.

Por favor, no seas tan ingenuo. Te lo advertimos, te dijimos lo que había cambiado, que no era de fiar.

Aquí todo el mundo ha cambiado, el único que sigue igual de pendejo soy yo.

Me dirijo a la puerta de la oficina. No puedo pensar en nada. Me he quedado sin palabras, sin ideas, sin argumentos.

Mónica te entregará los honorarios por tus servicios más una compensación, te lo debo. Puedes quedarte los días que necesites hasta que decidas qué vas a hacer.

Recorro el pasillo hasta la recepción como si fuera un río manso de corrientes subterráneas. Mónica no se encuentra tras el mostrador. Una mujer joven pero cansada y un hombre de cuerpo redondo esperan en los sillones de la recepción. Ella revisa su celular. Él, una revista. Echo mano de mi teléfono y le escribo un mensaje a Cristina:

Si no querías ayudarme podrías haber cerrado el puto hocico al menos.

Enviar.

24

Los globos alcanzan el cielo azul pálido y poco a poco se convierten en diminutos caprichos a merced del viento. Martes 5 de junio de 2012. Frente a la parroquia de San José, sobre la avenida Vildósola, sigo con la mirada los cientos de puntos blancos, volubles, inciertos, que forman en el aire figuras aleatorias, signos efímeros de indescifrables mensajes. Cuando el viento los arrastra hacia el sur como a una bandada de pájaros migratorios, cuando las campanas dejan de repicar, cuando las consignas reaparecen, la marcha conmemorativa reanuda su camino rumbo a las escalinatas del Museo-Biblioteca de la Universidad de Sonora.

Cinco de junio, ni perdón ni olvido.

Justicia.

No debieron morir.

Niegan lo imposible y marchan por la cuesta que termina en el Museo de Arte de Sonora, MUSAS, un mausoleo de las aspiraciones políticas de Eduardo Bours.

Malabaristas, zanqueros, mimos y clowns se multiplican entre las mantas extendidas a lo ancho de la calle con las consignas, los reclamos, las fotos de los niños muertos. Un contrapunto de alegría, una nota festiva en medio de una balada compuesta de carne calcinada y silencios. Son artistas hermosillenses que año con año se solidarizan con los padres de la guardería ABC.

En una ciudad de casi un millón de habitantes, me digo con amargura inútil, prepotente, hueca, la indignación de unas dos mil personas parece un simulacro, un acto fútil, acallado por el ruido de una campaña electoral que ha decidido no escarbar entre los escombros. Sé —me lo contó Raquel, me lo contó Alcázar— que tres años antes, a pocos días de la elección, los panistas manipularon la rabia y llegaron a salir a las calles más de veinte mil personas. Una vez que obtuvieron el triunfo el 5 de julio de 2009, a la cita de cada sábado posterior al incendio comenzó a llegar cada vez menos gente.

El contingente ocupa los carriles que corren de sur a norte. Algunos de los coches que circulan por los carriles opuestos pitan en un gesto piadoso que la parsimoniosa serpiente ignora, concentrada en avanzar hacia su destino.

No veré pasar a Raquel ni a Paola. El Movimiento Cinco de Junio se ha mantenido firme en esa decisión: los niños sobrevivientes al incendio no deben participar en las marchas, distraerían la atención sobre los cuarenta y nueve pequeños calcinados. Sé, porque me lo contó Raquel, me lo contó Alcázar cuando aún me contaban esas cosas, que hay fuertes discusiones entre los padres de la guardería sobre ese punto. No estoy ahí para ver pasar a Raquel y a Paola. En realidad, no tengo idea de por qué estoy ahí, debería concentrarme en lo que pienso hacer con mi futuro.

En cambio, abandono la acera, piso el arroyo y tímidamente, como si aún no me desprendiera de mi rol de espectador, me sumo a la manifestación que ha partido a las seis de la tarde de los restos de la guardería.

Y camino en silencio, sin replicar el grito rotundo y escalofriante: Cinco de junio… ni perdón ni olvido, porque hacerlo me parece una profanación. No hay pasiones desbordadas ni furia en las entrañas de la serpiente que se desliza por las arterias de esa ciudad adormecida por la resolana. Se trata más bien de una solemnidad de funeral, un recato íntimo, casi un pietismo, si no fuera por la banda de guerra de una primaria cuyos integrantes redoblan y soplan cueros y cornetas marciales.

¡Justicia, justicia, justicia!

¡No debieron morir!

¡Ni perdón ni olvido!

Me dejo arrobar por las voces de la serpiente y olvido por un momento qué me llevó a ese instante. Y descanso de mí mismo, como si formar parte de ese animal lento y herido bastara. Y en el dolor colectivo que apenas rasca la piel de ese otro animal aletargado, la ciudad incandescente, me doy esquinazo para no ser otra cosa que un pedazo de víscera, una escama, un anillo que se dilata y se contrae para reptar. Y encuentro una cierta paz en el dolor. No es la paz de los sepulcros, aunque podría. Es el mutismo —en medio de las voces de la serpiente— de esas otras voces que me hablaron de béisbol y estadios y ofertas y contraofertas.

Poco a poco la serpiente, al llegar a las escalinatas del Museo-Biblioteca, se convierte en un enjambre cuyo bisbiseo es callado por el pase de lista que uno de los líderes del movimiento inicia micrófono en mano.

Ana Paula Acosta Jiménez. No debió morir (contesta el enjambre). Andrea Nicole Figueroa. No debió morir (a las tres de la tarde). Andrés Alonso García. No debió morir (con los ojos dormidos). Aquiles Hernández Márquez. No debió morir (el fuego sembró payasos y trapecistas). Ariadna Aragón Valenzuela. No debió morir (entre nanas de toses y escupitajos). Axel Abraham Angulo Cázares. No debió morir (sin saber que hay otras muchas muertes). Bryan Alexander Méndez García. No debió morir (con la ropa hecha cenizas). Camila Fuentes Cervera. No debió morir (a las tres en punto de la tarde). Carlos Alán Santos Martínez. No debió morir (repican las campanas de humo). Dafne Yesenia Blanco Losoya. No debió morir (respondo yo también, aunque no quiero). Daniel Alberto Gayzueta Cabanillas. No debió morir (en punto de las tres, las tres de la tarde). Daniel Rafael Navarro Valenzuela. No debió morir (grito cada vez más fuerte). Daniela Guadalupe Reyes Carretas. No debió morir (acusan unánimes). Daré Omar Valenzuela Contreras. No debió morir (sin haber remontado el aire en papalotes). Denisse Alejandra Figueroa Ortiz. No debió morir (la guardería era un ataúd con ruedas). Emilia

Fraijo Navarro. No debió morir (porque las olas aún no bañaban su cuerpo). Emily Guadalupe Cevallos Badilla. No debió morir (con una pelota de fuego entre las manos). Fátima Sofía Moreno Escalante. No debió morir (sorteando lenguas como espadas). Germán Paúl León Vázquez. No debió morir (a las tres de la tarde en punto). Ian Isaac Martínez Valle. No debió morir (entre los gritos de un oso de peluche). Javier Ángel Merancio Valdez. No debió morir (repito a riesgo de que las palabras pierdan su significado). Jazmín Pamela Tapia Ruiz. No debió morir (los gemidos quemaban como soles). Jesús Antonio Chambert López. No debió morir (porque inútil es la muerte de quien aplaude a la luz y a las sombras). Jesús Julián Valdez Rivera. No debió morir (coreo sin aire en los pulmones). Jonathan Jesús de los Reyes Luna. No debió morir (eran las tres en todos los relojes). Jorge Sebastián Carrillo González. No debió morir (entre el canto sibilino de las llamas). Juan Carlos Rascón Holguín. No debió morir (con toda su muerte a cuestas). Juan Carlos Rodríguez Othón. No debió morir (las madres terribles levantaron la cabeza). Juan Israel Fernández Lara. No debió morir (cuando el mundo era un pastel de chocolate). Julio César Márquez Báez. No debió morir (sin haber probado al menos una vez la miel de tus labios). Lucía Guadalupe Carrillo Campos. No debió morir (sin la lluvia milagrosa del desierto). Luis Denzel Durazo López. No debió morir (murmuro cansado de tanto nombre). María Fernanda Miranda Hugues. No debió morir (que ya se acabe, por favor). María Magdalena Millán García. No debió morir (sin saber escribir su nombre en la arena). Marian Ximena Hugues Mendoza. No debió morir (insaciable, la santa señora del rubor helado no tiene cuotas). Martín Raymundo de la Cruz Armenta. No debió morir (sin saber que aquello no era una pesadilla). Monserrat Granados Pérez. No debió morir (no desmayan los deudos en lo imposible). Nayeli Estefanía González Daniel. No debió morir (porque su nombre era una sinfonía en el patio de su casa). Pauleth Daniela Coronado Padilla. No debió morir (¿cuántos nombres tiene la infamia?).

Ruth Nahomi Madrid Pacheco. No debió morir (ruiseñor de la estadística). Santiago Corona Carranza. No debió morir (ya perdí la cuenta). Santiago de Jesús Zavala Lemas. No debió morir (la ciudad absorbe el eco de su risa). Sofía Martínez Robles. No debió morir (cae la noche cansada de tanto grito). Valeria Muñoz Ramos. No debió morir (pero lo hizo). Ximena Álvarez Cota. No debió morir (los buitres aplauden la pirotecnia). Ximena Yanes Madrid. No debió morir (me he quedado sin saliva). Xiunelth Emmanuel Rodríguez García. No debió morir (el reclamo, inútil, no desmaya). Yeseli Nahomi Baceli Meza. No debió morir (los tambores redoblan sin sonido). Yoselín Valentina Tamayo Trujillo. No debió morir (pero se ha muerto para siempre).

En Galeana dejo atrás el murmullo de la multitud que se desarticula un año más después de haber caminado esa herida abierta en el corazón de la ciudad. Dirijo mis pasos hacia el despacho de Alcázar. He tomado una decisión: al día siguiente regresaré a Tijuana. Intentaré recuperar mi vida, los retazos, si es posible, de las horas y los días predecibles. Olvidaré de nuevo, como olvidé hace ocho años, el lugar en donde una nebulosa madre me parió en casa de adobe y partera. Donde crecí sin otro horizonte que el mezquite, las dunas y el saguaro. Un lugar cuya inocencia se consumió entre las llamas un viernes 5 de junio de 2009, a las tres en punto de la tarde. El aliento me sabe a ceniza. En Doctor Paliza tuerzo a la izquierda y la ciudad entierra definitivamente el recuerdo de los gritos y los llantos, entregándose a su ajetreo sin memoria.

Entonces suena mi teléfono. No me doy cuenta de que es mi teléfono el que suena. Ring, ring, ring. Y otra vez. Y otra vez. Por fin contesto. Una voz de mujer se identifica como amiga de Cristina Goñi.

A Carlos Pérez Maza, Charly, el chofer, lo asesinaron dos meses después del incendio de la guardería, dice la voz. En esta dirección podrá encontrar a su viuda.

No tengo en dónde anotar, pero memorizo unas señas en la colonia Altares. Una calle y un número que por poco olvido cuando la misma voz me exige que no vuelva a molestar a Cristina.

IV

EL CHOFER

25

Soy el ojo que todo lo ve. Fulgor irisado. Demiurgo preso en un coche zapato. Y desde ahí todo lo observo. Pero soy un pequeño dios gordo, cansado y sudoroso, que no está al margen del tiempo. Y me aburro. Vigilo y me aburro, que en este caso es lo mismo.

¿Pero cómo no hacerlo después de todo?

Ella sale y entra de una casa en proceso de descomposición. Una casa que quiso y no pudo en la calle Alce, colonia Altares, me dijo la voz anónima, la misma que me pidió dejar en paz a Cristina. Azul añil, portón oxidado, segunda planta sin terminar. Arena, grava y cemento en el patio, y un auto volando sobre pilas de ladrillos. Tal vez un Jetta (no lo veo todo a fin de cuentas). Barda grafitera, expresión viva de un evangelio de arrabal. Perros en manada liderados por un macho alfa en los huesos, puro pellejo y orgullo. Esa casa iba para casona, joya del barrio, ejemplo de lo que puede alcanzarse con cierto tipo de perseverancia. Aguardo el momento indicado de abordar a la mujer que entra y sale, sin otra ocupación que entrar y salir. A la tienda de la esquina, con la vecina, poco más.

Clareaba cuando pasé con el Atos por delante del domicilio buscando dónde apostarme para esperar. Y aún espero cuando el sol concluye su jornada. He movido el coche varias veces para no levantar sospechas en un barrio en el que la sospecha es supervivencia. He ido por cigarros, comida, una soda, qué sé yo. El mundo del chofer comenzó a morir cuando lo mataron. Hay grietas en las paredes despostilladas de la casa, manchas de humedad, algún vidrio roto. Se murió el proveedor, supongo para matar el tiempo, y dejó de fluir el dinero que apuntalaba el palacio del rey del barrio. El tipo influyente que trabajaba para el gobierno. De la noche a la mañana se planta con un coche nuevo. Y la cuadrilla de albañiles, pico y pala, empieza a moldear el sueño un poco fortaleza. Así ha de haber tenido la conciencia Carlos Pérez Maza, alias el Charly. Lo que ahora veo son ruinas, como muchas otras ruinas que se amontonan a lo largo de la calle.

Esperaba que la mujer fuera a alguna parte más allá del barrio. Al trabajo, al supermercado, a visitar a un familiar. Lejos de esas calles que la protegen. No es así. Tengo que inventar un ardid, un disfraz, una identidad que me permita entrar en la casa y dentro, ya un poco más confidentes, interrogarla.

¿Cómo, cuándo, quiénes y por qué mataron a tu esposo, amante, concubino? Y la otra: ¿hasta qué punto estuvo involucrado en el incendio de la guardería?

Dormito apoltronado en el cochecito discreto pero incómodo. Canto retazos de viejas canciones de Charly García («te das cuentaaaa, sacate el mocasín»). El cochecito que regresó a mis manos cuando Alcázar me tendió las llaves y me dio por segunda vez la bienvenida, el hijo de puta.

Ahora sí, sin tonterías ni desconfianzas, somos un equipo, me dijo.

No detecté ningún rastro de vergüenza ni arrepentimiento. Entendí por fin que Alcázar es de esas personas que nunca tienen tiempo. Y sin tiempo no hay remordimientos.

Cristina, le solté encabronado, Cristina nos ha puesto sobre la pista del chofer.

Y Alcázar lo celebró como un hincha sin memoria, de esos que un domingo se cagan en el equipo y al siguiente le ponen un altar. Yo sabía que no nos iba a fallar, exclamó Alcázar caminando de arriba abajo de la habitación, eufórico. Me dieron ganas de romperle la cara. De agarrarlo a patadas, descargar la furia y el asco. ¿Qué me detuvo?

Una perra orina a la entrada de la casa levantando la pata trasera y desbaratando de paso la teoría de que las hembras orinan acuclilladas. Soy un vigilante aburrido, y en lugar de elaborar un plan, me hago preguntas inútiles.

Después de la llamada en la que la voz sin identificar me informó que el chofer (por el que pateé las calles, torturé a un pobre viejo, me rebané los sesos y me peleé con Alcázar) estaba muerto y enterrado, fui al despacho, desierto a esas horas, subí al segundo piso, entré en mi habitación y empecé a preparar la mochila para largarme a Tijuana esa misma noche. Pero después de todo el despacho no estaba desierto. Alcázar se asomó al cuarto y me dio un susto de muerte cuando me saludó. ¿Te vas? Te acuerdas que me corriste, ¿verdad? No es necesario que te vayas hoy mismo, puedes quedarte los días que hagan falta, volvió a ofrecerme Alcázar. Pero no tenía ganas de ser cómplice (otra vez) de su generosidad culpable. De lo que tenía ganas era de huir de ese incendio en el que todos ardían a perpetuidad. 5 de junio: día de la marmota. Dejar atrás el olor a carne quemada que impregna la ciudad entera. Entonces Alcázar pensó que me debía alguna clase de explicación. No paró de hablar mientras yo acomodaba la ropa y los artículos de higiene personal en la mochila. Alcázar lloriqueaba. Se lamentaba. Puteaba contra el país, su gente, la clase política, el sistema de justicia. Alcázar se desahogaba rompiendo todos los diques profesionales que había construido hasta ese momento. Se reconoció exhausto, vencido, atrapado en un callejón sin salida. Tres años después de aceptar la defensa de los padres de la guardería, creía estar flotando en esa alberca de mierda que ilustra el chiste: no hagan olas. Pues bien, me decía no tan monocorde como siempre, exaltado incluso, ha llegado el momento de hacerlas y que trague mierda quien tenga que tragar. Y la pista del chofer, me decía Alcázar, es lo único que tenemos para provocar un pequeño ciclón, un tsunami si se puede, en la excremental piscina. ¿Me entiendes? Ya había terminado de empacar y repasaba el cuarto con ojo de gavilán. ¿El libro, dónde está el libro? ¿Qué libro? Una novelita de Sherlock Holmes, *El valle del terror*. No sé de qué hablas. Un libro, un libro que tenía aquí, que estaba leyendo. Deja le pregunto a la señora de la limpieza a ver si lo ha visto, si lo encuentro te lo envío a Tijuana. Quédatelo, no me estaba gustando ni madres.

Y llegó el momento más violento: la despedida. Alcázar continuaba en ese plan de justificarse con un victimismo que empezó a tocarme los huevos. Nos estrechamos las manos, como caballeros, y hasta nunca, pensé con la mochila en la espalda, bastante más pesada que el día en que llegué. Alcázar pareció entenderlo. Cerró la boca y me contempló unos segundos calculando a su vez si le daba un abrazo al tipo aquel que una vez más no había estado a la altura. Un pobre diablo. Pero antes hizo la pregunta, casual, intrascendente.

¿Ya te despediste de Raquel?

Detuve la mano a medio camino. ¡Pero qué clase de imbécil!

¿Eres o te haces?

Ninguna de las dos, Pitic. No mezcles las cosas. Raquel está muy agradecida contigo.

¿Ya sabe que me corriste?

No te corrí, pusimos fin al acuerdo que teníamos por el bien de todos, el tuyo incluido. Ahora no lo ves, pero ya que pase el tiempo y pongas todo en perspectiva me darás la razón.

Visto así, resulta que al final tendré que estarte agradecido, condescendiente hijo de puta.

Dejé caer la mochila al suelo y le propiné un empujón. Retrocedió unos pasos hasta chocar con el marco de la puerta. Trató de devolverme el empujón, una respuesta enclenque, unos brazos tibios que manoteaban como si una avispa merodeara alrededor de su cabeza. Los bloqueé fácilmente con la mano izquierda y con la derecha prendí el cuello de Alcázar. Apreté para obstruir la tráquea, pulverizar entre mis dedos —que no eran los dedos del mecánico de la colonia Y Griega ni los del policía que me llevó a dar un paseo, pero que estaban cargados con una rabia ciega— todo ese enredo, y el otro enredo, el de hacía ocho años, el que arruinó mi vida con Cristina. Apretar ese cuello blanco, inmaculado, indulgente, hasta que dejara de boquear como un jodido pececito. Porque Alcázar boqueaba rogando por poder respirar una vez más.

¿Qué me detuvo?, me pregunto encerrado en este coche zapato mientras vigilo la casa de un hijo de puta que tal vez, quién sabe, roció de gasolina los documentos de una bodega adyacente a una guardería y les prendió fuego. El caso es que solté a Alcázar y, jadeante por el esfuerzo, me senté en la cama. Él cayó al suelo como si hubiera estado colgado de un clavo en la pared y se desprendiera de repente.

Al chofer lo mataron un par de meses después del incendio. Tengo la dirección de su casa, parece que hay una viuda.

Alcázar, sin poder hablar todavía, abrió los ojos tanto como sus párpados enrojecidos se lo permitieron. Después de masajearse el cuello durante unos segundos, preguntó:

¿Cristina?

Sí, pendejo, Cristina, ¿quién más?

La mujer se asoma a la puerta para atender a una vecina. Intercambian unas palabras y un objeto que me parece una cacerola. La mujer, por ciertas curvas que aún conserva, ha de haber tenido su momento de gloria. Pero ahora sus nalgas, su cadera, su cintura son una galaxia cárnica. Viste ropa muy entallada, de esa que exalta lonjas y tetas y coños en una amalgama que pone muy caliente a los albañiles. La mujer regresa al interior de su hogar. Ha llegado mi turno. Me ampara un silencio que poco a poco adormece al barrio.

26

Por fin se derrumba en el sillón: una galaxia liposa que detiene su paso por el universo para contemplarse los pies hinchados, las uñas garfio recién decoradas, el pelo que es un desastre. Suspira. Y deja escapar el resentimiento que se le acumula por esas cuatro criaturas meonas y cagonas, ruidosas, violentas, demandantes, egoístas, indefensas. Los dos mayores son de un sujeto que paga una condena de diez años por asalto a un banco. Los otros dos, niño y niña, los tuvo con Charly. Vuelve a suspirar, tal vez por esos tiempos de reina deseable y colérica que no volverán. Mataron a su hombre. Sobrevive de la caridad de los vecinos, de alguna que otra transa con los tesoros que fue acumulando cuando Charly era el tipo con los huevos más grandes del barrio. Huevos cuadrados. Huevos de oro. ¿Quién se atrevía entonces? Como a Penélope, más de un pretendiente se le ha metido en la cama sumándose al festín de los despojos. Después de un tiempo se van. No sabe tejer. En realidad, no sabe nada.

Llamo a la puerta. Sus dos hijos mayores se asoman de la habitación del fondo. ¡A dormir!, grita, mientras se incorpora del sillón furiosa por la interrupción de esos cinco minutos en que puede entregarse a todo tipo de añoranzas. Y se pregunta quién puede ser a estas putas horas. Esperaba cualquier cosa menos a un tipo fondón, con una camisa vaquera gastada y una panza incipiente. No soy muy alto, pero me encorvo como si lo fuera. Un bigote negro de puntas largas hasta la comisura de la boca me da un aspecto de baterista de rock setentero. Me siento orgulloso de mi bigote. Aunque sonrío, mis ojos color miel son mentirosos y están cansados. No soy de fiar, piensa la mujer mientras me pregunta qué busco a esas horas.

Usted no me conoce, señora, pero fui muy amigo del Charly. Estudiamos juntos en la secundaria. Regresé hace unos días a Hermosillo y supe que lo mataron. Un amigo en común me contó que se casó con usted y pues… no quiero ser irrespetuoso, pero tal vez pueda contarme qué pasó.

No sé quién le haya dicho eso, pero miente.

¿Qué quiere decir, señora? ¿A Charly no lo mataron?

Claro que lo mataron. Me refiero a lo de estar casados. Nunca nos casamos, nunca me lo pidió el desgraciado.

Ah, pero entonces sí se lo echaron.

De nueve fierrazos, ahí donde está el portón. Iba llegando a la casa. Pum, pum, pum, pum. ¿Cómo dijo que se llama?

Matías Quiroga, mucho gusto, señora, y mi más sentido pésame.

Nunca me habló de ningún Matías.

Fue hace muchos años, le digo que de los tiempos de la secundaria.

Y de pronto aparece de la nada interesándose por él.

Sé que parece extraño. Un poco antes de que lo mataran, nos encontramos en el Facebook, ya sabe cómo es eso. Nos pusimos al día, me dijo que trabajaba en el gobierno. Luego ya no supe de él hasta ahora que volví y me dijeron que lo habían matado.

La gorda ha abierto los ojos como si fuera una muñeca de porcelana. Da un paso atrás.

Mi Charly no tenía Facebook, dice.

Adivino que la gorda de porcelana con sus ojos como dos huevos estrellados va a cerrar la puerta. Adelanto el pie, introduzco medio cuerpo, echo un vistazo por encima del hombro: nadie en la calle. Termino de entrar con las manos arriba tratando de tranquilizar a la mujer. Cierro la puerta. La gorda abre la boca para gritar mientras retrocede. Un grito en la noche en esa colonia no significa nada. Pero el grito se queda atorado en la garganta, es un gorjeo cómico y repugnante. Trato de calmarla moviendo los brazos como si orara en dirección a la Meca. Descubro la causa por la que la mujer no pide auxilio. Los niños han ido apareciendo uno a uno. Tres varones y una hembra. Contemplan en silencio la escena. El instinto le dicta a la madre que debe actuar con normalidad. El sujeto de la camisa vaquera parece querer hablar. Solo hablar. Y ella puede hablar todo lo que sea necesario. Como cotorra, soltar la lengua, envolverme en palabras, hipnotizarme. Ofrecer y ofrecerse si viene al caso. Dar lo que tiene y lo que no tiene. Mentir, inventar, confesar, convencer. Todo es posible, cree la gorda de porcelana, mientras no toque a los niños cagones y meones. No hay lápidas para todos ellos, piensa la madre, mientras me da a entender, a mí, parado con una cara de imbécil asombro, que si se trata de hablar, ahí está ella, dispuesta a todo.

No le haga nada a los niños.

Me llevo las manos a la cara y me froto los ojos.

No voy a hacerles nada, ni a ellos ni a usted. Solo quiero platicar.

¿Viene del gobierno?

Claro que no, la verdad es que…

Los cuatro niños cuelgan de la cintura de la mujer como si fueran siameses, como si nunca los hubiera terminado de parir. Estoy desconcertado y ansioso. Me siento un poco vil.

Le prometo que no voy a hacerles nada. Solo quiero platicar. Trabajo para un despacho que lleva el asunto de la guardería y una fuente nos dijo que Carlos Pérez Maza tenía información del incendio. Hace un par de días supe que lo habían matado.

La mujer desprende de su cuerpo orondo a cada uno de sus vástagos y los despacha por el pasillo. Se alejan en fila india, silenciosos, obedientes, echando miradas fúnebres por encima del hombro. La mujer se derrumba sobre el sillón, una Venus paleolítica haciéndose pedazos. No me invita a tomar asiento. Inicia una especie de letanía. Tengo la impresión de que la mujer llevaba tiempo esperando ese momento.

Salvajes, descreídos, demonios. Aquí en su casa, con los niños de testigos. Fue un 17 de agosto de 2009, no se me olvidará nunca esa fecha. Pronto se van a cumplir tres años. Aquí mero, en la puerta de su casa, de noche, por la espalda, solo así se atrevieron los muy cobardes. Mi Charly era mucha pieza.

¿Hubo alguna clase de investigación, detuvieron a algún sospechoso, hallaron a quienes lo hicieron?

Por supuesto que no. Fueron ellos mismos, ¿cómo cree?

Ellos, ¿quiénes?

Pues los del gobierno, ¿quién más?

¿Nunca la llamaron a declarar, tampoco a los vecinos, a nadie?

Llegaron, levantaron el cuerpo y se lo llevaron. Al día siguiente regresaron un par de chotas, preguntaron entre los vecinos y ya no supe más.

¿Por qué dice que fue el gobierno?

¿Qué saco yo de todo esto?

No entiendo la pregunta. Me quedo pasmado. La mujer desplaza la mano derecha en un semicírculo señalando la casa, su ruina.

Tengo cuatro hijos, estoy sola, y aquel no me dejó nada. Esta casa no se mantiene sola.

Sonrío al comprender hacia dónde apunta la gorda. Ya no me siento tan vil. Se trata de una negociación. Me tomo la libertad de sentarme en una silla de plástico vencida por los kilos que ha soportado. Con mi peso, la silla cede unos centímetros. Es inestable.

Eso depende de lo que tenga que decirme, si está dispuesta a grabar el testimonio y más adelante, si es necesario, a hacer una declaración formal ante la PGR.

La mujer calcula el precio de lo que tiene para ofrecer. Sus ojos buscan respuestas en los rincones polvorientos de la sala.

Le voy a pedir que se vaya, no sé nada de la guardería.

Me acaba de decir que el gobierno mandó matar a su marido. ¿Por qué? ¿Por la guardería?

Ya le dije que no era mi marido. No sé, puede que sí, le digo que no sé muy bien en qué andaba el Charly. Mejor váyase, no quiero problemas.

¿No quiere saber quiénes lo mataron? El despacho en el que trabajo puede ayudarla con eso. Entiendo que tiene necesidades, tal vez encontremos la forma de alivianarla.

La mujer cede. Palmea sus rodillas a un ritmo inexistente y piensa con los ojos extraviados en el techo. Pronuncia una cifra que en ese momento le parece la solución a todos sus problemas. Después pensará que de haber pedido más, se lo habríamos concedido.

Necesito cinco mil pesos para salir de una bronca con el banco. ¿Me los puede dar?

Tengo que consultarlo con mi jefe. Dígame lo que sabe para valorar la información. De aceptar, se compromete a grabar el testimonio y a declarar cuando se lo solicitemos.

Ahora la mujer calcula el riesgo, las implicaciones, el miedo, los beneficios. Con cinco bolas podrá liberar la tarjeta de crédito y comprar zapatos, útiles escolares, la olla de frijoles; sobrevivir un tiempo sin mendigar entre los vecinos, hartos ya de esa reina de barrio defenestrada. El cuento de la lechera.

Mi Charly no me contaba mucho de lo que hacía. Iba, venía, entraba, salía sin dar explicaciones. Pero después de lo de la guardería empecé a notarle muy inquieto, muy nervioso, así como si tuviera una desazón todo el rato. Distraído. Ya ni me cumplía como hombre, y mi Charly siempre fue muy cumplidor. Tal vez como al mes del incendio llegó bastante borracho. Estaba emputado, quiso pagarla conmigo, nunca lo había visto así. Pero de repente pasó del encabronamiento a una tristeza muy honda. Me abrazó y se soltó llorando. Me dijo que se sentía muy mal, que no tenía que haber pasado, que lo del incendio fue un error porque el fuego se pasó a la guardería. Imagínese semejante hombrón, porque era bien hombre, llorando como un niño sin dejar de repetir que no tenía que haber pasado, que todo fue un error, que no tenía que haber llegado a la guardería. Al día siguiente ya no volvió a sacar el tema, pero cada vez estaba más alterado. Un poco antes de que lo mataran llegó a decirme que tal vez se tendría que ir una temporada, desaparecer, que me dejaría una lana para los chamacos, pero que no podría saber de él. No le alcanzó el tiempo. Lo quebraron.

Las lágrimas tiemblan en los ojos de la mujer pero no se derraman, como si estuvieran adiestradas. El volumen de su voz se ha ido apagando hasta convertirse en un coro de hojas agitadas por una brisa de verano. Calla. Eso es todo.

¿Para qué funcionario trabajaba Charly, señora?

Nunca le escuché mentar su nombre, la verdad, se refería a su jefe como el Chino. El Chino esto, el Chino aquello.

Registro el apodo.

En un par de días me reporto para formalizar el trato. Una última cosa. Me imagino que Charly no trabajaba solo. ¿Tenía alguna clase de ayudante, un compañero de confianza, un amigo cercano?

La mujer hace una pausa antes de hablar. Entrecierra los ojos, las bolsas bajo los párpados se inflan con el gesto. Las patas de gallo cuartean la base de maquillaje, excesivo, más claro que su piel.

Solía irse de fiesta con un tal Felipe no sé qué, alguna vez lo trajo a la casa. Eran muy compas.

¿Puede describirlo?

Era más joven que Charly. Unos treinta y tantos años. Fuerte, grandote, el pelo cortado al rape. ¡Ya me acordé! Llevaba un tatuaje en el cuello, dos letras, creo, no me acuerdo cuáles.

¿Sabe dónde lo puedo encontrar?

Eso sí está difícil. Cuando venían, se ponían a tono con unas chelas y unos pericazos y solían irse de aquí a La Habana. Me acuerdo porque me emputaba que se fuera con esas pirujas, no quiero pensar a qué. Para tranquilizarme me decía que solo eran bisnes, que de ahí sacaba la lana para todos mis lujos, que no me azotara. Mis lujos, ¿cómo la ve?

Arranco una hoja de mi libreta y escribo mi número de celular.

Cualquier cosa que recuerde, me avisa. A más tardar pasado mañana nos reportamos del despacho. Si quiere el dinero tendrá que sostenerse en la declaración. Si se raja, no hay billete.

La noche está caliente. El Atos está caliente. El verano se acerca y trae consigo una nocturnidad quieta y espesa. Un par de perros ladran al paso del coche zapato. Por lo demás, todos duermen.

Mónica tuerce el gesto. A estas alturas tengo claro que la recepcionista nunca subirá a mi cuarto a encarnar alguna de las fantasías onanistas con las que paso las noches. Mejor así. En el plano imaginativo, esa mujer caballuna es una extensión de esas otras mujeres que cuelgan de mi escroto. Intercambio caras y cuerpos, voces y gestos, para eyacular en un calcetín viejo con todas ellas.

Mónica desplaza su esqueleto de jugadora de softball hacia el privado de Alcázar. Me sirvo un café. La noche, cargada de voces, ha sido un duermevela en el que no he dejado de repasar el relato de la amante del chofer. Hay algo que me molesta en todo ello. Por cinco mil pesos, alguien al borde del abismo es capaz de llevar una mentira tan lejos como se lo permita su desesperación.

Mónica regresa y me indica con la mano que puedo pasar. No emite una sola palabra. Le sonrío. No deja de ser un pequeño triunfo que Alcázar me reciba a cualquier hora.

El abogado espera indiferente: un hombre ocupado que saluda al azar. Las efusivas reconciliaciones han desaparecido. Después de la pelea, después de contarle la llamada de parte de Cristina, después de ciertas recriminaciones exculpatorias, Alcázar me solicitó que me quedara, que continuara con la investigación. No me pidió perdón. No hizo falta. Todo este asunto empieza a ser una cuestión de orgullo.

Le cuento la charla que sostuve con la mujer la noche anterior. Soy cauto, no me entusiasmo. Antepongo frases como según la mujer, ella afirma… Quiero que Alcázar mantenga una cierta

objetividad que le permita valorar la información sin llegar a conclusiones precipitadas. Al terminar, le insinúo lo peligroso que
podría resultar un testimonio comprado. La necesidad de corro-
borarlo con otros testimonios.

Esto es oro puro. ¿Estás seguro que te dijo el Chino?

Positivo: el Chino.

¿No sabes quién es?

Ni idea.

¿En serio? Pues a no ser que hubiera otros Chinos en el anterior gobierno, se refiere al secretario técnico del gobernador
Bours, su brazo derecho, el Chino Lam. ¿Sabes lo que significa esto?

Nada, no significa nada.

Pero qué te pasa. Ya los tenemos.

No tenemos nada, abogado. Primero hay que ver si sostiene la declaración ante la PGR. Y segundo, es un testimonio muy
circunstancial, cualquiera lo tumba: una mujer que escuchó a su
amante convenientemente muerto decir que el incendio fue un
error.

Lo sé, lo sé, pero después de tanto tiempo dando palos de ciego, por fin tenemos un indicio. Es cuestión de tirar de la madeja.
Encuentra a ese cuate como sea, ¿cómo dices que se llama?

La mujer dijo que Felipe, pero lo mismo se llama Juan que
Pancho.

Tienes que encontrarlo. Tienes que hacer que hable.

Voy a necesitar una lana extra para gastos de representación,
licenciado.

¿Por qué?

Porque voy a tener que pasar algunas noches en La Habana,
es la única referencia que me dio la mujer del chofer.

¿Te sacrificas por la causa?

Ya sabes cómo es esto.

Salgo del despacho con un amargo sabor de boca. Alcázar se ha convertido en un insomne niño loco de excitación en

Nochebuena. Reconozco que ha intentado mantener el tipo, pero esa forma de manotear, de moverse en la silla, esas pupilas dilatadas, esa incontinencia, esa urgencia por aceptar el trato con una mujer desesperada con cuatro bocas que alimentar…

Ahora toca pescar en La Habana. Tirar el anzuelo esperando que pique un tiburón tatuado con unas letras en el cuello. Demasiado azar, tan poco hilo, y un mar crispado: nunca me han gustado los teibols para remover la mierda.

El nombre de Holmes en la pantalla del teléfono. Pica y repica. No se me antoja contestar. Ignoro la llamada mientras subo al cuarto. Después de la noche que pasé pretendo dormir un rato. Me espera otra noche de perros. Todo ese concierto de tetas y culos y la multitud jadeante y yo en plan atalaya. Vuelve a timbrar. ¿Qué carajos quiere? Silencio. Vibración. Mensaje de texto:

Contesta, pendejo, mataron a Hipólito.

Mataron a Sherlock.

28

Hay fotos y videos en la red, notas breves que apenas consignan el nombre de Sherlock: Hipólito Ortuño Santamaría, 37 años, originario de Mazatlán, Sinaloa. Diez años al servicio de la Policía Federal. Los tres últimos como escolta de la empresa de seguridad privada SeguCop. Hay imágenes temblorosas de pulsos inciertos. Ciudadanos anónimos que registraron puntuales a un individuo en posición decúbito supino, con la mirada al cénit, una mirada de claveles marchitos. Hay alguien que estuvo ahí, un padre con hijos alborozados que tal vez salían rumbo a la escuela, y que después del tiroteo tuvo el ánimo de esgrimir su teléfono inteligente para dejar testimonio del proyectil que reventó la cabeza de Sherlock, el pecho de Sherlock, el vientre de Sherlock, y otros muchos que impactaron en muros, árboles y ventanas de la privada Buenaventura, colonia Chapultepec, en el último rincón de este guiñapo. Las palabras claves son casino, propietario, intento de secuestro. Quién lo iba a decir. Los detalles me los da Holmes. Una trampa. Lo sabían todo. Rutas cambiantes, horarios, hábitos. ¿Quién les proporcionó esa información? Holmes me asegura que salió de la empresa. Una filtración, una mancha de humedad, un acuerdo, un porcentaje. Pero no contaban con la estupidez de Sherlock: por cuatro pinches pesos sacar el arma, enfrentarlos, poner el pecho, salvar el pellejo del cliente, morir como un héroe inmutable y traicionado, como todos los héroes. La prensa tijuanilla no le hace justicia a Hipólito Ortuño Santamaría, cuya gesta queda relegada a un párrafo. Todo es sobre él, el magnate del juego, amo y señor del minuto, del rating, de la retórica: a Dios gracias estamos bien. La empresa, dice Holmes asqueado, se frota las manos, se cotiza, aumentan los bonos. Nosotros ponemos los escudos humanos, ustedes el cheque. Y la Procuraduría de Baja California, tarde pero virginal, promete lo que no habrá de cumplirse. Porque un comando armado que intentó secuestrar a Hermes, dios del azar, la riqueza y los muertos, se evapora en cuestión de minutos como se evapora un perfume.

Y no queda nada más de Sherlock, porque nada había de él sobre esta tierra más que su hercúlea figura enana y esa fanfarronería tierna de los que saben que van a morir pronto. Así lo recuerdo, así lo llora Holmes, que habla de renunciar, de irse a algún lugar (al otro lado, no hay otro lugar en Tijuana más que el otro lado).

Dejo la visita a La Habana para otro día. La urgencia de Alcázar no rezará ni guardará luto. Toda una noche por delante para pensar en Sherlock. Todo un día después y otro más para rastrearlo en la red, hablar por teléfono con Holmes, cambiar impresiones y recuerdos, emborracharse. Holmes, en una de esas, me jura solemne que no parará hasta dar con el que filtró la información. Lo disuado: tal vez no salió de la empresa, tal vez lo vigilaban y no se dieron cuenta. Tal vez aquí, tal vez allá. Y las anécdotas salpican el luto como sombras del desconsuelo. No es necesario que vengas, me tranquiliza Holmes. ¿Para qué? Sigue con tus bisnes, me dice, tu presencia aquí no le va a devolver la vida. Acepto, no porque crea en las palabras de Holmes, sino porque nada detesto más que los funerales, y más si cuentan con tres o cuatro deudos despistados que no saben muy bien por qué están ahí. Hay otra razón: Sherlock, Hipólito Ortuño Santamaría, no era mi amigo. A lo sumo un pasaje, una instantánea, una difamación del momento, un paréntesis en la suma de paréntesis que han sido los últimos años de mi vida. ¿Soy capaz de sentir su muerte? Una muerte en el cumplimiento del deber. Quién lo iba a decir. Eso es lo que me inquieta, me deja clavado ante el amanecer con los ojos abiertos y el alma en vilo. Sherlock, ese tipo, que pudo levantar las manos, dejar el arma sobre la acera, salir huyendo o tirarse al piso, hacerse el muerto, cualquier cosa. Ese compañero de borracheras y putas, al igual que el Héctor de la Ilíada, salió a las puertas de Troya para que ningún jodido ciego cante su muerte. Como el cadáver de Héctor, el de Hipólito ha sido arrastrado por la internet sin encontrar descanso. Me pregunto en estos días (otro paréntesis en mi vida) sobre los engranajes del heroísmo. Y me planteo, con plena conciencia esta vez, si estoy dispuesto a dar la vida si llegara el caso por una causa igual de inútil que salvarle el pellejo al dios del azar y la muerte.

A medida que remueva la mierda que asoma en el horizonte, cualquier imbécil puede volarme la cabeza a cambio de dos mil pesos, por decir una cifra.

No iré a Tijuana. No velaré a un muerto que no me pertenece en un lugar en el que nunca he podido llorar de amor.

29

En los espejos de La Habana los cuerpos desnudos de las bailarinas multiplican sus contorsiones. Matemática de la mercadotec-
nia. Es mi tercera noche de espectador pasivo. Más por el mismo
precio. Observo, me muevo, respiro con tiento. Nadie que busca
cadáveres en el clóset es bienvenido en un club como La Habana. Hace tres años que el chofer y el hombre con dos letras tatuadas en el cuello frecuentaban el club. ¿Qué posibilidades hay de
que el tal Felipe, el hombre marcado, siga haciéndolo? Las chicas
rotan de un téibol a otro en la misma ciudad o fuera de ella. La
frontera es su paraíso. Van y vienen, descienden de círculo a medida que su cuerpo se marchita y un buen día desaparecen, como
los dinosaurios, aunque sin ningún misterio. He descartado a las
más jóvenes, algunas menores de edad. Tengo dos candidatas que
por la familiaridad con que tratan a los clientes y a los empleados del local, parecen llevar mucho tiempo en La Habana. Una
de ellas es morena, alta, musculosa, malhumorada, de pelo crespo y manos hombrunas. Podría pasar por un travesti. En el tubo
su cuerpo desafía toda lógica, toda certidumbre. La he oído charlar con algún cliente cercano: su acento me dice que viene de algún país centroamericano. La otra es pálida más que blanca, unas
venas azules ribetean sus tetas grandes y caídas de pezones rosas.
El pelo, rubio albino; dientes de conejo, nariz respingona y unos
ojos azul metálico, casi invidentes, perniciosos. En el *pole dance*
es de las que menos gracia tiene, si no es porque sus pechos son
más grandes que su cuerpo pequeño y rechoncho. Pero en el

alterne con los parroquianos embauca, seduce, hechiza con esa
retórica porteña desenfadada y refranera: es argentina. Tal vez por
eso encamina más hombres que ninguna otra chica hacia los privados. La verdad es que la morenaza me intimida. Elijo a la pe-
tisa blanca como la leche y culo caído, ruidosa como una murga
porteña.

En la tercera noche de mi estudio de campo, la llamo a mi
lado. Ella desparrama las tetas sobre la mesa ciñendo los brazos
a la altura del diafragma. Un gesto que he visto hacer a casi todas
las chicas de La Habana. Una carta de presentación. Desciendo
la mirada para contemplar esa carne traslúcida, algo estriada: ha
de rondar los treinta y cinco años.

Vos sos nuevo por acá, no te había visto.

No soy de Hermosillo, estoy de paso. ¿Qué te tomas?

La mujer levanta la mano con autoridad hacia una mesera y
vocaliza «lo de siempre»: agua mineral pintada que me cobrarán
como si fuera whisky de malta.

¿De dónde sos?

¿Cómo dices?

¿De dónde venís? Decís que no sos de la ciudad.

Ah, sí, de Tijuana. Estoy aquí por trabajo.

¿Tijuana? Bárbara esa ciudad. Estuve el año pasado allá
laburando.

¡No me digas!

Y sí. En dólares pagaban los pelotudos, mucha guita, mirá.
Pero se armaba cada quilombo. Preferí volverme, acá todo es más
tranquilo.

Así que antes de ir para Tijuana ya trabajabas aquí, en La
Habana.

No sos cana, ¿verdad? No es cierto, no es cierto. Mirá la cara
de pelotudo que se te puso.

¿Cana?

Policía, ¿cómo le decís aquí? Chota, sí.

No, claro que no.

¿Tomás algo?

Sí, otra cerveza.

Probá algo más fuerte, che, algo que te prenda, un vodka tonic, qué sé yo.

La mujer acaricia mi antebrazo, me sonríe distraída mientras pasa la mirada por otras mesas. Busca clientes más rentables, este pazguato no le hará la noche. Quiero hablar, sostener una conversación amigable como si fuéramos dos conocidos que se encuentran en un bar. Una fantasía que no paga la renta. No tardo en preguntarle si es argentina (obvio, boludo), cómo llegó a México, por qué trabaja en un antro como ese. La chica detesta los interrogatorios. La noche ha estado floja. Pocos bailes privados, ninguna escapada. El turno se acaba.

¿Cómo te llamas?

Celeste, ¿y vos?

Jorge Alcázar.

Ambos mentimos mal, atrozmente.

¿Qué te parece si me pido ese vodka tonic y nos vamos a uno de los privados para que me bailes, che?

La broma imbécil de hablar como argentino se me deshace en la boca. Pero de pronto tengo la atención de Celeste.

¡Bárbaro!

De la mano de la bailarina recorro el jardín de cuerpos semidesnudos y clientes honrados, entusiastas, un corifeo de penes enhiestos que cantan los ditirambos más tristes: puedo coger contigo esta noche, coger, por ejemplo, contigo esta noche. Una cortina sucia, roja y de terciopelo, esconde sus zurcidos en la penumbra violeta del antro. Un sillón inseminado. Todo a media luz, como en el tango, y más espejos. Celeste en bikini de lentejuelas, plata sobre negro, se contorsiona frente a mí al ritmo de la música. Hay en su rostro una lucha constante entre el hastío más infinito y la sensualidad más burocrática del universo. Se quita la parte de arriba del bikini y saltan las tetas grandes, traslúcidas, de pezones rosas, que oscilan a escasos centímetros de mi boca.

Se ha puesto a horcajadas y restriega la pelvis sobre mis muslos mientras los senos cachetean mi cara. Me da la espalda, respinga la cadera y la mueve de arriba abajo como si quisiera martillar mi pene a golpe de culo. Tengo una erección que me impide pensar, encontrar las frases que me conduzcan al verdadero objetivo: Felipe, tatuado en el cuello con dos letras. Toda mi energía se ha convertido en un temblor en la piel. Quiero entrar en esa mujer, penetrar a Mónica, Raquel, Cristina, penetrarme. Celeste se da cuenta. Me dice una tarifa, no incluye el hotel. Esperá, me pongo cualquier cosa y nos vamos.

Se ríe del Atos Celeste, qué auto tan petiso. Las opciones se reducen a un motel de paso, muy cerca de ahí.

Esa noche los espejos me persiguen como en una pesadilla. El cuarto los tiene en el techo, en las paredes, giran en torno a una cama King Size en la que debemos hacer todo tipo de proezas. Nos observamos haciéndolas, multiplicándonos en el tiempo y en el espacio para poder engañar al instante en que estallo, tan efímero, tan poca cosa después de todo. Alguna vez leí en un artículo que la brevedad del orgasmo protege al corazón. De no ser así, moriríamos de un infarto. Es como cerrar los ojos cuando estornudamos, se supone que nuestros globos oculares saldrían disparados de no hacerlo. En uno de los espejos veo la cara de decepción de Celeste, a gatas sobre la cama. Es apenas una sombra que interrumpe la profesional expresión de gozo, así, che, así, dale, dale, duro… y sus gemidos sicodélicos. Cómo explicarle que solo quería entrar en ella, en Raquel, en Mónica, en Cristina, y vaciarme para perder la noción de mí, una bomba que después de explotar me sume en la soledad más absoluta.

Queda mucho tiempo por delante. He pagado por una hora y me he venido en cinco minutos. Celeste, acostada a mi lado, me pide un cigarro. Parlotea con las decenas de Celestes que me rodean mientras las decenas de yoes guardan silencio y fuman. Habla sobre su adicción al cigarro, muy controlada, es una fumadora ocasional, después de coger rico, che, por ejemplo. Miente mal,

Celeste, atrozmente. Y calla tan mal como miente. Hasta nosotros llegan gemidos de otras habitaciones atemperados por el rugir de los motores que atraviesan la noche. El condón en mi miembro marchito parece un gorrito navideño. Voy al baño a quitármelo, a lavarme, mientras pienso cómo abordar el asunto. Más espejos en el baño. Qué locura de reflejos es este mundo. Dejo la puerta abierta. Desde el lavabo le pregunto casual, con voz de me interesa tu vida (imagino que la chica argentina está curtida en esas voces):

¿Hace mucho que trabajas en La Habana?

Sí, bastante, soy de las más antiguas.

¿Conoces bien a los clientes habituales?

Algo, che. ¿Por qué tanta pregunta, boludo? ¿De veras no sos cana?

No, no soy cana.

Regreso a su lado con un cansancio inmenso, como si esa mujer, en esa cama, ahogada en sus reflejos, hubiera dejado de ser una persona para convertirse en un lecho blando en el que descansar mi cabeza. Su vientre es mullido, flojo y mullido.

Che, te dormís, no seás pelotudo, pagaste por una hora.

Estoy pensando.

¿En qué?

En los niños que murieron en la guardería ABC. ¿Ya estabas en Hermosillo por esas fechas?

¿Por qué pensás en esas boludeces, che? Y claro que estaba. Esa noche no llegó nadie al club. Las chicas estábamos como pasmadas, ¿viste? No queríamos que llegara nadie, algunas lloraban en las esquinas, otras tomaban como locas. Yo, yo… ¿y no me acuerdo? Creo que las dos cosas: lloré y me emborraché. Cerramos temprano y cada quien se fue a su casa con una tristeza del carajo. ¿Pero por qué hablás de eso?

Porque estoy buscando a quien le prendió fuego a la bodega.

Hijo de puta. Viste que sos cana.

Celeste se levanta ingrávida como un fantasma. Etérea, trasparente, aterrada, flota por la habitación en busca de su ropa. Su cuerpo albino, por el miedo, ha dejado de tener memoria, ya no es Celeste, tal vez Juana, María, Josefa, un animal asustado.

Viste que los dueños del club tienen un arreglo con migración, no me podés joder, boludo.

Tranquila, mujer, no soy policía ni de migración y no quiero joderte. Quiero que me ayudes, es todo. A cambio, yo te puedo alivianar.

Celeste no detiene su cosecha de ropa. Comienza a vestirse. Se ha convertido en otra mujer. Más vieja, vencida por todas las noches abierta a tipos como yo. Humillada, herida, una pared húmeda y desnuda.

Espera, deja te cuento. Trabajo para un despacho que lleva el asunto del incendio en la guardería. Estoy buscando a un hombre con un tatuaje en el cuello que solía ir a La Habana con otro sujeto que le decían el Charly. Por lo que sé, iban seguido al teibol. Tal vez tú…

La expresión en el rostro de la mujer es tan elocuente que me obliga a callar. No sabría decir si es miedo, ese miedo atroz, superior al de hace unos segundos, o asco, ese asco tan parecido al miedo.

Pero al hijo de puta lo mataron, che, andás…

Yo sé que lo mataron. Hablé con su viuda. Busco a su cuate, se llama Felipe, al menos eso me dijeron.

¿Viuda? ¿Tenía mujer el hijo de puta? Pobre piba.

¿Lo conocías?

Y claro. Todas las chicas de La Habana lo conocían.

¿Y al otro, al tal Felipe?

Mirá, vos, parecés un tipo decente, y creo que decís la verdad, pero yo soy una tumba, viste. Una mina en mis condiciones siempre es una tumba. Yo no sé nada, no he visto nada, me voy al carajo ya mismo, y vos, che, te olvidás de mí sí o sí.

Comienzo a vestirme yo también. Desnudo frente a Celeste vestida me siento vulnerable. Ella ha recuperado esa confianza de la bailarina que baja de las nubes cada noche para salaz felicidad de los mortales.

Estoy dispuesto a pagarte por la información. Además, te conviene que uno de los despachos jurídicos más importantes de la ciudad te deba un favor. Nunca se sabe. Mi jefe no lo olvidaría.

¿Cuánto?

Depende de lo que me cuentes.

Dejá de hinchar las pelotas, che. Yo no pierdo un carajo, vos no tenés nada.

Di una cifra.

Cinco mil.

Estás loca. Tres mil. Y eso, si lo que me dices me lleva con el tal Felipe.

La cogida no está incluida en el precio.

De acuerdo. Comienza a hablar.

Hasta el día que lo mataron, Carlos Pérez Maza, alias el Charly, proveía de coca a los habituales de La Habana, me cuenta Celeste. Los dueños del antro toleraban su presencia por el imprescindible servicio que prestaba, pero también por las conexiones que presumía tener con los más altos funcionarios del gobierno. Una supuesta alianza que las chicas, convertidas en pago de derecho de piso, padecían por la proclive costumbre a la brutalidad y el maltrato del chofer. Vesánico cuando abusaba del alcohol y el perico, más de una bailarina terminó con los labios rotos, un ojo morado o la vagina desgarrada. A Celeste, como a otras tantas, le tocó adornar algunas de las fiestas que se prolongaban hasta el amanecer y pasar por la piedra de Charly. Fueron varias las chicas de La Habana las que se quejaron con los propietarios del club. Si quieren trabajar, no solo aquí, en cualquier teibol de Sonora, más les vale tratarlo bien, les dijeron. Cuando se supo la noticia de que lo habían acribillado a las puertas de su casa, más de una pensó que el dios al que le rezaban había escuchado sus plegarias y brindaron por su muerte.

Felipe era distinto, me dice Celeste. Tenía un modo cálido, suave, casi cortés. Era una especie de truculento caballero que dejaba buenas propinas. Celeste cree que al principio Felipe era uno más de los clientes de Charly. Con el tiempo se hicieron amigos. Era frecuente verlos llegar juntos. Se convirtió en un habitual de las orgías que organizaba Charly con costo a La Habana. Celeste lo atendió varias veces, incluso después de la muerte de Charly. Pero hace meses que no se le ve por La Habana. El hombre tatuado en el cuello le contó la última vez que estuvieron juntos que vivía en la colonia Las Fuentes y que ahí mismo tenía un negocio de computación o algo así.

30

Nunca más he vuelto a ver a Celeste ni regresado a La Habana. Había una orfandad en su risa argentina y sus ojos azul metálico que me convertía en una especie de incendiario. En estos días, ocurrencias como rociar de gasolina el congal y prenderle fuego pasan por mi cabeza cada vez con mayor frecuencia.

También debo decir que no he tardado en olvidar a Celeste como se olvidan a todas las Celestes del mundo: con una ducha y un cambio de camisa.

En estos días en que la investigación me ha llevado a la colonia Las Fuentes, en donde vive una clase media sostenida en tarjetas de crédito sobregiradas, he comenzado a obsesionarme con Raquel. Una obsesión erótica, quiero decir. Cuando la conocí, mi interés en ella era meramente científico. Latía en mis entrañas una pulsión sexual que no era más que un acto reflejo. La curiosidad y la fascinación por esa mujer desplazaban la mayoría de las veces el deseo de llevármela a la cama. Raquel vivía en un plano abstracto, inaccesible, ligado irremediablemente a mi misión en esa ciudad. Una misión que no terminaba de convencerme, borrosa, confusa por mi reencuentro con Hermosillo y sus fantasmas. Pero en estos días en que Charly Pérez Maza tiene un rostro y alcanzo a imaginarlo en la bodega de Hacienda siguiendo las órdenes de alguien para incendiarla diligentemente; en los que su viuda posee un nombre y un apellido y tiene una historia que contar; en los que un hombre tatuado con dos iniciales en el cuello puede materializarse en cualquier momento y en cualquiera de las calles que recorro al azar, en estos días, como si hubiera perdido ciertos escrúpulos, creo merecer el cuerpo de Raquel como un trofeo a mi heroísmo.

Es bastante elemental, primitivo, lo sé. Ni siquiera es tan atractiva como Mónica, Raquel; mucho menos alcanza la belleza de Cristina. Pero sueño con ella. Y los sueños me acompañan durante todo el día como las latas que se amarran a los coches de los recién casados. Un ruido que interrumpe los pensamientos por los que me paga Alcázar. Sueño con ella vestida y desnuda. Entre mis brazos, sobre mi cuerpo, bajo mi pecho. Con sus tetitas de limón amarillo al viento y su pubis, que en los sueños, no sé por qué, aparece profuso de vello. La sueño en un bikini como el de Celeste caminando en una playa infinita, Bahía de Kino, me parece. La sueño vestida, de la mano de Paola, ese tierno monstruo, saliendo de una casa que no es la suya ni la mía, pues no tengo.

Y la deseo porque está prohibida, también lo sé.

Desde la vez que comimos en aquella marisquería de la calle Veracruz no he vuelto a verla. En parte a causa de los acontecimientos que se han precipitado como si al fin se hubiera roto el dique que los contenía. En parte, por el reproche de Alcázar cuando discutimos, antes de que me volviera a contratar. ¿Quieres cogértela? ¿Tan desesperado estás? De manera tácita, mi regreso a la investigación está condicionado a dejar en paz a Raquel. Solo a mí me vas a rendir cuentas, solo conmigo vas a hablar, me advirtió. Nada de actuar a mis espaldas.

Y acepté, en efecto. Pero yo no tengo palabra. ¿Por qué es tan importarte tenerla? La honorabilidad es un traje nuevo. Con el tiempo envejece y comienza a mostrar los remiendos. Nos vestimos con él cada mañana, salimos a la calle, fingimos que sigue intacto, nos pavoneamos incluso si la ocasión lo amerita. Pero de pronto nos detenemos ante un espejo y lo descubrimos gastado, con algunas hilachas sueltas, descolorido. Mucho tiempo me he avergonzado de mi traje viejo, visiblemente viejo, públicamente viejo. Pero en estos días en que exploro la colonia Las Fuentes atenido a un golpe de suerte, me empieza a importar un carajo esta cuestión de la honorabilidad. Dice Pedro Crespo que el honor es patrimonio del alma, y el alma solo es de Dios. Pero cuando no se cree ni en Dios ni en el alma, el honor entonces es un traje que envejece. El mío, girones y poca cosa más, está listo para tirarlo a la basura. De lo que tengo ganas es de prenderle fuego a La Habana y cogerme a Raquel. Prenderle fuego a la ciudad entera y desde el cerro de la Campana contemplar el incendio: Neroncito. Voy a encontrar al hombre tatuado y también me lo voy a coger.

Ayer por la tarde le pregunté a una vecina que regaba la acera si de casualidad no conocía un negocio de computación cerca de ahí que me habían recomendado mucho. Cuando el calor arrecia en Hermosillo, sus habitantes salen a las puertas de su hogar con una manguera para mojar los alrededores de la fachada. Es una antigua costumbre que tiene que ver con aplacar la arena del desierto, la cual posee la tenaz memoria de invadirlo todo. En el siglo XXI, el asfalto y el concreto no han podido acabar con esta guerra. Así que la gente sale manguera en ristre, a pesar de las restricciones del consumo de agua, las advertencias de la autoridad y la crónica escasez, y empapan las aceras mientras contemplan su entorno de forma un poco insípida. No sé si se deba al chorro pertinaz, a las horas acumuladas de calor o al acto de suyo comunitario, pero los vecinos se vuelven bastante comunicativos. La vecina, aburrida, especuló un rato sobre la existencia del negocio. Luego dio un grito y apareció un adolescente largo, flaco y también aburrido. Balbuceó una respuesta que su madre tradujo. A unas cuadras de ahí, sobre la calle Olmos, había un café internet.

Desde ayer rondo el negocio a la espera de que aparezca un hombre con dos letras tatuadas en el cuello. Otros detalles han enriquecido el retrato gracias a Celeste. Poseo una imagen más o menos fidedigna de Felipe, amigo de Carlos Pérez Maza, el hombre que roció de gasolina o petróleo o diésel los documentos que guardaba la bodega de Hacienda anexa a la guardería ABC y les prendió fuego. O tal vez no. Pero ahora eso no me importa demasiado. No tengo muy claro si se trata de hallar la verdad o demostrarle a Alcázar que no se ha equivocado conmigo.

Un chico joven, parece un estudiante, echa la cortina del negocio. Ni rastro de Felipe. Mañana seguiré con la vigilancia. Sin honor ni vergüenza, con las horas muertas de la tarde-noche por delante, en este junio que finiquita, en este tiempo en que la ciudad despierta al caer el sol y se electrifica después del letargo reptil, enfilo a casa de Raquel. No pienso llamarla, seguramente inventaría algún pretexto, le caeré por sorpresa.

La conquista es una forma de acoso socialmente aceptada, puedo escuchar disertar a Cristina. No hace mucho, una compañera de la empresa de seguridad de Tijuana contaba que un hombre la había invitado a una cerveza en un bar. Ella se negó, entre otras cosas, porque acababa de pedir una. El tipo le espetó con rabia la palabra feminista en la cara. Somos una especie patética. Hace días que no sé nada de Holmes. La muerte de Sherlock nos ha distanciado. Me pregunto si Holmes, en el fondo, esperaba que dejara todo en Hermosillo para acompañarlo en la empresa de encontrar a quien expuso a nuestro compañero. Alguna vez, durante esas borracheras que nos hermanaban, Holmes se mostró bastante mosquetero. Uno para todos, todos para uno. Nunca ha dejado de ser un adolescente. El honor es cosa de adolescentes.

Hay luz al interior de la casa. El viejo Volkswagen de Raquel dormita sobre la acera, justo a la entrada, como un perro guardián. En Hermosillo las aceras sirven para estacionar los autos. La gente que camina, la poca gente que lo hace, se ve obligada a transitar por el arroyo esquivando coches y ciclistas que circulan en sentido contrario. La lógica de los ciclistas es que así ven de frente el golpe. Una lógica un poco fatalista: es inevitable el accidente, pero al menos pueden contemplar el rostro del conductor que los atropella. Fatalista y macabra. Viéndolo bien, la ciudad entera se rige bajo esta lógica. Tal vez tenga que ver con las insólitas temperaturas a las que llega el termómetro. En unos días más oscilará entre los 45 y 49 grados. Cuando vives en la antesala del infierno, poco puede esperarse del destino.

Estaciono justo enfrente de la casa de Raquel, del otro lado de la calle, bajo un mezquite extrañamente vigoroso. El ímpetu que me llevó hasta ahí empieza a desvanecerse. Tal vez debería recular, dar media vuelta y refundirme en la habitación del despacho. He abandonado la lectura de *El valle del terror* (el libro apareció por fin, la señora de la limpieza lo guardó en la recepción), creo que por respeto a la memoria de Sherlock (Hipólito). La he sustituido por un documento en PDF que me encontré en internet buscando referencias de Jaspers: *La culpa de la guerra en Hannah Arendt y Karl Jaspers.* Hay muchas cosas que se me escapan del ensayo, pero esta cuestión de la culpa colectiva ante hechos atroces no me deja en paz. En concreto esta idea de Jaspers de que hay una solidaridad entre hombres como tales que hace a cada uno responsable de todo el agravio y de toda la injusticia del mundo, especialmente de los crímenes que suceden en su presencia o con su conocimiento. Si no hago lo que puedo para impedirlos soy también culpable. Los padres de los cuarenta y nueve niños muertos buscan culpables, los padres de los niños lesionados buscan culpables, una parte de la sociedad busca culpables. Yo mismo los busco con una convicción de la que carecía al principio. Pero somos un poco como los ciclistas de Hermosillo, circulamos en sentido contrario para ver de frente el irremediable golpe. Es posible que esté ahí porque gracias a Raquel le encuentro sentido a este delirio colectivo. Un rostro, un nombre, un cuerpo. Un cuerpo que quiero hacer mío. Por eso desciendo del Atos y cruzo la calle con las ganas renovadas de besarla en cuanto me abra la puerta. Así, sin más. La tomo en mis brazos y uno mis labios a los suyos. Luego vendrán las explicaciones si son necesarias.

Me quedo petrificado como un idiota ante Jota Eme, que ha abierto la puerta con una familiaridad hiriente. ¿Qué hace aquí este farsante?

¿Buscas a Raquel? No está, salió a la tienda, no tarda.

Jota Eme sonríe cínico, pero sin la hostilidad de los encuentros anteriores. Parece sobrio.

¿Qué haces aquí?, le pregunto tontamente. Imagino que a pesar de mi cara de tipo duro que ensayo es evidente mi desconcierto.

¿Qué hago aquí? Pasar tiempo con mi hija. ¿Y tú? Como que no son horas de venir a tratar los asuntos de la guardería, ¿no te parece? ¿No crees que lo correcto sería citarla en el despacho?

La seguridad de Jota Eme, acompañada de ese gesto de entrecomillar con los dedos las palabras «asuntos de la guardería» (ademán que siempre he detestado), y la razón que le asiste en cuanto a mi dudoso comportamiento profesional, son como un ácido que me quema las tripas. Me repugna Jota Eme. Lo compruebo ahí mismo, al pie de la casa de Raquel, con las estridentes voces de una caricatura que seguramente ve Paola en la tele entrando en mi cerebro. Voces agudas que exclaman y gritan y ríen. Pienso que podría matar a ese sujeto. Mejor aún, mandarlo matar, con lo que eso significa en términos jurídicos y morales. Ejercer un doble poder, el de quitarle la vida a alguien y el de ordenar a otra persona que lo haga. El poder de la premeditación, la alevosía y la ventaja. Algo que se castiga tanto como el acto en sí. Pienso que sujetos como Jota Eme no deberían existir. Pienso que si alguna vez me inspiró lástima —al fin y al cabo, no deja de ser una víctima—, nada lo justifica. Pienso que Jota Eme se parece demasiado a mí.

Mira, cabrón, ya me tienes hasta la madre con tus pendejadas. Vengo a ver a Raquel cuando se me hinchan los huevos, entiendes, cuando se me antoja, cuando quiero. Y a ti te tiene que valer madres. Y ya deja de estarla chingando, pendejo. No te metas entre ella y yo, ¿entiendes?

Mi dedo índice, como si se tratara de un apéndice autónomo que ha llegado sorpresivamente a la cita, subraya las últimas palabras con unos golpecitos en el hombro de Jota Eme. El padre de Paola retrocede un paso y su mano derecha quiere cerrar la puerta. No se da cuenta de ello. Es un gesto instintivo que se convierte un segundo después en una crispación del puño en la manija. No se esperaba mi reacción. Su condición de víctima le ha proporcionado hasta ahora un cierto grado de impunidad. Detecto miedo y titubeo tras la aparente arrogancia con que se cuadra bajo el dintel.

Si me vuelves a poner un dedo encima te parto la madre, puto, dice. Tiene la boca seca, por lo que las palabras brotan sin continuidad.

Desde que lo conocí en el puesto de hot dogs de la universidad, he tenido ganas de encajarle un buen derechazo para que se calle la boca. Jota Eme habla demasiado. Escupe frases estúpidas, hirientes, ofensivas, arrogado en el derecho que le otorga el dolor. Cerrarle el hocico sería una forma de silenciar un poco el constante griterío de ese cementerio. Calculo mal. El puño se escurre entre el hombro y la oreja. De inmediato sucede algo vergonzoso. Paola aparece detrás de su padre, que se ha recargado en la puerta para esquivar el golpe. En sus ojos se concentra una acusación tan diáfana y contundente que ahora soy yo el que retrocede unos pasos. La niña permanece en medio del recibidor, con los brazos colgando a los costados y la mirada fija en mí. Empieza a emitir un grito agudo, sostenido, interminable. En esa cara remendada con retazos de piel es difícil leer alguna clase de emoción: un orificio deforme del que brota esa nota aguda. Jota Eme contempla a su hija sin saber qué hacer. Entonces Raquel aparece a mis espaldas. Viene caminando de la tienda de la esquina. No tarda en entender qué sucede. Pasa a mi lado sin darme la oportunidad de explicar nada. Balbuceo. Me ignora, así como ignora a Jota Eme, al que incluso empuja en el empeño de llegar hasta su hija. Deja caer la bolsa que traía, se arrodilla y abraza a Paola, que ha cesado en su grito. Jota Eme ha perdido toda autoridad. Se muestra impotente. Doy media vuelta y cruzo la calle en dirección al Atos. Al subir al coche veo por el rabillo del ojo gesticular a Jota Eme en plena calle mientras Raquel, severa, inflexible, niega con la cabeza un poco antes de cerrar la puerta. También un poco antes de cerrarla, Raquel desvía su mirada hacia mí. Descubro, para mi sorpresa, que está cargada de nostalgia. ¿Nostalgia de qué?

31

Mi cuenta de Facebook es lamentable. No tengo más de cien contactos, la mayoría provienen de la empresa de seguridad en la que trabajaba. La foto de perfil es la misma desde que la abrí, al igual que la de portada: Sherlock, Holmes y yo frente a la fachada de la empresa. La abrí hace dos años por insistencia de Holmes. Si no estás en Facebook no existes, me dijo muy solemne. Al principio me entretenía solicitando amistades, subiendo alguna foto de las correrías de los tres, tratando de ligar con mujeres a las que contactaba por su apariencia en las fotos que mostraban. Creo que mi comentario más celebrado no llegó a los quince *likes*. Con el tiempo la fui descuidando, como a esas mascotas que crecen y nos aburren hasta que se convierten en una sombra deambulando por el patio de la casa.

Acabo de entrar a la cuenta después de muchos días de no hacerlo. Tengo cinco notificaciones, ningún mensaje, ninguna solicitud de amistad. Estoy rodeado de media docena de adolescentes que en su casa no tienen computadora ni laptop, y que pasan un par de horas en el café internet revisando sus redes sociales. Algunos llevan puestos unos audífonos a través de los cuales, imagino, escuchan música. Cada uno, sentado frente a una pantalla, ignora a los demás. No sé si se conocen entre ellos. No parecen muy interesados en hacerlo. El encargado del local, el joven al que he clasificado como estudiante, recostado en el mostrador de la entrada, permanece totalmente absorto frente a un video que no puedo saber de qué trata. Por su expresión idiotizada, por la que de tiempo en tiempo atraviesa un ligero destello de vida, deduzco que es algo muy interesante. A la espera de que aparezca el hombre tatuado, el supuesto dueño, Felipe, simulo revisar el Facebook, cuyo algoritmo me considera un sujeto sin ningún interés, a tenor de los anuncios que se deslizan frente a mis ojos. La mayoría pertenecen a los cien mil candidatos a puestos de elección popular que están en juego en las elecciones de 2012. Pocos dudan que la presidencia la ganará Peña Nieto. ¿Quién puede resistirse a un copete inalterable y a una gaviota virginal? De todas formas, dentro de seis días, el primero de julio, millones de mexicanos irán a la casilla correspondiente a ejercer su voto. El Instituto Federal Electoral no ha dejado de recordarnos que estamos en una democracia, que nuestro deber es votar, si no lo haces, luego no te quejes. Yo no protesto, ni siquiera en mi muro de Facebook, en donde podría despotricar contra todos en una catarsis perfecta por su inutilidad social y por sus beneficios psicológicos.

Felipe no tarda en llegar. Después de una semana de vigilar el café internet, he confirmado que se presenta cada día una hora antes del cierre. Quiero verlo de cerca, hacerme una idea más precisa de quién es, de su carácter, de la fachada tras la que se esconde. El propio negocio es una fachada, si nos atenemos a los escasos clientes que desfilan.

Quince minutos después entra Felipe y golpea con la mano abierta sobre el mostrador de formica. El encargado se sobresalta. Felipe le sonríe y le dice que se ponga abusado, que le paga para atender el negocio. Desde ahí mismo, gira el cuello en una semicircunferencia lenta, dramática, que abarca todo el local. Con sus risueños ojos de sapo hace un somero recuento de los clientes. Detiene su mirada en mí. No soy el prototipo del usuario de su café internet. Bueno, siento que detiene la mirada en mí. Me he concentrado en mi monitor para no levantar sospechas. Felipe recuesta sus antebrazos en el mostrador y empieza a charlar con el encargado. Su perfil es engañoso. Un hombre alto que podría ser o no ser gordo. La incipiente papada no afea su cara que me recuerda a la de un actor de cine. Mientras me fijo en las dos letras tatuadas en el cuello, me viene de golpe el nombre del actor al que Felipe se parece: Vince Vaughn. RQ son las dos letras negras situadas entre la yugular y las cervicales. ¿Raquel Quiroga? ¿Ramona Quiñones? ¿Reina Queen? Qué estupidez.

Cierro mi página de Facebook y abro un portal de noticias cualquiera. Selecciono un artículo sin fijarme, lo copio y lo pego en un documento Word.

Disculpen, digo sin moverme de mi lugar, estoy tratando de imprimir un documento, pero no puedo.

Ve a ayudar al señor, ordena Felipe al joven encargado.

La voz de Felipe es un poco irreal, pero su sonrisa, encantadora. Me levanto de la silla para dejarle mi lugar al encargado, quien manipula el teclado a una velocidad asombrosa. A los segundos, de la impresora que descansa sobre el mostrador surge una hoja con el artículo impreso. Felipe la toma con dos dedos como si fuera un cirujano a punto de realizar un punto quirúrgico. Extiende la hoja en mi dirección. Antes da un vistazo al encabezado del artículo.

¿Es usted médico?, me pregunta.

Durante unos segundos no sé qué contestar. ¿Qué clase de pregunta es esa?

¿Médico? ¿Tengo aspecto de médico? Soy abogado.

Tengo la hoja frente a mis ojos y leo el titular: Cáncer de mama, tercera causa de muerte en México.

¿Lo dice por la nota? Es por mi mujer, a ver si con esto se anima a hacerse el examen, no quiere y ya está en una edad… ¿Cuánto le debo?

Tres pesos, dice Felipe y vuelve a sonreír, ahora compungido por la combinación mujer, mama, cáncer.

En silencio observamos los dos cómo el encargado vuelve arrastrando los pies detrás del mostrador para cobrarme.

Es terrible eso del cáncer de mama, murmura Felipe.

¿Conoce algún caso?

No, para nada, Dios guarde. Pero con todas las noticias que salen… dice Felipe y señala la hoja que aún conservo en la mano, agitándose necia a causa de un ventilador al fondo del café que pone a circular el aire climatizado. Ese día el termómetro ha llegado a los cuarenta y dos grados. El sol ya declina por el horizonte dejando una estela sangrienta por el vado del río, pero igual hace calor. Pago con un billete de cincuenta pesos. El encargado observa impotente a su jefe y niega con la cabeza.

¿No tiene un billete más chico?, me pregunta Felipe.

No, traigo de doscientos y quinientos, miento.

Ve a la tienda a que te lo cambien, ordena Felipe.

Los dos contemplamos con una plácida tensión cómo el joven sale del café.

¿Y cómo va el negocio?, pregunto. Como se habrá dado cuenta, no sé mucho de este asunto de la tecnología.

Mal, cada vez peor. Al principio fueron la novedad. Con lo caras que estaban las computadoras y el internet, pues no todo el mundo tenía una en su casa, ¿verdad? Pero ahora cualquiera tiene una y la conexión cada vez es más barata. Y con esos celulares que se conectan a internet que se están poniendo tan de moda, pues la cosa pinta fatal. No tardamos en cerrar todos.

De pronto pienso que ese hombre cordial, risueño y socarrón, de hablar franco, no puede ser el sujeto que acompañaba al chofer en las orgías que montaba con las mujeres de La Habana. Primero cliente de Charly, después su amigo, tal vez cómplice del crimen más atroz de la ciudad. Es un tipo al que invitaría a tomar una cerveza a mi casa. Una persona a la que los vecinos saludan todos los días afablemente y a los que contesta el saludo con la misma afabilidad. Seguro tiene un perro. Un Labrador.

¿Tiene usted perro?, le pregunto logrando desconcertar a Felipe.

¿Por qué quiere saber si tengo perro?

Disculpe, no me lo tome a mal, es que mi hija adolescente, catorce años, imagínese, está aferrada a que le compremos un perro.

Y no sé por qué, pensé que usted tenía uno, tiene cara de que le gustan los perros.

¿Y cómo se supone que es la cara de quien le gustan los perros?

Buena pregunta. No me haga caso, no sé, la verdad. Pero es que mi hija está duro y dale con el tema y, la verdad, no sé qué perro comprarle. Qué tal si le compro un perro de esos que de cachorros se ven muy tiernos y luego se convierten en unos animalotes que para qué le cuento, ¿verdad?

Pues sí, es una bronca. Cómprele un Chihuahua y se quita de problemas.

No le gustan a la nena.

Felipe invoca la presencia de su empleado con una mirada impaciente a la entrada del negocio. Lo percibo incómodo, tenso, oblicuo. Unos segundos después el encargado reaparece con el cambio en la mano. Me entrega cuarenta y siete pesos en monedas de uno, cinco y de diez. La morralla, al caminar, provoca pequeños sismos en el bolsillo delantero de mi pantalón. Antes de abandonar el café internet le agradezco al dueño sus atenciones. Aquí estamos, para servirle, me dice desde su altura ridícula y vuelve a sonreír con ese encanto dulce. Recuerdo la opinión que tenía Celeste del sujeto, el modo cálido, suave, casi cortés que desprende. No mentía la argentina.

32

Holmes no contesta mis llamadas ni mis mensajes de texto. Después del entierro de Sherlock parece haber desaparecido del planeta. Me llamó mi casero reclamando la renta del mes de junio, está por terminar y no ha recibido el dinero. Le pedí un par de días para resolver si le entrego el departamento o no. Sin Holmes localizable, decido pagar el mes vencido y de una vez el mes de julio. Luego veré lo que hago. Tal vez para entonces haya terminado mi trabajo aquí.

Alcázar me presiona con Felipe. Le pido paciencia. Es un tipo al que debo trabajar antes de abordarlo. La viuda del chofer de momento se mantiene en lo dicho, pero hasta no corroborar su versión con el hombre tatuado, le he pedido a Alcázar que no le suelte un quinto. A la mujer no solo la mueve el interés monetario, también hay un deseo de venganza. En alguna parte existe un culpable de su desgracia, de esa precaria viudez con cuatro bocas hambrientas y una cama tan vacía como su cerebro. Si bien la teoría de que a Carlos Pérez Maza lo mataron convenientemente los mismos que le ordenaron incendiar la bodega de Hacienda para no dejar cabos sueltos tiene una irresistible lógica en el país de las conspiraciones; la posibilidad de que lo hubieran eliminado a causa de sus otras actividades, en las que se incluyen la venta de droga y la extorsión, es tan verosímil que a veces dudo de esta línea de investigación, la única que seguimos, la cual parte del incuestionable hecho (para Alcázar y Manos Unidas) de que el incendio fue provocado. ¿Y si no fue así? ¿Y si todo se trató de un estúpido accidente que sacó a flote un sistema basado en la corrupción, la impunidad, la negligencia y el desprecio, con un costo que, si bien al principio pudo parecer trágico e irrepetible, a la distancia y dadas las circunstancias, hemos normalizado? ¿Qué representan cuarenta y nueve niños muertos en el imaginario colectivo frente a fosas de cientos de migrantes arrojados como perros, miles de desaparecidos y asesinados, de desplazados por la violencia? Es irresistible sumarse al coro de aquellos que minimizan el incendio de la guardería, tildan de exagerados y recurrentes a quienes se empeñan en reclamar una justicia abstracta y escurridiza, y les parece aburrido el tema. Cerrar los ojos, apretar los dientes y seguir adelante, que el pasado es un lastre, una fijación, un empeño de revoltosos, amargados y cagapalos. Es irresistible, sí, y reconfortante. Porque el cinismo siempre nos absuelve de cualquier culpa. Y a mí el cinismo se me da muy bien. He entrenado duro para sacarle el mayor rendimiento. Lo he practicado durante buena parte de mi vida. Pero claro, un día conoces a una niña de seis años con el sesenta por ciento de su cuerpo quemado, encerrada en sí misma como si se tratara de una ciudad asediada, a punto de claudicar, pero que resiste con algo semejante al heroísmo. Y a una madre fiera que ronda las puertas de esa ciudad, dispuesta a creer en lo que nadie cree, y a impedir que su hija se convierta en una estadística de la fatalidad, y a uno el cinismo se le convierte en un tumor en el alma, en un basurero clandestino.

Frecuento el café internet todos los días. La idea es que Felipe se familiarice conmigo. A veces no me cruzo con él, pero cuando ocurre, intercambiamos saludos, dos o tres frases banales, poco más. Sigo exhibiendo esa torpeza tecnológica que me permite pedir ayuda constantemente. He sembrado la idea de que se me estropeó mi computadora y mientras la arreglan, acudo a ese café para atender mis asuntos, los asuntos de un abogado mediocre, sin despacho, que promueve juicios de jurisdicción voluntaria de pobres diablos que no tienen ni para cubrir los honorarios. Una identidad que perfectamente habría sido la mía si en lugar de entrar a la Procuraduría, hubiera ejercido el litigio por mi cuenta. Me siento cómodo con este personaje titubeante y arbitrario, atribulado, con una mujer castrante y unos hijos en plena adolescencia que lo vuelven loco. A veces, esa falsa personalidad es tan real, tan auténtica, que salgo del café con la idea de que regresaré a una casa pequeña pero digna, con fallas estructurales, en la que me esperan mi mujer y mis hijos. No a esa habitación donde ceno cualquier cosa en compañía de un sujeto del que no puedo escapar.

Rigoberto Valiente, el licenciado Valiente, consume pornografía dos noches por semana. Se encierra en el cuarto de baño con su notebook (antes de que se estropeara) y explora los millones de páginas web con videos en los que mujeres de vinilo aplican golosas felaciones a penes descomunales. Luego, con un cierto sentimiento de vergüenza, se reintegra a la vida familiar, convocada por algún *reality show* que transcurre en una pantalla plana por la que paga tres veces su valor en cómodas cuotas semanales. Rigoberto Valiente, a pesar del apellido, es un tipo apocado, cobarde incluso. De esos que llegan a los juzgados y se dejan ningunear por oficiales de partes y secretarios de acuerdos. A los que nunca recibe el juez. En su casa, con su mujer, la situación no es muy diferente. En los cuellos de sus camisas (a lo sumo tres) se aprecian las huellas del tiempo. Sandrita, la nena empeñada en tener un cachorro, catorce años algo obesos, es su debilidad. Por ella es capaz de hacer cualquier cosa, como humillarse, doblar el espinazo, cualquier cosa. Esa niña, desde que vino al mundo, le arrebató la razón. El varoncito, dieciséis años, es más de su madre. Hay una cierta tensión edípica entre ambos que Rigoberto Valiente disipa chiqueando al muchacho que, en el fondo, es bueno.

Y así, Rigoberto Valiente, en lo que junta un dinero para arreglar su computadora o comprar otra, acude diariamente al café internet del hombre tatuado.

Y al hombre tatuado, poco a poco, el licenciado Valiente le empieza a despertar una simpatía condescendiente. No acostumbra el hombre tatuado a tratar con sujetos de la índole del tal Rigoberto, al que, me imagino, ha calificado presurosamente de perdedor, un tipo equis, un fracasado. Y la épica ramplona de individuos como Valiente, a pesar de su apellido, suele reconfortar a los hombres tatuados como Felipe. Simpatía y lástima pueden ser las bases de una futura amistad, al menos al principio. Luego la lástima no alcanza, pero ahora importa poco eso.

Un día, es la una de la tarde, el hombre tatuado sale del café internet, aborda su pick up, una Silverado, y le da por todo Olmos hacia Solidaridad. A media cuadra divisa a Valiente caminar por la acera con aire ensimismado. Decide seguir de largo. Pero la figura triste, derrotada, de quien se ha convertido en su mejor cliente en los últimos días, lo empuja a detenerse. ¿A dónde? Al centro, a los juzgados, por un asunto —improviso— de una mujer que pelea la herencia de su padrastro que murió intestado. El licenciado Valiente, a medida que recupera el aliento gracias al aire acondicionado del auto, le da detalles judiciales que al hombre tatuado no le interesan. Pero entre la farragosa jerga leguleya que el pobre diablo suelta con esa voz cansina que le cuesta seguir, ha aparecido un nombre. Un nombre que es una punzada en los huevos, un tiempo pasado que, como suele ocurrir en estos casos, lo acaba de alcanzar con todas las certidumbres.

Y el licenciado Valiente, que no es ningún licenciado Valiente, acaba de cerrar la boca mientras estudia al hombre tatuado.

Lo conoce, ¿verdad?, insisto.

¿Quién eres?

Felipe ha detenido la marcha de la pick up y se ha estacionado sobre Doctor Paliza, no muy lejos de la PGR.

Primero dígame si conoce a Carlos Pérez Maza, alias el Charly.

¿Eres juda?

No. ¿Lo conoce?

Lo conocía, está muerto, bueno, lo mataron.

Me identifico. Mi presentación mejora en la medida en que voy haciendo mío el discurso. Ha desaparecido por completo esa timidez inicial, ese titubeo incrédulo. Soy un justiciero, vendo la posibilidad de restablecer el orden en un universo en el que cuarenta y nueve niños ardieron en las llamas del infierno burocrático. El silencio, le digo a un hombre tatuado perplejo, asustado, peligroso, en estos casos, es la más terrible forma de complicidad. Mayor incluso de aquellos que agarran la pata de la vaca. ¿Cómo dio conmigo? La viuda, le digo. Suspira. Vamos a tomar una cerveza, me invita. Creo que aún me ve como al licenciado Valiente. ¿De qué otra forma podría verme?

La pick up gira en Londres, toma por el bulevar Hidalgo y unas cuadras más adelante, en Comonfort, vuelve a girar a la izquierda. Entramos a La Bohemia y dejamos el presente por un rato a las puertas del bar. No hay jóvenes entre los contertulios que juegan dominó a la sombra de una palapa. De las paredes cuelgan fotos del Hermosillo de hace un siglo; en ellas no puede reconocerse la ciudad de hoy, sino el pueblo de calles polvorientas que fue. La cantina conserva ese aire sepia reforzado por las imágenes que adornan sus muros. Una copia de un daguerrotipo de Casasola en el que se muestra a dos sombrerudos a las puertas de una pulquería. Un retrato de Venustiano Carranza a caballo, en el extinto parque Villa de Seris. Y el cruce de piernas de Marilyn, y la amarillenta página de un periódico donde se anuncia el combate de Memo Garmendia, un antiguo boxeador hermosillense, gloria olvidada.

A Felipe lo conocen en la cantina. Esas cosas se notan. La soltura con que recorre el bar, la certeza del baño, la sonrisa servil del cantinero. Un cliente habitual. Al hombre tatuado le gusta ser un habitual en tabernas, clubes, antros y puteros. Es una forma de estar en el mundo. Campechanía, confianza y pródigas rondas, pródigas propinas, el parroquiano pródigo que vuelve sin parábola alguna. Nos sentamos a la barra como dos desconocidos, pedimos sendos tarros de Indio, y de perfil, sin alharacas ni aspavientos, aligera la culpa que durante tres años ha cargado.

El Charly era mi amigo, me dice Felipe, de apellido Carrasco. Me dolió mucho su muerte. Un día antes de que lo mataran, coincidimos en una taquería. Iba de salida. Platicamos unos minutos; su jefe, el Chino Lam, lo esperaba en la camioneta, él lo había mandado por los tacos. Lo vi cansado, nervioso, muy tenso. A la noche siguiente le metieron nueve balazos a las puertas de su casa.

Morir frente a tu casa acribillado es como quedarte a las puertas del cielo, no terminas de entrar nunca, pienso cada vez que mencionan el homicidio sin resolver, sin investigar, de Carlos Pérez Maza.

El hombre tatuado continúa con su relato. Uno de los tantos relatos de nuestro tiempo que, por lo mismo, se vuelven monótonos. Primero fue su *dealer*. Luego, por alguna razón que no puede o no quiere explicar, se hicieron amigos. Evoca las fiestas en La Habana con una sonrisa dulzona, entrañable. Descubro a medida que el hombre cuenta su historia que admira al chofer, que incluso desea una muerte parecida, en la raya, la muerte de los valientes. La amistad se selló cuando a Felipe le detuvo una patrulla y le encontraron una Glock 380 bajo el asiento. El Charly movió sus influencias, que las tenía, y muchas, y el hombre tatuado ni siquiera pisó el Ministerio Público.

Luego pasó lo de la guardería.

Treinta mil dólares era una cantidad muy tentadora por hacer desaparecer unos documentos. Ya otras veces Felipe Carrasco había acompañado al Charly a algunos encargos para el Chino. La oferta llegó a finales de mayo. No se concretó. Felipe debía hacer un viaje a Nogales por motivo de unas computadoras para el café internet que estaba montando en esa época. El chofer echó mano de alguien más. Unos días después, cuando vio en todos los noticieros el incendio en una bodega de Hacienda contigua a una estancia infantil y el trágico desenlace, Felipe supo que el trabajo por el que su amigo le ofrecía treinta mil dólares era ese.

Al mes lo mataron, y a nadie pareció importarle una chingada. Traté de averiguar quiénes se lo echaron, pero a los días, uno de los guaruras que trabajaba con el Charly me buscó, yo pensé que por una lana que le debía por una punta de coca, pero no era eso, me amenazó de muerte si seguía moviéndole al asunto. Me dolió mucho que lo quebraran, era mi amigo, y todo este tiempo he cerrado la boca por miedo.

V

JOSÉ GONZÁLEZ

33

Soy José González, tengo cuarenta y dos años, algunos me conocen por el sobrenombre de Pitic. En términos generales y actuales, puedo considerarme un fracasado en toda regla, un perdedor. Aunque no me gusta este último término porque se trata de una traducción literal del vocablo inglés *loser*. En nuestro contexto, el contexto histórico de Latinoamérica, el anglicismo no encaja, no retrata a personas de mi condición. Según el diccionario en línea de la RAE, el verbo fracasar viene del italiano *fracassare*, que literalmente significa romperse por la mitad. En francés es *fracasser*, que puede traducirse como romperse en mil pedazos. Por ejemplo, un elegante jarrón chino cae y *fracasse* al estrellarse contra el suelo. Los pertenecientes a mi generación fracasamos, nos rompemos en mil pedazos. Las actuales generaciones pierden, lo que implica que pueden regresar a la salida y volver a competir en la carrera de la vida una y otra vez hasta que logren ganar o se mueran en el intento. Nosotros, y antes mis padres, y los padres de mis padres, nos tenemos que conformar con juntar los mil pedazos y tratar de unirlos con el pegamento del consuelo y la resignación. El resultado nunca es el mismo. Los fracasados tenemos memoria, no olvidamos que somos un jarrón reconstruido. Los perdedores no tienen memoria, su situación es transitoria; en el mismo momento en que, por fin, cruzan la meta en primer lugar, se olvidan de quiénes eran.

Soy Pitic, alias José González. Nací en Hermosillo, Sonora, en 1970. Tal vez de niño fui feliz. No puedo recordarlo. Sí recuerdo calles polvorientas, muy pocos coches, puertas abiertas por doquier, sonrisas, calor extremo, salvaje, y redención. Tuve una juventud apasionada e intensa y un amor al que suelo llamar el amor de mi vida. Con ella pude concebir hijos, formar una familia, diseñar un proyecto de vida. Pertenezco a una generación que desde muy temprana edad debía diseñar un proyecto sólido, incuestionable, para su vida.

Pero a veces uno está en el lugar equivocado, en el momento equivocado —esta es la forma en que nos justificamos los fracasados— y pum, estalla en mil pedazos.

Y aunque me joda reconocerlo, estoy sentado una vez más frente a Jorge Alcázar, el señor proyecto de vida, tratando de que los pedazos no se despeguen. Esa sonrisa exultante que despliega a causa de los resultados de la investigación me ayuda en la tarea. Por el optimismo que exuda, podría en este momento darle las gracias, cobrar por mis servicios y desaparecer. Se sentiría aliviado. Sabe que una vida como la suya siempre tiene algo de robo, de despojo. Hace algunos años, el licenciado Alcázar, prestigioso abogado de las causas perdidas, montó el gran número de la pureza y le salió bárbaro. Hoy quiere hacer lo mismo. Y si yo fuera un perdedor, en este momento estaría a punto de alcanzarlo en la gran carrera de la vida, sumarme al grupo de los punteros y olvidar. Pero no soy un perdedor, como ya dije, soy un fracasado. Un monstruo de Frankenstein que va rearmándose con los pedazos que encuentra en el camino. Y por eso insisto en que seguimos sin tener nada. Los testimonios de la viuda del chofer y de Felipe, quien se ha mostrado muy resuelto a cooperar en memoria de su amigo, son totalmente circunstanciales. Alcázar no quiere aceptar que su estrategia apunta más al litigio mediático que judicial. Resucitar el peritaje Smith, reforzado con las dos declaraciones, crearía una tormenta pública que orillaría a la PGR a reconsiderar seriamente la línea de investigación del incendio provocado.

¿Y si no fue provocado? ¿Y si realmente se trató del famoso *cooler*?, le pregunto en medio de una discusión que está tornándose acalorada.

Déjame aclararte algo, Pitic. Eso no está en duda. Tengo fe absoluta en el peritaje Smith, los integrantes de Manos Unidas también. Estoy dispuesto a aceptar que los testimonios no son todo lo determinantes que quisiéramos, pero lo que dicen, sumado a lo que te confesó el exempleado de la bodega y el mecánico que vio que al día siguiente del incendio el chofer salía de la bodega con unos documentos, para mí y mis representados es suficiente para seguir manteniendo la tesis del incendio provocado.

Ni el viejo ni el mecánico están dispuestos a declarar ante la PGR, le rebato, eso ya quedó claro. Solo nos resta el dicho de una viuda resentida y en la ruina, y el de un amigo en busca de venganza que cree, insisto, cree, que el trabajo que le ofreció Charly a cambio de treinta mil dólares era incendiar los documentos de la bodega de Hacienda. Con eso no vamos a ningún lado.

Ahora resulta que eres todo un jurista. No me chingues, Pitic, tú mejor que nadie sabes que en un asunto como este los juicios se ganan en la tribuna pública. La dilación y la negligencia de la PGR en todas, óyeme bien, en todas las líneas de investigación, es una mentada de madre. Eso no va a cambiar aunque resucitáramos al chofer, lo presentáramos ante el eme pe y declarara que él, con sus manos, le prendió fuego a la bodega. Y lo sabes.

Entonces para qué todo esto.

¿Cómo que para qué?

Sí, para qué todo el desmadre de la investigación.

Porque a tres años del incendio en una guardería en la que murieron cuarenta y nueve niños y más de cien terminaron con heridas y enfermedades crónicas, es lo único que tenemos para patear el avispero y obligar al gobierno a que no le dé carpetazo al asunto.

Me estás pidiendo un acto de fe.

Tómalo como quieras, Pitic, me vale madres. Lo que has logrado es buenísimo. Hasta hace unos meses éramos el hazmerreír. Ahí estábamos con nuestro peritaje Smith para arriba y para abajo. Incluso los del Movimiento Cinco de Junio nos atacaban y descalificaban, casi nos tratan de traidores. Pero cuando estos testimonios salgan a la luz, entonces sí, agárrate.

Con la edad me he vuelto aferrado, Jorge. Un pinche necio, pues. Felipe me habló de un compa que le prestaba ciertos servicios al Charly. Lo llegó a conocer bastante bien. Un mayate, un putito discreto para aquellos políticos que batean para tercera. El Chino, el jefe de Pérez Maza, al parecer, era un cliente bastante asiduo, como que le agarró cariño al jotito. Tengo su descripción completa, el nombre y los lugares que frecuenta. Dame chance de buscarlo y hablar con él, en una de estas sabe algo más concreto, más contundente.

Tienes dos semanas. De todas formas, hasta después de las elecciones no queremos mover nada. Si gana Peña Nieto, que es lo más seguro, vendrán todos los cambios y todo esto caerá en el vacío. Hay que esperar. Si este mayate que dices sabe algo más, bienvenido, si no, nos vamos con lo que tenemos.

De acuerdo.

Oye, Pitic, gracias, de veras. Sé que hemos tenido nuestras diferencias, pero la verdad, tengo que reconocer que Dulce no se equivocó contigo. Estás haciendo un gran trabajo.

Me la saludas.

A ver cuándo vienes a comer otra vez.

Cuando gusten.

Salgo de la oficina de Alcázar cerrando la puerta tras de mí como si cerrara la del palacio de un rey. Llego a la recepción, el día parece tranquilo. Mónica ojea El Imparcial recargada en el mostrador. Levanta la vista cuando oye mis pasos y me sonríe. Mónica es mucho más bella cuando no sonríe. Sus facciones, en la frontera entre la hermosura y lo grotesco, se descomponen al mostrar unos dientes perfectos, blancos, una obra de arte de la ortodoncia. Mónica me sonríe con cierta afabilidad, la helada afabilidad de las recepcionistas, porque en el despacho se ha corrido la voz de mis logros en la investigación del asunto más importante que atienden, el más mediático, al menos. De la repulsa ha pasado a la amabilidad, esa cosa blanda que desconcierta, con la que no sabes muy bien dónde estás parado.

¿Por quién va a votar, por el Maloro o por López Caballero?, me pregunta.

Mónica, como Raquel, me trata de usted.

Esas no son las únicas opciones.

Bueno, está el PRD y Movimiento Ciudadano, pero ni al caso, no pintan.

Faltan cuatro días para las elecciones y parece ser el único tema de conversación introductorio, en lugar del clima.

En mi credencial viene la dirección de Tijuana, no puedo votar aquí. Pero aunque pudiera, no lo haría, le digo para provocarla.

Ya ve, por gente como usted nuestra democracia no avanza, me contesta Mónica.

La recepcionista cree en lo que dice. Es de esas personas que si salen insaculadas como funcionarias de casilla, acudirá a la cita sin falta como un buen soldado, un soldado de la democracia. Pertenece a la asociación de alumnos de la facultad de derecho, donde estudia por las tardes. Mónica tenía diez años cuando ganó Fox y vino la alternancia. Más de la mitad de su vida ha vivido bajo un gobierno panista. Era una muchacha de diecinueve años cuando atestiguó el histórico triunfo del PAN en Sonora, después de ocho décadas de gobernar el PRI. Mónica no ha tenido que tragar durante buena parte de su vida la retórica surrealista del monopólico poder del Revolucionario Institucional. Los destapados, los ungidos, las elecciones simuladas, los medios de comunicación amordazados, las loas al supremo, los acarreados, los lameculos, los besamanos, el saqueo como único proyecto político. Así que puedo ponerme en su lugar y entender su optimismo. En vez de decirle que de qué puta democracia está hablando, le doy la razón, asumo la culpa de mi apatía ciudadana y le pregunto si ya comió. Van a ser las dos de la tarde.

No; pensaba pedir al sushi que está aquí a dos cuadras.

Me encanta el sushi. ¿Puedes pedir también para mí? Yo invito.

Mónica se encoge de hombros y vuelve a sonreír. Desde el teléfono de la recepción marca un número que se sabe de memoria. Hace su pedido, luego, tapando el auricular con una mano, me da una serie de opciones con nombres extraños que desconozco y que no puedo retener. Para que no se dé cuenta de mi ignorancia sobre gastronomía japonesa, le digo que me pida lo mismo que ella. Detesto el sushi.

Me siento en uno de los sillones de la recepción, tomo una revista que hacen notarios dirigida, imagino, a notarios. Los títulos de los artículos son tan aburridos como una notaría. De reojo observo a Mónica, inmersa en la lectura del periódico. Pasa las hojas tamaño sábana con delicadeza y cautela, como si en cada página le esperara una sorpresa. Dura poco tiempo en cada una, el suficiente para repasar los encabezados. El cabello forma dos cascadas a cada lado de su cara, por lo que su mentón se convierte en el principal protagonista de ese rostro que, de pronto, me parece el de una muñeca.

Y tú, ¿por quién vas a votar?

Por López Caballero, por supuesto.

¿Eres panista?

Desde que nací. Mis padres y mis abuelos también lo son. Mi abuelo fue fundador del partido en Sonora.

Hay un orgullo que no comprendo en la declaración de Mónica. En general me cuesta entender la satisfacción de militar en un partido, profesar una religión o irle a un equipo deportivo. Me cuesta asumir la certeza que se desprende de cualquiera de esas adhesiones. Pero con lo que acaba de confesarme Mónica, me asalta una insana curiosidad por la vida de la recepcionista, como si de pronto descubriera que no es un mueble tras un mostrador.

¿Tienes novio?

Mónica se sorprende. Es la primera vez que nos aventuramos en un terreno que hasta ese momento ninguno hemos querido pisar, más allá de mis fantasías sexuales con ella que no tienen nada de personal.

Sí, sí tengo. ¿Por qué me lo pregunta?

Por nada en especial, simple curiosidad. Llevamos varios meses trabajando juntos y no sabemos nada el uno del otro. Pero si te molesta…

No, no, para nada. Usted lo conoce, alguna vez se han cruzado en el despacho. Se llama Miguel Ángel Celaya. Vamos juntos a la Uni, también estudia derecho

Imagino que se refiere a un muchacho alto y delgado, vestido siempre con pulcritud, como si la ropa aún se la eligiera su madre. Alguna vez he coincidido con él en la recepción.

Es meritorio en el juzgado primero de lo civil, comenta Mónica.

Un buen partido, como quien dice.

La recepcionista sonríe sin estar muy segura si se trata de un cumplido o una ironía. Yo tampoco lo estoy. Me parece detectar un resabio de envidia. No porque el chico salga con la descomunal muchacha y se la coja los fines de semana en algún motel de paso o donde puedan. Es por el maldito tiempo. El que ellos poseen hasta la inconsciencia y yo no. El que perdí irremediablemente añorando a una mujer para la que no soy más que un error.

¿Y usted tiene novia, está casado?

Lo estuve. Así como ustedes, nos conocimos en la escuela. Nos casamos al terminar la carrera. No duró mucho, siete años.

¿Por qué se separaron? Yo, cuando dé el paso, es porque voy a estar muy segura. Hasta que la muerte nos separe.

Eso no puedes saberlo ahora, eres muy joven. ¿Por qué nos separamos? ¿Qué te puedo decir? Porque ninguno de los dos era lo que creímos.

Yo por eso a Miguel Ángel le platico todo. La comunicación es muy importante.

Haces bien, le digo sin sarcasmo. En estos últimos días el sarcasmo ya no es evidencia de nada. Tampoco un consuelo.

Llega el repartidor con el pedido. Es un adolescente de no más de diecisiete años. Mónica lo saluda con familiaridad. El repartidor, con las hormonas en ebullición. La desea, es evidente. Seguro que se masturba, al igual que yo, pensando en ella. Pero yo tengo cuarenta y dos años y una mano áspera y solitaria. Una de las fantasías más constantes que invoco con la recepcionista es aquella en la que me sitúo detrás del mostrador, a su lado, y ella, sin más, extiende su mano, me baja la cremallera, desabrocha el pantalón, saca mi miembro y desliza sus dedos por mi glande mientras atiende a algún cliente. A veces, la fantasía desemboca en que Mónica se arrodilla, introduce mi pene en su boca y succiona mientras yo atiendo al cliente.

Pago, el repartidor se va sin propina. Es mi pequeña venganza. Mónica saca de la bolsa de plástico dos charolas iguales, de base negra y tapa transparente. Dentro, en simetría axial, se alinean una serie de rollos insípidos que me recuerdan a las flores artificiales. Sobre mi charola, la muchacha deposita unos palillos y un recipiente con una salsa negra. La recepcionista abre su ración, destapa el recipiente con la salsa, rasga el papel que envuelve los palillos, pone su celular a un costado y mientras engulle hábilmente el sushi, desliza el dedo índice de la mano libre sobre la pantalla del teléfono. Se abstrae de mí, de todo lo que le rodea, incluida la comida, que se lleva a la boca mecánicamente, después de mojar cada porción en la salsa. No es por mí, me consuelo, digamos que es un rasgo generacional. De golpe, la energía que me impulsó a establecer alguna clase de vínculo con Mónica desaparece. Es una fatiga que me asalta cada vez con mayor frecuencia cuando convivo con gente. Una fatiga no exenta de tensión.

Pongo cualquier pretexto para subir a mi habitación. Tengo la impresión de que Mónica ni siquiera me ha escuchado. Asiente, murmura un gracias por la comida sin despegar las pupilas del teléfono.

Al entrar arrojo el sushi a la basura. Prendo el aire acondicionado. Me recuesto en la cama y me dedico a contemplar el techo. Al aire frío le cuesta neutralizar el sopor que flota en el cuarto. De forma gradual mi cuerpo se baña en la espuria brisa que despide el aparato hasta que el calor se convierte en algo que sucede afuera, olvidable. El hombre tatuado utilizó la palabra sexoservidor para referirse al sujeto que se acostaba con el jefe del chofer. Sexoservidor, derechohabiente, tarjetahabiente, cuentahabiente, usuario, beneficiario. Palabrería burócrata. ¿Por qué buscarlo? ¿Por qué este afán de encontrar la supuesta verdad si no es para darle una lección a Alcázar?

34

Dejo pasar los días antes de iniciar la búsqueda del prostituto. La satisfacción de Alcázar adormece el ímpetu que conseguí reunir estas semanas en las que me reconozco por la concreta utilidad de mis actos. Me espera un vacío abisal cuando concluya la investigación. Un dilema que no he tenido fuerzas de resolver: regresar a Tijuana, quedarme o irme a otra parte. Sé que encontrar al prostituto es una forma de prolongar ese estado febril semejante al optimismo.

Transcurren las horas como una locomotora que abandona el andén con el lento traqueteo que precede a la velocidad con la que avanzará hacia la próxima y última estación. No hago gran cosa. Perezoso y adormilado, leo sin entender casi nada *La culpa de la guerra en Hannah Arendt y Karl Jaspers*. Repaso la investigación en mi cabeza una y otra vez. He vuelto a comer con Mónica en la recepción, esta vez unas tortas de pierna. Me cuenta un poco más sobre su novio, un sujeto aburrido y brillante. Un futuro sólido, una forma como cualquier otra de suicidio. Intento localizar a Holmes, continúa en paradero desconocido. ¿Seré yo el que está en paradero desconocido?

El 30 de junio, un día antes de las elecciones, recibo por la mañana un mensaje de texto de Raquel. Me invita a una carne asada en casa de sus padres esa misma noche, cuando el sol haya declinado de la omnisciencia que presume en esta época del año. Me sorprende la invitación. Pensaba que después de la escena con Jota Eme en su casa no volvería a saber de ella. Cierto es que no le contó nada a Alcázar, nada me ha dicho el abogado al respecto. Mi primera reacción es responderle que no puedo. Incluso me planteo no responderle. El silencio sería una forma de castigarla inmerecidamente. ¿Pero por qué ese pequeño sadismo obtuso, innecesario, pueril, si en el fondo deseo verla, si no he dejado de desearlo todo este tiempo? No es dignidad, cuando se trata de mujeres, tengo menos que un perro en celo. Es como si una corriente marina me alejara de la costa, y aunque sea imperativo nadar para salvar el pellejo, el placer de flotar a la deriva es más fuerte. Pasan varios minutos mientras contemplo el mensaje con curiosidad y perversión. Al final puede más la curiosidad y contesto: ¿qué llevo? Lo que vayas a tomar, responde casi de inmediato. Paola y yo te esperamos.

Ese plural, ese nosotras, termina de sumirme en una confusión aún mayor, en un vértigo frío. Paso el resto del día obsesionado con ese Paola y yo. Es sábado, después del mediodía el despacho se sume en un total silencio. Nadie queda. Alcázar, un día antes, se marchó con Dulce y los niños a Tucson de *shopping*. Sin pedirle explicación, me aclaró que regresarían al día siguiente por la noche para acudir puntuales a la cita con las urnas el domingo 1 de julio. La verdad es que me da exactamente igual si vota o no. Sin duda, los machacones anuncios del IFE sobre el deber ciudadano de sufragar dan resultado. Por joder, le pregunté por quién iba a votar. Me dijo que el voto era secreto.

Lavo un poco de ropa a mano. Como un sándwich de jamón y queso y un licuado de plátano en una juguería cercana al despacho. Me acuesto, leo un rato. Consigo echar una siesta. Cuando despierto, los rayos del sol alumbran la calle con una oblicuidad cegadora. En cuestión de minutos el sol desparecerá por el Poniente. Me doy una ducha y me alisto para ir a la carne asada.

Paola y Raquel me esperan. Hace mucho tiempo que nadie me aguarda en ninguna parte. Es una sensación extraña.

La casa de los padres de Raquel está ubicada, como la de su hija, en la colonia Y Griega. La calle, terracería y lodo, es una línea recta salpicada de casas, talleres mecánicos y tiendas de abarrotes pequeñas, abigarradas, atendidas por ancianos sordos y afables. El patio es rectangular y grande, con algunos árboles frutales que olvidaron regar. Cercado por una malla ciclónica, al fondo se eleva una construcción práctica, sólida, amarilla, con un tejado de dos aguas. Carece de ornamentos, de acabados, no hay diseño, cuatro paredes que el padre de Raquel ha de haber levantado con ayuda de un par de albañiles. Parece inacabada, en un rincón del patio aún sobreviven dos montones de grava y arena.

Me planto en la entrada con un doce de Tecate roja. Niños y adultos se mezclan en una romería cálida subrayada por la música de banda de un grupo que desconozco. Apartado del tumulto, un hombre mayor, bajo y compacto como un tractor, se afana sobre una parrilla. El humo asciende en la noche parda e impregna el ambiente de un aroma animal, irresistible. Sobre una mesa de plástico, a un lado del asador, esperan el guacamole, las salsas bandera, roja y verde, y una pila de tortillas de harina. Un corro de hombres, de pie, cerveza en mano, charla animadamente a unos metros de la parrilla. Frente a la casa, en el porche, un grupo de mujeres sentadas en sillas de plástico se carcajea con gozo, liberadas de la presencia masculina. Los niños van y vienen de un corro a otro con desparpajo. El cuadro me estremece. Si no fuera por los celulares que entran y salen de los bolsillos de los más jóvenes, yo podría ser uno de esos niños que corretea por el patio, y el patio, el de mis padres en la colonia Apache. El tiempo se detiene hasta que Paola rompe con el embrujo situándose frente a mí. Me observa como otras veces, desde una brumosa lejanía de carbón y silencio. Luego corre hacia el grupo de mujeres y sacude la manga de una de ellas. Es Raquel que sigue con la mirada la mano muñón de la niña hasta topar conmigo, detenido a la orilla de una vida ajena. Se levanta y camina hacia mí. Sonríe. Paola la sigue unos pasos atrás.

Llega justo a tiempo, me dice, ya mero está la carne.

Me da un beso en la mejilla. Me invita a pasar. Lleva un vestido floreado, ligero y ondulante. Nunca antes la había visto con vestido. Parece otra, más niña, más dulce, más traviesa. Se ha recogido el cabello en un moño alto que le da aspecto de preparatoriana. Levita a mi lado y su mano se posa en mi antebrazo para subrayar cada fin de frase. Bromea sobre la numerosa familia que pulula por ahí y el engorro de las presentaciones que se avecinan. Ríe más de lo habitual. Bajo sus ojos ha desaparecido el profundo vacío de la noche perpetua que los ensombrece. Me imagino que tiene días así, eufóricos, casi felices. Paola va de su mano, nos estudia. Por un momento me parece descubrir un destello de asentimiento en sus pupilas. Empiezo a relajarme, se me antoja una cerveza. Raquel me lleva hasta una enorme hielera que reposa cerca del asador. Sumerjo en un mar de hielo el doce de Tecate. Me sirvo un bote. Le doy un trago. Raquel me guía hacia el corro de hombres. Tíos, primos, padrinos se suceden con nombres que no retengo. Al final me presenta al hombre compacto que ultima los cortes sobre la parrilla. Es su padre. Una mano enorme estrecha la mía, la tritura, la sacude con fuerza. Siempre he detestado ese inútil gesto de hombría. El padre de Raquel no sonríe, su rictus es el de un sepulturero, pero me advierte que en unos minutos podré prepararme unos tacos. Con confianza, me dice, está en su casa. Raquel y Paola me abandonan en el círculo de machos. La mujer me indica con un gesto que no tarda en volver. Los hombres retoman la conversación interrumpida. Es sobre motores, creo entender. Válvulas, cilindros, pistones, bujías, árboles de leva, bielas, cigüeñales, barroquismo puro. Me gusta la expresión árbol de leva, me transporta a bosques futuristas. Callo sin entender un carajo mientras contemplo al padre de Raquel. El cuidado que pone en los pedazos de carne achicharrándose al carbón contradice su semblante osco, acentuado por la luz rojiza de las brasas. Alguien se dirige a mí, no termino de comprender la pregunta. Es más o menos de la edad de Raquel y se parece mucho. Ha de ser su hermano, no presté mucha atención en la ronda de presentaciones.

Que a qué le juegas en el despacho del licenciado Alcázar, insiste.

Le ayudo en el asunto de la guardería, así conocí a Raquel.

Pero eres nuevo, ¿no? No te había visto yo.

Tengo como tres meses, me contrató temporalmente para sacar la chamba. Tiene mucho trabajo.

Me imagino, sí. ¿Y qué, cómo va? ¿Ya van a meter a algún caca grande al bote?

Algo hay de eso.

Te lo pregunto en serio, compa, porque ya estamos hasta la madre. Tres años y nada.

Lo que te puedo decir es que el licenciado Alcázar está haciendo todo lo que puede y más, no descansa. Pero ya sabes cómo es esto.

Mi bote de cerveza está vacío. Hago ademán de ir a buscar otro.

Por lo mismo el licenciado debería decirles a los padres la neta, que no van a sacar nada. Que agarren la lana y que se olviden de justicias y mamadas.

Miguel, ya estuvo, dice el padre de Raquel desde su puesto de asador. Con el trinche en la mano parece un viejo gladiador a punto de salir a la arena.

Pero es la verdad, apá, ahí los traen como pendejos dando vueltas en los juzgados, en marchas, en la Ciudad de México, en los periódicos. ¿Para qué, eh? No han logrado nada.

Al hermano de Raquel se le resbala un poco la lengua entre los dientes cuando habla y vocaliza mal. No sé si es un defecto o el exceso de alcohol. Aprovecho para ir por otra cerveza. Antes le digo que, en todo caso, es decisión de Raquel, no suya. Le doy la espalda. Farfulla algo, solo capto qué chingaos sabrás tú, pinche licenciadillo. El padre de Raquel me da alcance en la hielera.

Le pido que disculpe a mi hijo, anda tomando desde temprano, me dice. Hace una pausa indecisa. Luego continúa hablando. Tiene que entenderlo, llevamos tres años que no es vida. Y Raquel, pues ya sabe cómo es, muy aferrada, no se deja aconsejar.

No se preocupe, lo entiendo.

Todos estamos muy cansados. Quisiéramos olvidar ya lo que pasó, regresar a nuestras vidas, ya no quiero ser el abuelo de una niña ABC, ¿entiende? Es como una marca que llevamos todos, no solo Raquel, no solo Paolita, la pobre… Hay días que logramos olvidarlo, que la niña no es esa piel quemada, ese silencio pesado como una losa. Viene, juega con sus primitos, y Raquel se relaja un poco con las mujeres, deja de vigilar todo el tiempo a Paolita, se echan una lotería, una partida de naipes. Y yo cierro los ojos y me imagino la risa de mi nieta en el patio, imagino una casa que está en un lugar en el que nunca hubo un incendio. Disculpe, no quiero incomodarlo, solo quería que entendiera a mi hijo.

No me incomoda, señor, lo entiendo perfectamente. A lo mejor el que los incomoda soy yo, debería irme.

No, licenciado, no se vaya, por favor, no conoce usted a Raquel. Ande a echarse unos tacos, va a ver qué cortes, me los aparta un carnicero de aquí de la colonia. No crea que son finos, eh, diezmillo, pero no le piden nada al rib eye ni a la cabrería, ya verá, ya.

Gracias, señor.

Miguel, llámeme Miguel.

¿Todo bien por acá? Qué misteriosos.

Raquel ha aparecido de la nada. Su sonrisa, aparentemente cálida, no oculta una sombra de tensión.

Aquí nada más, hija, platicándole al licenciado lo sabrosa que está la carne. Acérquense por unos tacos.

Ahorita vamos, apá.

Raquel se interpone en mi camino. Me quita la cerveza y le da un trago. Me la devuelve con un gemido de satisfacción. Está muy cerca.

¿Quieres una?

Nop, tengo que manejar de regreso, nada más se me antojó un trago. ¿Qué quería mi padre?

Nada, vino a decirme que ya estaba la carne, un diezmillo que sabe a rib eye.

No es cierto, licenciado, dígame la verdad. No sabes mentir.

Me acabas de tutear.

¿Y? ¿Te molesta?

Para nada, me hacías sentir viejo.

Viejos, los cerros. ¿Qué quería mi padre?

Raquel es bastante más baja que yo. Puedo ver el nacimiento de sus pequeños y duros senos gracias al amplio escote del vestido.

Ya te dije.

Raquel me toma de la muñeca y me arrastra a una zona en penumbra del patio, cerca de la salida, adonde no llegan las luces de la casa. El resplandor de una farola exterior apenas baña la mala yerba que crece a los pies del cerco.

No soy tonta. De la ventana de la cocina lo vi todo. Vi cómo mi hermano se ponía de pesado, ya me imagino qué te dijo. Quiero saber si mi padre te mencionó algo del dinero.

No, de veras que no. Se disculpó por el comportamiento de tu hermano y me dijo cómo se sentían.

¿Y cómo se sienten?

Lo sabes mejor que yo.

Quiero escucharlo de ti.

Por un momento desaparece todo alrededor. Raquel palpita a unos centímetros como un pájaro caído del nido, y la música y las voces son devoradas por la noche. Somos dos luciérnagas en un bosque de árboles de leva.

Raquel, no soy muy bueno en esto.

¿En qué?

En ponerle palabras a lo que siente tu padre o tu hermano. Me imagino que quieren un culpable con un rostro, un nombre, y que se refunda en el bote. O mejor aún, llevarlo al desierto y prenderle fuego. Eso es lo que yo quisiera al menos. Los hombres somos muy básicos, Raquel, solo nos mueve el deseo o el odio.

¿A ti también?

Raquel ha dado un pequeño paso hacia mí. Apenas medio metro. El aroma que despide el mezquite quemado en el asador se mezcla con el suyo, jabón y agua, sudor, tierra mojada.

El odio más que nada.

No sé por qué pronuncio esas palabras. Raquel se aleja de mí y se apoya en el cerco.

Yo quisiera odiar, sentir esa rabia que sienten mi hermano y mi padre. Ese impulso violento que explota en el momento menos pensado. No creo que sea cosa de mujeres y hombres. Imagino que eso se aprende. Hay mujeres en Manos Unidas que también llevarían al culpable a un descampado y le prenderían fuego. Yo no sé qué haría si mañana me dicen: mira, esta es la persona que incendió la bodega de Hacienda, puedes hacer lo que quieras con él. No es porque no debemos hacer justicia por nuestra propia mano, de que hay leyes y juzgados… para lo que han servido los hijos de la chingada. Yo lo que siento es culpa, un chingo de culpa, rabia no, culpa, culpa, una pinche culpa que me carcome. Veo a mi hija y me siento culpable. No creas, lo he hablado mucho con la psicóloga que nos pone el Seguro Social, pero la verdad, eso y la carabina de Ambrosio… Por eso la protejo como la protejo, la cuido, la vigilo hasta la obsesión. Y creo que por la pinche culpa no quiero aceptar el dinero que nos ofrece el gobierno. Y yo necesito que alguien entienda esto, porque si no, me voy a volver loca. Un millón y medio de pesos, me dicen, un millón y medio, es mucha lana, Raquelita, la merecemos, ya aceptaste la primera vez, qué tiene que lo hagas de nuevo, hazlo por Paola, me dicen, por su futuro. Pero cuál pinche futuro, ¿eh? ¿Un futuro de injertos y operaciones? ¿Qué va a pasar cuando llegue a la adolescencia, cuando los pinches chamacos no la vean a la cara? ¿Cuando no la inviten ni a una triste fiesta? ¿Cuando no encuentre trabajo por su aspecto? Mi hija no va a conocer el amor ni el deseo ni va a sentir la mirada de los hombres sobre su cuerpo. Mi hija va a despertar asco y lástima el resto de su vida y un millón y medio de pesos no va a solucionar eso, ni que metan a la cárcel a todo el puto gobierno de Bours, él incluido. A veces me digo que habría sido mejor que Paola hubiera muerto en el incendio.

Raquel ha abandonado su cuerpo a la malla y los dedos de sus manos se retuercen entre el alambre. Parece una condenada a muerte en el paredón de fusilamiento. No sé qué decirle, como tantas otras veces. Entre la rabia y el deseo, lo que siento en ese momento es una necesidad vergonzosa de abrazarla, besarla, arrancarle el vestido que se adhiere a la malla como una bandera sin viento.

Nadie sabe cuál va a ser el futuro de nadie, no creo que las marcas físicas de tu hija determinen nada, hay peores marcas, le digo sintiéndome un farsante.

Guardo silencio e inclino mi cuerpo hacia la mujer. Aprisiono sus manos con las mías y pongo mis labios en los suyos, tal vez para que calle. Es un acto mecánico del que no espero nada. Raquel no rehúye el beso. Paralizada, aguarda tensa el siguiente movimiento. Después de unos segundos, nuestros labios, como si se acostumbraran a las texturas ajenas, entran en calor, adquieren volumen, se humedecen y se entreabren. Al rozarse las lenguas, una descarga de pura angustia nos sacude, y nos abrazamos fuerte, con ansia, mientras el beso fracasa. Algo impide que el torrente de sangre infle mi pene, a media asta, y que moje su vagina. Y nos convertimos en un abrazo torpe de consuelo y soledad. Creo que llora en mi pecho, aunque pudiera estar riendo. Deshace el abrazo con un empujón amistoso.

Qué desastre, licenciado. ¿Tienes hambre?

Algo.

35

Con el estómago a rebosar de unos tacos de diezmillo que me supieron a diezmillo, a pesar de la presunción de don Miguel, emprendo el regreso al despacho. La noche está caliente y sebosa. A causa del bochorno bebí más cervezas de las previstas. Pero no siento los efectos del alcohol, lo he transpirado antes de que llegue al cerebro. Una modorra alegre impulsa al Atos por las calles de una ciudad entregada a los rituales del sábado, como cualquier ciudad del mundo. Conduzco despacio, relajado, mientras las imágenes de la carne asada atraviesan fugazmente las avenidas y bulevares que, a medida que se acercan al centro, se animan con las promesas de la noche. Intento encontrarles un significado. A las imágenes, no a las promesas. El beso fallido se cuela insistente en mi cerebro. ¿En dónde nos sitúa? Es irremediable, soy un cómplice. No lameré su piel ni beberé de su sexo ni entraré en ella. Trato de entender por qué, a la distancia, me asalta, como ahora, este deseo, pero hace un par de horas, cuando la tenía contra el cerco y su lengua se deslizó como un pan caliente en mi boca, lo único que supe (o quise, ya no sé) fue consolarla. No soy un tipo duro. Me queda claro que si en este momento Raquel no está a mi lado camino a la habitación del despacho o a algún motel de paso para coger como adolescentes en celo, ya no sucederá más adelante. Ese no beso selló una especie de pacto fraternal cancelando cualquier otra posibilidad. Al momento de abrazarla en el rincón del patio de la casa de sus padres, la piel quemada de Paola, sus ojos rompiendo el silencio, su mutismo inquebrantable, se deslizaron entre la mujer y yo como la foto del marido en la alcoba de una amante. Después del beso Raquel no se separó de mí. Fui conociendo a la caterva de mujeres del clan, incluida su madre, severa y hostil como una madre superiora, mientras evitábamos al hermano borracho que, al cabo de media hora, terminó por desaparecer en el interior de la casa. En una de las ocasiones en que fui al baño me lo encontré tirado en un sillón, dormitando, con la tele prendida en un noticiero deportivo. Nadie más hizo mención del incendio de la guardería ni de Alcázar ni del proceso. No recuerdo de qué hablamos. La sombra de Paola planeó sobre nosotros todo el tiempo hasta que el sueño la fue venciendo. Cuando Raquel se la llevó a dormir a su antiguo cuarto, decidí largarme. Raquel, sin ningún ímpetu, insistió en que me quedara. Pero estaba cansado, la tensión de esa cotidianidad sostenida en alfileres me resultó agotadora.

Ya es medianoche. La calle del despacho, vacía, acalla los ruidos de la ciudad con su ominoso silencio. Dos farolas están fundidas. Una más tiembla, se apaga y se enciende con un parpadeo frenético y un zumbido de insecto quemado. El resto brillan opacas, pintando la oscuridad de fulgores insignificantes. Esta es una ciudad mal iluminada. Los pocos transeúntes nocturnos suelen ser sombras escurridizas. Estaciono frente a la entrada del despacho, cierro el Atos y busco en el llavero la llave de la puerta principal. Apenas me separo un par de metros del coche cuando lo veo. Más bien se trata de un presentimiento. No puedo precisar si es joven o viejo, lleva puesta sobre su cabeza la capucha de una sudadera oscura. ¿Con este calor? Entiendo que ha atravesado la calle justo a mi altura, no hay azar en ello. Sin embargo, no reacciono como debería. No me pongo alerta, no busco una salida de emergencia, no prendo las alarmas, no apresuro mi entrada al despacho, no echo a correr, no grito, no me alejo. Y no sé por qué. Simplemente espero a que pase a mi lado, con la esperanza de que pase a mi lado sin mediar palabra. Con la idea de que en esta calle, en esta ciudad, no hay lugar para un hombre encapuchado que cruza la calle y se dirige a mí. ¿Es estúpida mi reacción? Sí, pero es la reacción de la mayoría de la gente. Miedo al ridículo, tal vez. Miedo a nuestra propia cobardía, supongo, a sentirse un imbécil si lo único que busca es lumbre o la hora o una dirección. Pero no, nada de eso. Ya está a menos de tres metros y saca la mano derecha del bolsillo de la sudadera exhibiendo de manera discreta un picahielos cuya punta ha de medir unos quince centímetros. Cualquier sujeto que ha pasado por la cárcel sabe que es mucho más efectivo que un cuchillo o una navaja. Se desliza en cualquier parte del cuerpo sin mayor esfuerzo y lastima los órganos vitales provocando hemorragias internas. No me amenaza con el picahielos, solo me lo muestra. No tiembla, no hay ansiedad en su voz o en sus gestos. No se trata de un drogadicto con el síndrome de abstinencia. Parece un profesional. El timbre lo delata. No ha cumplido el cuarto de siglo, me parece. Me exige el celular, la cartera, el reloj. Trato de guardar la calma. Hay una parte de mí que se irrita por el hecho de que no necesite más que enseñarme el arma sin siquiera amagarme con ella. Hay otra parte de mí, mucho más razonable, que me obliga a obedecer al asaltante. Muy despacio saco el celular del bolsillo del pantalón. Vaya chasco: una baratija de doscientos pesos. No uso reloj, le digo. En la cartera llevo unos seiscientos pesos, la credencial y la licencia de conducir, vencida. Cuando el sujeto termina de guardar mi cartera en su bolsillo trasero, observo de reojo cómo crispa los dedos en torno al mango del picahielos y su brazo se retrae, tenso, en un ángulo de noventa grados. Todo pasa muy rápido. Lanza la estocada al tiempo que doy un paso atrás y llevo mis manos al estómago, al punto hacia donde se dirige el acero. Una descarga eléctrica atraviesa mi cuerpo. Incrédulo, caigo de nalgas al piso. La electricidad se ha convertido en una barra de hierro candente que palpita en mis entrañas y en una de mis manos, no sé en cuál. Desde el suelo, no pierdo de vista al agresor. Ha levantado el picahielos por encima de su cabeza. El siguiente golpe, pienso, irá dirigido al cuello, al rostro, al cráneo… aunque no es un pensamiento como tal, definido y preciso, sino una certeza que parpadea en mi cerebro como una luz en el corazón de un bosque. Me cubro la cara con los antebrazos y ruedo por el piso. El dolor es más una presencia discreta que una realidad. Mi movimiento obliga al agresor a buscar un nuevo ángulo de ataque. He quedado con la espalda totalmente expuesta. En cuestión de un segundo, el acero penetrará mi carne, por ejemplo, a medio centímetro de la espina dorsal, y me quedaré paralítico. Pero antes, las luces de un auto iluminan la escena, nos ciegan, y un claxon irrumpe en la noche como la sirena de una fábrica. El atacante duda si terminar la faena o huir, retratado por el blanco resplandor de los focos como una fotografía de Robert Capa. Unos pasos ligeros retumban en el asfalto, un código Morse que taladra mi oído, pegado al suelo. Se alejan. No me muevo. No me quiero mover. El dolor ya no es esa presencia discreta, lo inunda todo. Unas voces alteradas, inconexas, jadeantes, llegan a mí como si estuvieran debajo del agua. Una es la de un muchacho. La otra, la de una mujer joven, familiar, cercana, constante.

¿Mónica?

36

Esdrújula. La palabra esdrújula es esdrújula. Esdrújula es una palabra que me gusta, un tobogán que me lanza a su exquisita tonalidad. Esdrújula es el mejor ejemplo de palabra esdrújula y es divertida, me cago de la risa al pronunciarla. Busco palabras esdrújulas pero todas las que me vienen a la mente son agudas, como monopatín, locución, Orinoco. Un momento, Orinoco es grave y me provoca ganas de mear. Otra palabra aguda es dolor, aunque no lleva tilde. El dolor asoma como un pálido niño introvertido entre la orgía de palabras esdrújulas y me recuerda con timidez que está ahí. Decido ignorarlo. Pirómano es esdrújula. Charly Pérez Maza es un pirómano que incendió una guardería llena de palabras llanas. Al evocarlo, las palabras huyen como ratas por una alcantarilla. Soy Pepe el Tira, el protagonista del cuento de Bolaño «El policía de las ratas». No, no soy Pepe el Tira, carajo, soy Pepe…

Pitic, ¿estás despierto? Pitic.

Soy Pepe Pitic, José González, y en mi nombre no hay una sola palabra esdrújula.

Eh, Pitic, ¿me oyes?

Déjalo, amor. Ya escuchaste a la doctora, necesita descansar.

Abro los ojos. Frente a mí la cara ancha y deforme de un neandertal que me escudriña.

Ya abrió los ojos, dice la cara.

Esdrújula, contesto.

Una mujer gallina cacarea muy cerca de mí.

¿Qué dijo? Qué chistoso, son los efectos del Demerol, dice la mujer gallina y mueve las alas exageradamente mientras se pavonea por la habitación. Porque estoy en una habitación con unos seres extraños que me examinan como si fuera una palabra esdrújula, mierda, un animal disecado, quiero decir. Disecado es palabra grave.

Pitic, ¿me oyes?

Claro que te oigo, imbécil, no estoy sordo.

Esto, ¿lo he pensado o lo he dicho?

Está drogado, amor, no te lo tomes a mal.

Ya ves que los borrachos y los locos dicen la verdad.

Vamos a dejarlo descansar, anda.

¿Descansar? ¿De qué? Si llevo toda mi vida descansando. Hago conciencia de que estoy acostado en una cama e intento levantarme. Las manos del neandertal me presionan en el pecho y me impiden hacerlo.

Quieto, tigre, ¿a dónde vas?

Los rasgos del neandertal poco a poco se configuran en los de un humano del siglo XXI. A la mujer gallina le brota la cabeza de Dulce, la ruidosa amiga de la mujer de mi vida. ¿Quién es la mujer de mi vida? No puedo recordarlo. Tengo sed.

Agua, pronuncio despacio, como si fuera un río seco, el cauce del Río Colorado, arena y roca.

Pasa una eternidad condensada en una uña y una botellita de plástico se materializa frente a mí. El hombre me ayuda a incorporarme. Bebo tragos diminutos, tragos liliputienses, traguitos con los que jamás podré llenar el cauce del Río Colorado. Entonces reconozco al tipo que me ha traído el agua. Se llama Alcázar y es un hijo de puta. Bueno, creo, tal vez sea el hombre más bueno del mundo, no lo sé.

Por poco no la cuentas, me dice.

¿De qué habla? ¿Qué tendría que contar?

¿Alcázar?

Sí, Pitic, soy Jorge Alcázar, estoy con Dulce.

Hola, qué susto nos diste.

¿Dónde estoy?

En el hospital, dice Alcázar.

En el Licona, uno de los mejores, puntualiza Dulce.

Una tía de Mónica es enfermera aquí y a la muchacha no se le ocurrió otra cosa que traerte a este hospital, aclara Jorge.

Intento encontrar un hilo que me lleve al origen de mi presencia ahí. Pero mi memoria es un túnel oscuro alumbrado por una multitud de linternas zigzagueantes.

No recuerdas nada, ¿eh?, dice Alcázar. Te asaltaron, bueno, aparentemente te asaltaron, aunque no estoy tan seguro.

No entiendo.

Ayer, un individuo te atacó con un picahielos. Se llevó tu celular y tu cartera.

¿Y por qué me atacó? Se lo hubiera dado sin poner resistencia.

Eso creo yo también. Pero la policía sostiene que seguramente te negaste, forcejeaste y que por eso te hirió. Mónica te salvó, bueno, y su novio. El muchacho y ella han declarado a la policía que fueron al despacho a esa hora porque ella había olvidado el cargador del celular en la recepción, aunque yo creo que iban a otra cosa…

Jorge, por Dios, no seas mitotero.

Alcázar sonríe como un cura al contar un chiste blanco. Le devuelvo la sonrisa y siento una punzada en el estómago.

¿Te duele mucho?, pregunta Dulce solícita.

Algo.

Son los puntos, me dice.

Déjame terminar de contarte lo que pasó, interrumpe Alcázar. Según la versión de Mónica y su novio, llegaron y te vieron tirado en el piso y al asaltante con un arma en la mano a punto de clavártela, el muchacho parece que empezó a pitar y el agresor salió huyendo. Luego te subieron al carro y te trajeron aquí. ¿No recuerdas nada?

Me vienen flashazos de un carro y de la llegada a urgencias, una camilla, poco más.

Estás en shock, me explica Dulce. Habla muy despacio, como si yo fuera un niño. La doctora Fuentes nos advirtió que tardarías horas o tal vez días en recordar lo que te pasó.

No ofreciste resistencia al asalto, ¿verdad?, insiste Alcázar.

No sé, de veras que no me acuerdo.

Estoy seguro de que se trata de un mensajito de tu amigo Basave. El sujeto no pretendía asaltarte, quería dejarte fuera de circulación.

Ya, Jorge, bájale, por favor, no lo sabemos, no lo asustes, si de por sí… esta ciudad no es lo que era, ahora por un celular te matan, bien lo sabes.

De pronto, Dulce me parece una anciana mezquina, un poco tonta, atrapada en un miedo irracional.

Mira, Dulce, no creo en las coincidencias. A Pitic lo amenazaron, sabes cómo se las gastan, y ahora esto.

Mejor vamos a dejarlo descansar, zanja Dulce.

Tenemos que ir a votar aún, y luego a buscar a los gemelos, están con mis suegros, aclara Alcázar.

¿Hoy son las elecciones?

Así es, estamos a domingo primero de julio.

Una inmensa tristeza se apodera de mi estómago y se mezcla con las punzadas de la herida. Pienso que es patético estar en un hospital el día de las elecciones. Muevo el brazo izquierdo y descubro que mi mano está completamente vendada.

Voy a buscar a la doctora Fuentes para que te explique lo que tienes. Vámonos, Jorge, tiene que descansar, y mi madre está hecha una furia, ella tampoco ha votado aún.

Alcázar, resignado, se encoge de hombros y me promete que por la tarde se dará una vuelta para ver cómo sigo. Dulce me dice que intentará acompañar a su marido, aunque no cree que sea buena idea venir al hospital con los gemelos. Me da un beso en la mejilla y sale en busca de la doctora. Alcázar, solemne, me dice que cuento con él para lo que sea y que no me preocupe por los gastos, corren por cuenta del despacho. Me pregunta si pienso poner una denuncia cuando salga del hospital. ¿Para qué?, le digo. Parece mentira que seas abogado, me recrimina. Piénsalo, insiste antes de desaparecer.

Me quedo solo en una habitación blanca y espaciosa. Examino mi cuerpo como si fuera el de otro. El dolor comienza a hacerse más presente. Entra una mujer muy alta de cabello negro azabache recogido en un moño que la hace verse más alta. La bata blanca le imprime una delgadez extrema. Tiene cara de mono y una sonrisa postiza que acaba de sacar de alguna parte. Imagino que se trata de la doctora Fuentes. Me informa de mi estado: el picahielos no penetró en mi estómago hasta el mango porque interpuse la mano. El picahielos atravesó el pulpejo de la mano izquierda, entre la palma y el dedo pulgar, gracias a ello el acero penetró nada más unos siete centímetros. La herida de la mano es menor y sanará pronto. Tuvieron que abrir mi abdomen para asegurarse de que no hubiera una hemorragia interna por las características del objeto punzocortante. La había, pero lograron restañarla con éxito. Están suministrándome vía intravenosa un coctel de analgésicos, calmantes y antibióticos, por lo que es normal que me sienta mareado, adormecido y me cueste coordinar los pensamientos y el habla. No debo tratar de recordar lo que pasó, poco a poco irán llegando las imágenes del asalto. Si pasados unos días no sucede, es aconsejable que acuda con un psicólogo. Cree la doctora Fuentes que mañana mismo me podrán dar de alta, aunque me esperan muchos días de reposo y una dieta a base de líquidos y papillas. Me dice que la rapidez con que actuaron mis amigos me salvó la vida.

La doctora Fuentes da media vuelta y se marcha. Un poco antes alcanzo a ver cómo se quita la sonrisa postiza. Temo que se le pueda caer. Intento advertirle, pero mi boca no obedece a mis deseos y los párpados caen como persianas sobre mis ojos.

No son sueños los que tengo. Es como si frente a mí pasara una película montada con fragmentos de muchas otras películas. Fragmentos que no duran más de dos o tres segundos. Las imágenes se suceden en una cronología caótica. Algunas pertenecen a mi niñez, otras al pasado inmediato, otras a mi existencia en Tijuana. Mis padres, mi hermana, Cristina, Dulce, Alcázar, Paola, Raquel, Holmes, Sherlock surgen y desaparecen en un parpadeo. No hay contexto, ni siquiera el absurdo contexto de los sueños. Me despierta el dolor. Gimo y me retuerzo en la cama. Estiro el brazo, tanteo hasta dar con la perilla y llamo a una enfermera. Pasan unos minutos en los que solo puedo concentrarme en el dolor. No necesito explicarle nada a la enfermera. Me dice que va a incrementar la dosis del coctel que llega directamente a mi sangre para aliviarme, pero que debo ampliar mi resistencia al dolor, no es bueno tanto medicamento. Mentalmente la mando a la mierda pero le sonrío. Otra vez solo. Poco a poco mi cuerpo se relaja. Me resisto al sueño. No quiero entrar de nuevo en esa turbulencia onírica. El aire acondicionado apenas refresca el cuarto. Una pasta de sudor cuece mis testículos. Alguien toca a la puerta de la habitación, abre y asoma la cabeza. Yo conozco a esa mujer. Es muy hermosa.

¿Se puede?

Qué bella eres, susurro.

La mujer entra rompiendo la cara de preocupación con una sonrisa halagüeña.

Me avisó Dulce hace unas horas, espero que no te moleste, me dice.

¿Dulce conoce a esa mujer tan guapa de la que acabo de enamorarme?

Me contó lo que pasó. Ay, Pepe, qué susto.

Ella sabe mi nombre, en sus labios mi nombre suena como un kiwi. Se ha acercado a la cama y toma entre sus manos mi mano sana.

Si te soy sincera, no pensaba venir. La verdad, no quería volver a verte. Y menos después del mensaje que me enviaste. ¿De veras pensaste que yo…? En fin, que estaba muy preocupada, para qué negarlo, así que al final me decidí. No sé, quería comprobar que estuvieras bien. Sé que estuvo medio gacho que le pidiera a una amiga que te hablara para darte la información que necesitabas, pero es que estaba muy enojada contigo. ¿Pepe, me estás escuchando?

Dame un beso.

La bella mujer acerca su rostro y besa mi frente.

En la boca.

Estás loco.

¿Cristina?

Sí, tonto, soy Cristina, ¿pues quién pensabas que era?

¿Por qué no quieres besarme? Me lo he ganado.

¿Pero qué dices? ¿Qué es eso de que te lo has ganado?

Te he demostrado que soy mucho mejor de lo que pensabas.

Lo siento. No pensé que te hubiera lastimado tanto.

Todo el mundo creyó que eras una hija de la chingada que nos había traicionado. Yo no, yo sabía que no lo harías.

Tú también lo pensaste, ¿no te acuerdas del mensaje que me escribiste? Si no querías ayudarme, al menos hubieras cerrado el hocico… o algo así. Cristina suelta una carcajada. No te preocupes, yo también lo hubiera creído. Sé lo que piensan Jorge y Dulce de mí, pero a estas alturas no me importa.

¿Y lo que pienso yo de ti, te importa?

Creía que no, pero ya ves, aquí estoy.

Qué hermosa estás. Dame un beso.

Y dale, qué pesado con el beso. ¿Sabes hace cuántas horas que estás en ayunas? Te apesta la boca, Pepe. ¿Ellos te hicieron esto?

¿Quiénes ellos?

Pues ellos.

No logro acordarme de nada. Parece que fue un asalto, aunque Alcázar dice que no cree en las coincidencias.

Alcázar ve demasiadas películas.

Alcázar es un pendejo.

En eso estamos de acuerdo.

Pero lo que está haciendo con el asunto de la guardería está muy chingón. Sin él, todos esos padres no tendrían nada, nada, absolutamente nada.

Tú mejor que nadie sabes que de todas formas no van a conseguir nada.

Pero Alcázar les da un motivo para seguir adelante, les da dignidad, sin eso, solo tendrían el dolor y la culpa.

¿Por eso lo estás ayudando?

No sé, supongo.

Cristina se sienta en la cama, se recarga en la cabecera y posa sus dedos largos, delgados, de porcelana, en mi cabeza. Luego los desliza entre mi cabello con un movimiento rítmico y delicado.

No te deseo ningún mal, Pepe, en serio, todo lo contrario, ojalá encuentres lo que estás buscando.

No quiero que se detenga. Sus yemas recorriendo mi cráneo con ese vaivén cadencioso es lo más placentero que he sentido en mucho tiempo.

37

Alcázar y Raquel discutieron unos minutos al pie de la cama como si yo no estuviera ahí. Me han convertido en un niño sin voluntad. Se acercaba la hora del alta y no sabían qué hacer conmigo. El abogado ofreció su casa, pero claro, con los gemelos ahí… Sintió alivio cuando Raquel, al final, propuso hacerse cargo de mí. Alcázar puso una serie de débiles reparos que la mujer desoyó con demasiado ímpetu —me pareció en ese momento—, como si se tratara de ganar una batalla, como si estuviera en juego una suerte de emancipación. La idea de que me dejaran en mi casa (es decir, en la habitación del despacho a la que llamé mi casa porque no encontré otra palabra), se encontró con dos manos extendidas en forma de alto, en forma de cállate, en forma de tú no tienes vela en este entierro.

Cuando llegamos a casa de Raquel, Paola no se encuentra. Desciendo del coche con dificultad un poco fingida. No lo hago conscientemente, se trata de un estado de ánimo, de una forma nueva de permanecer en el mundo: la herida en mi estómago se ha convertido en una declaración de principios. Me conduce al cuarto de la niña, Paola dormirá con su madre. Me acuesto en una cama mullida y pequeña, mis pies sobresalen unos centímetros. Me avergüenzo de que los dedos de mis pies cuelguen en el abismo. Los encojo. Un aire acondicionado de pared de media tonelada apenas alcanza a enfriar la habitación. Hay muñecas y mariposas y jirafas y un montón de objetos de plástico con colores pasteles cuyo sentido desconozco. Y Raquel, al igual que Dulce, me habla como si fuera un niño. Ayer, cuando fue a visitarme al hospital, Cristina no me habló así. Un poco antes de que me dieran el alta, Alcázar, diligente a causa de la culpa que carga, trajo del despacho mi notebook, algo de ropa, artículos de higiene, el ejemplar de *El valle del terror*. Raquel desaparece unos segundos y reaparece con mis cosas. Provisionalmente las deja sobre una mesita de madera decorada con una familia de unicornios: papá unicornio, mamá unicornio, hijo unicornio. Tiene que ir a buscar a la niña, está con sus abuelos, no tarda, en media hora regresa. Me dice que me ponga cómodo, que estoy en mi casa. Me indica dónde se encuentra el baño, pero lo mejor es que no me mueva, me dice; de vuelta me preparará una crema de verduras buenísima. Está excitada. Detecto en sus ojos un secreto gozo por mi postración. Se marcha sin terminar de irse, no le abras la puerta a nadie, no contestes el teléfono, me instruye. ¿Por qué haría tales cosas? Le pido que me alcance la notebook. Por fin se va. La lenidad de la recámara de Paola me turba. Supongo que terminaré por acostumbrarme. En general, las camas guardan un halo de intimidad, de impronta, que repelen los cuerpos extraños hasta que pasa un tiempo. Supongo que la cama también se acostumbrará a mí. De todas formas, no pienso quedarme más de cuatro o cinco días.

Consulto los portales de noticias. Lunes dos de julio. El Programa de Resultados Preliminares del IFE le da una considerable ventaja a Peña Nieto sobre AMLO y Josefina. También hay noticias sobre la compra de votos para el candidato del PRI mediante monederos electrónicos. Compruebo que es muy probable que Murrieta gane la diputación por Guaymas; un verdadero cuarto bat, como dijo Basave. En las elecciones a la alcaldía de Hermosillo la ventaja es para el candidato panista Alejandro López Caballero. Un sujeto cuyo retrato me recuerda al de un gánster italiano de los años treinta. ¿Pero cómo pudo la gente votar por alguien con una cara así? Del señor copete no me extraña, es guapo, buenmozo, sabe sonreír, pero este López Caballero… Mónica ha de estar contenta, creo recordar que me dijo que votaría por el gánster. Yo también pienso, como Alcázar, que los tortolitos fueron a la oficina a coger. Bendita calentura que me salvó la vida. A estas horas podría estar muerto, desangrado como un puerco a las puertas del despacho Alcázar y Asociados. Quisiera reflexionar sobre este asunto de que en una sociedad que se empeña en negar la muerte, que ha hecho de la inmortalidad el negocio más grande del mundo, haber estado a punto de morir me impulsa a transformaciones… pero la verdad es que me da una inmensa pereza pensar en ello, tal vez sea miedo, qué sé yo. ¿Hay realmente alguna diferencia?

Mejor pienso en Cristina, en su visita. Es curioso, a ella mi casi muerte sí le hizo replantearse nuestra relación. Sé que no volveré a verla. Fue una despedida. Una despedida en buenos términos. Si algo tiene la proximidad de la muerte es que nos impulsa a quedar en buenos términos con todo y con todos. Su visita al menos me trajo resignación, algo mucho más manejable que el rencor. La resignación se puede digerir con un buen corte de carne y una cerveza. Tengo que encontrar la forma de convencer a Raquel de que me deje tomar un poco de alcohol; la doctora Fuentes fue tajante al respecto y Raquel tiene espíritu de enfermera. No va a ser fácil. Pero volviendo a Cristina, me hizo un regalo que espero poder guardar por mucho tiempo: un adiós dulce, tierno, redentor.

Oigo ruido de llaves tintineando, voces ahogadas, unos pasitos cortos y veloces. Paola se detiene bajo el dintel de la puerta de su habitación y me estudia con detenimiento. Quise preparar alguna clase de bienvenida pero la forma en que me analiza la niña me cohíbe. Así que guardo silencio, le sonrío. Soy un intruso, me confirma desde ese rostro deforme y callado, cuyos ojos de cuervo me interrogan. Raquel, jadeante, surge detrás de la niña, de su mano cuelga una mochila.

Te dije que me esperaras antes de entrar, era una sorpresa.

Paola voltea a ver a su madre, se encoge de hombros, entra a la recámara y recoge un par de muñecas de una repisa baja. Desaparece con pasos tronantes pero graciosos.

Parece que se lo ha tomado bastante bien, comenta Raquel apoyada en el marco de la puerta aún con la pequeña mochila en las manos.

¿No le dijiste nada?

Quería que fuera una sorpresa.

Pues vaya sorpresita. Llega a su casa y se encuentra con un desconocido en su cama. ¿No hay un cuento que trata de eso?

No eres ningún desconocido, no exageres. La verdad, no sabía cómo decírselo, no sabía cómo iba a tomárselo, pero ya ves, parece que no le importa.

Ya veremos.

Voy a preparar la comida.

Duermo buena parte de la tarde, aniquilado por los medicamentos y la crema de verduras, lo primero decente que he probado en dos días.

Por la noche, después de acostar a Paola, Raquel se presenta en la habitación y se sienta en el suelo, recostando la espalda en el clóset. Hablamos en susurros para no despertar a la niña. Susurros confesionales que transitan de las bagatelas a los agujeros de nuestras biografías. La atmósfera es agradable, la penumbra que proyecta una lamparita de noche en forma del Pato Donald nos vuelve impudorosos. Raquel tiene ganas de recorrer la topografía de sus heridas. Caigo en la cuenta que desde que nos conocimos me tomó por un confesionario. Me imagino que es por la distancia que hay entre los dos. Raquel habla de su familia, de la imposibilidad de acercarse a ellos, de la sensación de que es una extraña entre sus padres y su hermano. Ante ellos se siente juzgada. En el caso de su madre, porque desde el principio rechazó los cirios y los novenarios y en su lugar eligió dar batalla. En esta ciudad, me dice, los niños son enterrados con mucho amor y muchas oraciones. A su padre no le gusta esa notoriedad que ha cobrado en estos años. No le gusta, me dice, que desafíe al gobierno. Toma el dinero y calla. Pertenece a una generación a la que le enseñaron a agachar la cabeza con resignación, me dice. Desde niños les inyectaron el miedo hasta los huesos. Y su hermano, me dice, se avergüenza, el pobre, de su sobrina quemada, de su hermana argüendera. Quisiera borrar lo que pasó, me dice, es su forma de enfrentar el dolor, porque sé que le duele, mucho, me dice Raquel. De Jota Eme me cuenta que al principio estuvo muy activo en Manos Unidas, dispuesto a todo. Era de los más belicosos. Quería una revolución. No le gustaron las formas de Alcázar, me dice, esa parsimonia, ese apego a la ley. Pero cuál ley. No entendía los retorcidos caminos de la justicia mexicana. La impotencia lo arrastró al trago, me dice Raquel, al juego. Nunca fue un padre ejemplar, me dice, pero después del incendio se convirtió poco a poco en esa ruina bravucona que he conocido.

Me pregunta por mi familia, nunca le he hablado de ella. Se sorprende al saber que tengo una hermana y unos padres al otro lado de la frontera, en Tucson, sobrevivientes ilegales. Me avergüenza reconocer que hace mucho tiempo que no los veo y que saben muy poco de mí. La mayoría de las cosas que les cuento son mentira, le digo a Raquel. Era el orgullo de mis padres, le digo, terminé una carrera, el único entre una parentela regada por toda la Unión Americana. Yo lo que quería era estudiar letras, le confieso, algo que muy pocos saben, incluso me inscribí y cursé los dos primeros semestres, pero no podía hacerle eso a mi padre. Hubieras visto la cara que puso cuando le anuncié mis intenciones. Terminé por cambiarme a derecho, le digo. Y ya ves, le digo, ya ves en lo que acabé.

Después de un silencio en el que salimos a flote, Raquel me pide mi opinión sobre los testimonios de la viuda y del amigo del chofer. Me exige sinceridad. Alcázar los ha presentado ante los padres de Manos Unidas como pruebas irrefutables de la intencionalidad del incendio. ¿Puedo ser sincero? ¿Debo serlo? Alcázar está desesperado, le digo. Tiene la esperanza de que con los cambios en la PGR que traerá el nuevo gobierno se reactive la investigación, ahora está en un punto muerto, prácticamente archivada. Los testimonios de la viuda y el chofer tal vez sirvan para eso, para impulsar una línea nueva que atraiga la atención, pero en términos jurídicos son demasiado circunstanciales. Cualquier abogado los tumba.

La expresión en la cara de Raquel se ha vuelto sombría, dura, filosa, acentuada por las sombras que proyecta sobre ella la lamparita de noche. Una máscara fúnebre, antigua y agrietada, que contiene una furia que se ha ido secando.

Parece que hay un mayate que tenía de cliente habitual a ese tal Chino Lam, el secretario técnico de Bours. Felipe, el amigo del chofer, me dijo cómo dar con él. Según él mantenían una relación bastante estrecha y puede que aporte más cosas.

Me arrepiento de inmediato de habérselo dicho. Alcázar me va a matar. Pero qué carajos, él también los ha llenado de promesas hasta ahora.

En tu estado no puedes hacer nada. Dime dónde lo encuentro y yo hablo con él.

Calmada, muchacha, ni loca vas a ir sola a hablar con ese cuate. La idea de Alcázar es esperar a que se asiente el nuevo gobierno, así que tenemos tiempo. Esta herida no es nada, ni creas que me voy a pasar tirado en la cama un mes. En unos días empezaré a buscarlo.

Prométeme que me vas a dejar acompañarte.

Ni lo sueñes.

A huevo que me vas a dejar, si no, no sales de esta casa.

Raquel se ha puesto de pie. La sombra de su cuerpo magro que la lamparita dibuja sobre la pared parece la de un gigante. Tal vez por eso acepto.

Tienes que jurarme que no le dirás nada a nadie, y menos a Alcázar, si se entera me corre del país.

Lo juro, me dice, y se aproxima a la cama y me besa en los ojos. Luego me ordena que duerma.

38

Entreabro los ojos. Apenas una rendija por la que se cuela una luz matinal intensa. Tengo la boca seca, magma en la lengua. Paola está sentada en una sillita de plástico frente a la mesa de la familia de unicornios. En silencio juega con dos muñecas. Me quedo inmóvil en la cama. No quiero romper la concentración de la niña. Termina de vestir a una de las muñecas y empieza con la otra. Manipula la pequeña ropa con los muñones y los cuatro dedos que salvó del incendio. A pesar de que la ropa de las muñecas se le escurre constantemente, no pierde la paciencia. A través de la rendija de mis ojos puedo apreciar la habilidad que ha desarrollado para valerse de esos dos pedazos de carne lisa y blanca y los dedos cicatrizados. Me hago el dormido. Pasa el tiempo al ritmo de su respiración sólida, como la de un fuelle, de la que no tiene consciencia. Escucho cómo se levanta de la silla en miniatura y se acerca a la cama. Luego, unos pasos abandonando la habitación. Al abrir los ojos me encuentro con una de las muñecas sobre la almohada contemplándome con sus ojos azules y muertos. Sonríe a perpetuidad. Le sonrío también. Me incorporo despacio. He aprendido a incorporarme muy despacio para no sentir la punzada en el estómago. Salgo al pasillo y me dirijo al baño. Es temprano. De la cocina llegan los sonidos acelerados de Raquel alistando todo para llevar a Paola con sus abuelos. Vacío la vejiga y me asomo a la cocina. Raquel lleva puesto un ajustado pants de algodón que realza su menuda figura. Es un pulpo que prepara desayunos, loncheras, cierra cajones y emite órdenes precisas. Paola guarda la otra muñeca en su mochila. No voltea a verme.

¿Qué haces levantado tan temprano? Regrésate a la cama y descansa, anda, enfadoso. Vamos, Paola. Voy a hacer unos mandados, vuelvo como en dos horas. En el refri encontrarás una avena ya lista, solo tienes que calentarla en el micro. No se te vaya a ocurrir desayunar unos huevos o algo así. Vámonos, Paola, apúrate.

No te preocupes, lo que menos tengo es hambre.

Raquel y Paola salen pitando de la casa. El motor del Volkswagen tose un poco, pero por fin arranca. No puedo tomar café, que es lo que se me antoja. Fumar tampoco, pero en el pantalón que recuperé cuando me dieron de alta había una cajetilla de Camel que estoy racionando como un preso. Voy a buscar los cigarros a la habitación y salgo al patio trasero, un pequeño rectángulo de cemento con piolas para colgar la ropa, un boiler, un tanque de gas, una lavadora y un par de sillas de hierro oxidadas. Me siento en una de ellas. Fumo mientras contemplo un cielo que va dejando atrás el gris metálico del amanecer para pintarse de un azul pálido, enfermizo. No hay una sola nube. En unas horas el calor será insoportable. Aprovecho la ausencia de Raquel para fumarme un segundo cigarro, nunca se sabe. La nicotina me acelera el organismo. Hace cuatro días que llegué a casa de Raquel y Paola. Durante el día casi no salgo de la habitación. Sigo la evolución de las elecciones a través de los portales de noticias, a veces leo *La culpa de la guerra en Hannah Arendt y Karl Jaspers.* La pensadora alemana afirma que el problema de la culpa colectiva es que cuando todos son culpables, nadie lo es. Los padres de la guardería han enjuiciado públicamente al sistema y lo han hallado culpable. Creo que el esfuerzo de Alcázar es ponerle un rostro y un nombre a esa abstracción. Fue la corrupción, dicen columnistas y opinólogos, la que mató a cuarenta y nueve niños. ¿Pero cómo llevas a juicio a la corrupción?

Al caer la noche vemos programas del Discovery Channel mientras Paola juega en silencio, siempre en silencio, un silencio como un ruido de fondo, sobre la alfombra adquirida en un mercadillo. Cuando se acuesta, Raquel y yo seguimos charlando de nosotros. Ya le hablé del fracaso de mi matrimonio con Cristina y del asunto de la violación de la muchacha que me costó el puesto en la Procuraduría. De mi vida en Tijuana, de Holmes, del que sigo sin tener noticias, como si se lo hubiera tragado la tierra; de la muerte de Sherlock. También ella se ha sincerado. Después de Jota Eme y antes del incendio tuvo un par de relaciones desastrosas con sujetos infantiles e idiotas que salieron corriendo cuando supieron que era madre. Desde el incendio no ha tenido ninguna relación. Llevo tres años sin sexo, me confesó ayer. Cuando te recuperes del todo, qué te parece si hacemos el amor… como amigos, eh, para que no se me oxide. No supe si me lo decía en serio o estaba bromeando.

Alguien toca a la puerta de forma insistente, concienzuda. Un pájaro carpintero taladrando un poste de luz. No me muevo de mi lugar. Después de un rato pienso que quien sea que llama ha desistido, se ha marchado, pero no, vuelve a aporrear la puerta. Me da un ataque de pánico, me siento como un ladrón al que sorprenden dentro de una casa. Contengo la respiración con la idea de que así ahuyentaré al intruso. La intensidad de los toques aumenta. Atravieso la casa y me sitúo justo detrás de la puerta de entrada. Una sombra se desliza por la ranura a intervalos regulares. Imagino que el intruso se pasea de arriba abajo. La ventana del cuarto de Paola da a la fachada. Me dirijo a ella y me asomo furtivamente. Se trata de Jota Eme. Se acerca y se aleja de la puerta. Escudriña tratando de adivinar si hay alguien agazapado tras los muros. Debería deducir que si no está el coche de Raquel en la entrada, tampoco se encuentra ella. Pero Jota Eme hace tiempo que contrajo la enfermedad de la sospecha y la especulación. Nunca nada es lo que parece. Y tiene razón, aquí estoy, con un ojo asomado por el mínimo hueco que deja una cortina verde y amarilla. No pienso abrirle. Las posibles consecuencias, en el estado en que me encuentro, podrían ser vergonzosas para todos los involucrados. ¿Cuánto tiempo más piensa seguir ahí observando la puerta con la idea de que su sola voluntad logrará abrirla? El instante se ha convertido en un duelo de mentalistas o algo así. Al fin desiste. Pero antes se tantea los bolsillos, extrae una pluma y un pedazo de papel, garabatea unas líneas y lo desliza bajo la ranura. Se aleja con ese paso incoloro que tiene, como si levitara. Sé que las reglas de la convivencia me exigen un mínimo de discreción. De todas formas, examino la nota:

Voy a ir a Bahía de Kino a pasar el fin de semana y quiero llevarme a Paola, contesta el teléfono.

La vida te presenta extrañas formas de venganza. Rasgo la nota con placer culposo. En la cocina tiro los pedazos a la basura. Salgo de nuevo al patio y prendo un tercer cigarro, probablemente el último del día. El humo dibuja en el aire la agonía de la espera de Jota Eme y me arrepiento de haber destruido el recado. Luego recuerdo su vileza y con singular cinismo me arrogo el derecho de decidir lo que es bueno para ellas. Si Raquel llegara a enterarse de lo que acabo de hacer…

Mierda. Apago el cigarro rápidamente y manoteo para disipar el humo. Las otras dos colillas permanecen en el suelo, muy visibles, delatoras. Reviso el patio. La yugular bombea sangre como la de un chiquillo de secundaria sorprendido por sus padres con un whisky en la mano. La voz de Raquel se abre paso por el corredor; sus palabras llegan al patio desahuciadas, sin ningún significado. Diviso una cubeta en un rincón y escondo las colillas debajo. Raquel se asoma por la ventana de la cocina, me pregunta qué hago. Respirar un poco de aire puro, siento que no he salido en un año, le digo. Se encoge de hombros y desaparece de la ventana. Alcanzo a distinguir cómo acomoda la compra en la alacena. Me quedo en el patio con la esperanza de que se diluya el olor del cigarro. Después de tantos años solo, este pequeño juego de las ocultaciones calienta mi corazón. Pero este no es mi castillo ni yo su señor. Nada más soy un invitado, todos estos meses solo he sido eso.

Raquel aparece en el patio, husmea el aire.

¿Fumaste?

No, cómo crees, de dónde iba a sacar un cigarro.

¿Dónde los escondes?

En ningún lado, te digo que no tengo.

Raquel se acerca a mí y olfatea mi camiseta con una violencia excesiva, con rabia.

Apestas a cigarro. ¿Crees que soy pendeja?

Cálmate, mujer, que no eres mi mamá. Ya estoy peludo para andar dando explicaciones; si fumo o no es mi problema, ¿no te parece?

Tienes razón, es tu puto problema. No sé por qué me tengo que estar preocupando por ti ni por nadie, váyanse todos a la verga.

Raquel da media vuelta, entra en la casa y desaparece en su habitación. El portazo falla, la puerta está hinchada por la humedad y no encaja en el marco. Me siento ridículo. La situación es tan irrisoria que no reacciono, como si no fuera yo quien permanece en ese patio, sino un sujeto como el licenciado Valiente, digno pero lleno de impotencia. Pasada la incredulidad, empiezo a entender que Raquel no se ha puesto así por el cigarro. Venzo el impulso primero de no inmiscuirme, de dejar pasar la tormenta. Cristina detestaba ese rasgo de mi carácter, se ponía histérica con mi mutismo, que era una ausencia. Voy tras los pasos de Raquel, tamborileo en la puerta de su habitación mientras le pido permiso para entrar. Tomo su silencio como un sí. Al abrir, me encuentro a una Raquel furibunda haciendo la cama. Parece librar una batalla pírrica con las arrugas de la colcha.

¿Pasó algo?

Raquel detiene el golpeteo sobre el colchón. Me mira como si fuera un ente a través del cual alcanza a ver lo que hay del otro lado. Siento que soy un fantasma.

Estoy hasta la madre, dice de pronto y se sienta al borde de la cama. Me siento a su lado, pero no la toco porque no sé cómo hacerlo. Permanezco así, transparente e inútil.

Una compañera de Manos Unidas me etiquetó en un comentario que puso en Facebook Yadira Barreras, la coordinadora zonal de guarderías del IMSS. Más bien es una carta dirigida a los padres del Movimiento Cinco de Junio.

Pero está presa, ¿no?

Al parecer en la cárcel tienen Facebook, cómo la ves.

¿Y qué dice?

Que es inocente, qué va a decir.

¿Por eso estás tan encabronada?

No, claro que no, siempre ha sostenido su inocencia. Es por lo que dice en la carta, más bien, por lo que se deduce de la carta. ¿Sabes cuando se te atasca el carro en la arena y entre más aceleras se hunde más, la llanta gira y gira y el agujero va a haciéndose más grande? Así me siento. Estoy cansada de fingir que aún tengo fuerzas. Cada mañana dejo a Paola en la puerta de la escuela y todas las miradas me recuerdan esa pinche tarde. Veo a los demás niños, sanos, felices, correr hacia sus salones, y entre todos ellos a mi hija, una herida que no cierra. Yo ya no necesito culpables, abogado, lo que quiero es resignación y no sé dónde encontrarla. Voy a aceptar el dinero del gobierno y me voy a largar con mi hija de esta pinche ciudad, lejos, no sé dónde.

Me atrevo a estrechar su muñeca, que descansa sobre el colchón como un ratón muerto. La retira sin presunción ni brusquedad, como si un segundo antes hubiera decidido desplazarla. No sé qué decirle. No hay nada que decir. Nunca habrá nada que decirle, ni en cien siglos inventarán las palabras necesarias.

¿Me permites leer la carta?

Del bolsillo del pants extrae su teléfono inteligente, lo manipula y me lo tiende. Se levanta y me deja solo frente al texto que sube y baja en la pequeña pantalla, no entiendo muy bien su funcionamiento.

Mi nombre es Yadira Barreras, soy interna del Centro de Readaptación Social Femenil 1 en Hermosillo, Sonora, desde el 31 de enero de 2011 y me dirijo a ustedes con todo el respeto que merecen por mantenerse firmes en su lucha por la justicia, por levantarse cada día a trabajar; por seguir viviendo y respirando a pesar del dolor a lo largo de estos años que no es comparable a ninguno, incluyendo la pérdida de mi libertad, el dolor de la ausencia de mi familia cinco días a la semana.

Durante 18 años trabajé en el Instituto Mexicano del Seguro Social, 14 de los cuales me desempeñé como Coordinadora Zonal de Guarderías. Es difícil plasmar en los formatos de supervisión todas y cada una de las actividades que realizaba por el bienestar, por el desarrollo integral de los niños. Eso es exactamente lo que yo realizaba utilizando mi preparación académica, la capacitación recibida por el IMSS y los instrumentos diseñados para tal fin, tales como las guías y criterios de supervisión. Todo esto lo he declarado en diversas ocasiones y ante las autoridades correspondientes. Posterior a mi defensa enviada por escrito a la Suprema Corte de Justicia fui considerada como no responsable por la muerte de 49 niños por mi nivel de autoridad. Aun así se me dictó orden de aprehensión en mi contra utilizando como cuerpo del delito un documento ilegal, me refiero al famoso oficio de julio de 2005, ilegal ya que se trataba de un documento fotocopia, firmado con facsímil y que no coincide con la minuta de la cual supuestamente se deriva la del 8 de julio de 2005. Dicha minuta es un formato de «visita de obra» y no corresponde a los instrumentos determinados por el IMSS para la realización del proceso de supervisión de las Coordinadoras Zonales, sino que son utilizados por los arquitectos durante el proceso de evaluación de inmuebles y no está en mis funciones realizar visitas de obra.

En dicha visita yo firmé un acuerdo, uno solo: que el prestador enviara un plano actualizado al Departamento de Guarderías; tampoco era mi responsabilidad dar seguimiento a dicho acuerdo.

Se me dictó orden de aprehensión por haber omitido señalar que las salidas de emergencia no tenían tales o cuales medidas y características. Aclaro que en mis guías y criterios de supervisión solo señalábamos que contaran con salidas de emergencia, no hay ningún documento emitido por el Instituto que nos indicara lo falsamente plasmado en el oficio, es decir, que el IMSS ya había señalado a los dueños de la guardería inconsistencias respecto al techo, materiales y salidas de emergencia.

Para mí es importante que se incluya a todas las autoridades de cualquier nivel jerárquico del IMSS, de nivel central y delegacional, en las órdenes de aprehensión, pues creo que toda omisión es una burla a la lucha que ustedes como padres afectados realizan y a la búsqueda de justicia que todos deseamos; les planteo algunos puntos que a mi consideración implican una impartición de justicia desigual:

1.- La fianza impuesta a los trabajadores de Protección Civil es por la muerte de 2 niños, la fianza en cambio para nosotras es por 49 niños.

2.- El juez dice que se debe a que Protección Civil es estatal y el IMSS es federal, pero nosotras no hemos tenido el mínimo apoyo del IMSS.

3.- Si en mis funciones yo cometí algún error, que se me juzgue de acuerdo al nivel del error, pero no estoy dispuesta a pagar por todos los responsables.

Solicito su apoyo para que este proceso sea justo. Para terminar con la injusticia hacia ustedes como principales afectados y con las injusticias derivadas de las mismas hacia las personas de más bajo nivel jerárquico del Gobierno y el IMSS. En el caso del IMSS, quienes diseñaron el esquema vecinal-comunitario sin incluir en las normas todo lo relacionado con seguridad e higiene; en Protección Civil, los responsables expertos en supervisar tales aspectos; quienes autorizaron el inmueble de ABC, quienes firmaron los dictámenes estructurales del mismo y por parte del Gobierno, quienes firmaron los dictámenes de seguridad.

Yadira Barreras, presunta culpable del caso ABC.

La carta, pienso al terminar de leerla, es un golpe maestro del abogado de esta mujer. La carta, me digo mientras salgo del cuarto en busca de Raquel, huele a una libertad muy próxima. La investigación se les está cayendo a pedazos, como siempre.

39

Le pregunto a Raquel si tiene miedo. Me contesta que si el suje-to que buscamos cuenta con información para el caso, está dispuesta a encontrarlo debajo de las piedras. También dice que hay lujos que no puede permitirse. No entiendo a qué se refiere, prefiero no preguntar. Nos escondemos de la noche en su Volkswa-gen destartalado. Justo enfrente se ubica el aguaje de Emigdio, un picadero gay al que caen los del ambiente después del cierre de antros, bares y cantinas. En Hermosillo la noche es corta, por lo que los aguajes se multiplican por toda la ciudad. Casas particulares cuyos dueños, arreglados con la policía, venden alcohol a precio de oro, permiten el alegre flujo de toda clase de drogas y, en el caso del de Emigdio, sexo gratis o pagado en cuartos traseros, siniestros, oscuros, ocultos, invisibles cuartos donde los hombres cogen contra natura, expresión que en Sonora aún tiene cierta vigencia… y qué le vamos a hacer.

Mónica, dulcificada por mi heroica agonía, después de hacerme un resumen de aquella noche que he conseguido recordar a fragmentos inconexos, e interesarse por mi salud, me envió al Facebook la foto del sujeto que buscamos. Es una cortesía de Felipe Carrasco, quien se ha mostrado muy colaborador. En la foto aparecen en la mesa de una cantina el propio Felipe, Charly y un jovencito anguila, de rasgos hermosos y anfibios, atractivo para ambos sexos. También nos indicó los lugares que frecuenta el mayate. Es un infaltable del aguaje de Emigdio, su centro de operaciones.

Raquel les ha pedido a sus padres que cuiden a Paola mientras juega a los detectives. Cumplí con la promesa de dejarla que me acompañe en esta inmersión en la noche caliente de esta ciudad de arzobispos y beatas, sobre todo, por la desolación que le provocó la carta de Yadira Barreras.

¿Y si montamos el trío de verdad y después lo interrogamos?, está bonito el morro, dice Raquel juguetona sin dejar de observar la fotografía en la pantalla de su celular.

Ah, qué madre, de cualquier forma sales ganando.

Cálmate, presumido.

Según Felipe Carrasco, el sexoservidor no tiene reparos ante cualquier modalidad que puedan proponerle si hay dinero sobre la mesa. Raquel y yo somos un matrimonio aburrido en busca de variedad. Entraré al aguaje, haré contacto con él, le propondré el trío y nos lo llevaremos a un motel.

Son las dos quince de la mañana. Poco a poco una lluvia de plumas empieza a caer a las puertas de la cantina clandestina. No hay discreción ni llamadas en clave, todo es descarado, cínico, irrisorio… de ese tamaño ha de ser la mordida. Raquel ha puesto el celular sobre el salpicadero de forma que podamos cotejar al muchacho de la foto con quienes llegan. Pensé que iba a ser más fácil, pero son legión: algunos, chaperos profesionales, como el nuestro, pero otros, ocasionales que ponen culo, boca y verga a cambio de unos pesos para pagar sus estudios, los pañales del niño o la hipoteca, que estamos en tiempos de crisis. Transcurre una media hora tensa y aburrida. Hablamos poco para no perder detalle del movimiento en el aguaje. Entran solos y salen con pareja. Entran en pareja y salen en tríos o cuartetos o quintetos. La alocada algarabía de algunos contrasta con la masculina discreción de otros. Pasan quince minutos más, empezamos a perder la esperanza. De pronto Raquel comienza a golpearme en el hombro y a señalar al cabo de la calle, como si se hubiera quedado sin palabras. Gime de excitación. Por fin grita: es él, es él. La hago callar. La abrazo y la beso. Es como besar a una estatua de hielo. Le susurro al oído que con tanto aspaviento ha llamado la atención de quienes franquean la puerta, por eso la he besado. Se escurre indolente entre mis brazos. Me siento en una película, murmura luminosa. Nada de películas, esto es en serio, digo. En silencio aguardamos a que el mayate, con su paso de gato joven, elástico, alcance la puerta del aguaje, reparta besos mentirosos entre el personal y desaparezca en el interior.

Ha llegado la hora.

La construcción, como muchas en esa zona del centro, luce deteriorada. Gruesos y altos muros de adobe, estrechas ventanas y un patio a cuyo alrededor se ordenan las habitaciones de lo que pudo haber sido una casona de abolengo. Unas bocinas conectadas a una computadora emiten música electrónica. Desperdigados por el patio, grupos de hombres forman rebaños que se desplazan al ritmo monótono pero ascendente de la música. Líneas de luces navideñas cruzan el cielo desde los pórticos hasta un frondoso yucateco. El árbol domina el centro de ese mundo sin mujeres. El perpetuo crepúsculo del lugar oculta el desconchado de las paredes que exhiben ladrillos de arcilla como si fueran las caries de una dentadura vieja. Entrando a la izquierda, detrás de una barra improvisada, tres sujetos de gimnasio sirven caguamas y botes de Tecate. Chispún, chispún, gritos, risas, y la promesa de que antes del amanecer nadie deberá enfrentar la máscara de una vida que no les pertenece. Raquel aguarda en el coche. No tengo idea de cómo actuar. Siento los ojos lamerones y críticos de los congregados. Quienes me ven como una posibilidad, quienes lo hacen como un probable cliente, quienes detectan mi extravío. Logro llegar hasta la barra y pedir una cerveza. Cuarenta pesos, me dice el forzudo en turno. No mames, una Tecate roja caliente como el meado de un hámster cuesta casi tanto como un seis. No mames. Este Emigdio es un avaro. No sé qué hacer. Me pongo a buscar al muchachito entre el tumulto. Chispún, chispún. Esquivo cuerpos orgullosos de su piel que se me acercan con descaro. Cuerpos libres que en ese instante no saben de homilías.

A pesar del artificio, un principio salvaje y puro rige los encuentros y desencuentros. Chispún, chispún. Parejas desaparecen en los cuartos desnudos del fondo del patio, parejas surgen de esas cavernas que subrayan el miedo. El amanecer acecha tras el cerro de la Campana para arrojarles con los primeros rayos del sol el desprecio de todos aquellos que no caben en ese universo de papirola y bubble gum (escribió Abigael Bohórquez, poeta mayor del desierto).

Localizo al jovencito a la sombra sin sombra del yucateco. Charla con un hombre gordo y total y con un frágil anciano consumido por la piedra. Lo observo fijamente, chispún, chispún, hasta que repara en mí. Si es lo que dicen que es, probablemente se me acerque. Así que continúo con la vista fija en esa especie de sauce delicado pero firme. Me sonríe, le sonrío y brindo en su dirección. Me siento muy payaso con esa pantomima. A los pocos minutos, retozón, todo dientes y cadera, se me acerca. Entablamos una conversación de tópicos escurridizos. Entonces se lo suelto, sin más, no tengo nada que perder. ¿Afuera?, me pregunta sorprendido. Sí, en el coche, te vio entrar y le gustaste. ¿Y a ti? Me encojo de hombros. ¿Se hace? Se hace.

Raquel está pletórica. Dispara preguntas sobre la edad, el nombre, el oficio del muchacho. Este, sentado en el asiento de atrás como un colegial, contesta lo que le da la gana. Rápidamente la mujer establece una complicidad con el joven de la que me excluyen sin pudor. Raquel va improvisando una historia sobre nosotros, una historia en el que soy un macho aburrido y poco considerado cuando se trata de sus necesidades. Queremos algo diferente, ¿me entiendes? Rubén claro que entiende, lo entiende todo si previamente establecemos la tarifa correspondiente a unos servicios que enumera como si se tratara de un catálogo. Me descubro mojigato, censor, silenciosamente escandalizado. Soy un retrógrada, no cabe duda. Y si… me digo mientras enfilo por todo el bulevar Kino. El artificio me salva. Raquel se lo está pasando genial. Se han tomado de la mano y en sus ojos brilla algo que me da vértigo, viscoso pero real. Recupero la jerga burócrata de mi antiguo oficio y me digo que estamos en un operativo encubierto, carajo. Y si… por un instante el trío se materializa en la cama, me excito y me avergüenza la incipiente dureza de mi sexo. Qué largo es el camino. Venimos a lo que venimos, pienso, un razonamiento tan obtuso como simplificador.

Al principio Rubén no entiende nada. Estamos en una habitación del motel El Faraón. En un descuido, a espaldas del muchacho, Raquel ha insistido en la posibilidad de revolcarnos con el efebo antes de cualquier cosa… Ya estamos aquí, se me antoja mucho el plebe. Ya no bromea. Al negarme me ha mirado como si fuera el tipo más tedioso del mundo. He tomado la iniciativa.

Platícanos del Chino.

¿Qué Chino?

Del Chino Lam.

¿Quién es ese, quiénes son ustedes?

Se pone gallito el plebe cuando lo interrogo. De pie, exige que lo dejemos ir. Insisto con la pregunta. Lo presiono, lo amenazo. Me entran unas ganas ciegas de golpearlo en la cara, de lastimarlo, de herirlo. Pero en ese momento Raquel se transforma en una madre buena y doliente, en un regazo, en un soliloquio de melodrama, en un chantaje preciso, en el clamor de todas las madres del mundo. Toma la iniciativa, me hace a un lado, me sustituye. Ablanda al mayate con mimos y ruegos. El chico es sensible. El chico se quiebra, regresa al sillón conmovido y nos cuenta una historia zafia, triste y zafia.

El día del incendio Rubén recibió una llamada de uno de sus clientes habituales, el Chino Lam, quien lo citó, como acostumbraba, a las diez de la noche en el hotel Siglo XXI. Después de tener sexo con él, el secretario técnico del gobierno recibió una llamada en su celular. Rubén escuchó claramente cómo el Chino exclamaba preocupado, justificándose, nervioso, que la orden la había dado para que se ejecutara en la noche, no en el día, y que por culpa de esos pendejos iban a perder las elecciones. Antes de colgar le prometió a su interlocutor que arreglaría el asunto.

VI

BASAVE

40

A pesar de la promesa de ir a visitarme, Raquel y yo supimos que aquello era una despedida. Una despedida que llevé en mi corazón hasta que los días fueron convirtiéndose en semanas, las semanas en meses, y la pátina de la distancia comenzó a caer sobre todos nosotros. Quisimos pero no pudimos mantenernos en contacto a través del Facebook, de mensajes de texto o de mails. Al principio pensaba en Raquel y Paola como en una ausencia dolorosa. Después, la nostalgia se convirtió en un estado de ánimo permanente, placentero, que ejercitaba recordando los días que pasé convaleciente en casa de Raquel, reconstruyendo con minuciosidad algunos de los momentos felices que compartimos. Por extraño que parezca, a medida que atesoraba esos instantes, las ganas de alimentar la relación desde la lejanía se llenaron de silencios cada vez más prolongados y de mensajes cada vez más cortos. Un día todo se redujo a preguntarnos muy de vez en cuando cómo iba todo y a mentir con que todo iba bien. No dejé de quererlas, al contrario; y quiero pensar que ellas (al menos Raquel) tampoco a mí. Simplemente se había abierto entre nosotros un abismo de cientos de kilómetros y una frontera, una frontera que durante años me había resistido a cruzar pero que, terminado el trabajo con Alcázar, atravesé porque entendí que tenía ciertas deudas cuyo pago no podía postergar.

En la otra despedida, la de Alcázar, la urgencia de perdernos de vista nos llevó a exagerar lo mucho que nos extrañaríamos. Tanto el abogado como yo sabíamos que no era cierto. Sobre todo, por mi terca insistencia en que no usara los testimonios obtenidos durante la investigación. Era preferible seguir buscando, esperar a que surgiera alguna otra prueba más contundente que les diera validez. Los consideraba demasiado circunstanciales e inconsistentes, principalmente el de Rubén, el sexoservidor. Alcázar fue inflexible: mi trabajo, al que alabó sin reparos, había terminado. Lo que el despacho hiciera con la información obtenida ya no era asunto mío. De cualquier forma, Dulce y Alcázar me invitaron a cenar a su casa para formalizar el adiós. Dulce no quiso cocinar, por lo que su marido asó mal y de malas unos cortes caros, blandos y jugosos. Pronto la cena fue poniéndose densa, aburrida, distante. Me di cuenta de que ni el pasado remoto ni ese paréntesis en nuestras vidas daba para mucho más. Me marché temprano, después de entregarle las llaves del despacho y del Atos a Alcázar. Esa noche dormiría en el hotel Kino y al día siguiente tomaría un autobús rumbo a Tucson.

El viaje fue largo, monótono, lleno de un desasosiego tenue pero pertinaz; el sentimiento de fracaso y soledad no me dejó pegar ojo. Además, no llevaba conmigo lectura alguna. Le regalé a Mónica el ejemplar extraviado y recuperado de *El valle del terror* en agradecimiento simbólico por haberme salvado la vida. Creo que se emocionó un poco, aunque me pareció que el alivio por mi marcha era mayor. Supe que nunca lo leería. Yo tampoco.

La prepotencia del oficial gringo en la aduana hizo que estuviera a punto de regresarme. La sutil violencia de las preguntas, el desprecio contenido en los gestos al revisar la visa, la condescendencia con la que me autorizó el cruce formaban parte de un ritual que toda la fila soportamos con la resignación de los consumidores adiestrados. Cuando horas más tarde descendí en la Central de Autobuses de Tucson me asaltó la idea de que aquello era un disparate. De todas formas, me subí a un taxi y le proporcioné al chofer la dirección de mis padres que mi hermana, previamente, me había hecho llegar. Tucson es una ciudad llana, fea, sin personalidad, como un chamizo de cemento que rodó por el desierto un tiempo y se detuvo ahí inexplicablemente. Sin embargo, en Hermosillo, todos los alcaldes, cuando inauguran una avenida, la invocan como modelo urbano. La casa de mis padres es un motor-home con dos habitaciones. La suya y la de Clarisa, mi hermana, que tres meses atrás se había casado con un mexicanoamericano de segunda generación. Fue una decisión repentina y una ceremonia discreta, se disculpó, por eso no me había invitado a la boda. Gracias a eso mi hermana estaba a punto de obtener la residencia, después reclamaría la residencia de mis padres. Clarisa se había convertido en el futuro de mi familia; yo, en un lastre que de pronto resurgía de las sombras. La habitación de Clarisa pasó a ser mi habitación.

Mi padre se había vuelto un viejo exhausto, malhumorado y sin palabras. En sus ojos la alegría del reencuentro poco a poco dio paso a un reproche callado con el que me acostumbré a vivir el tiempo que permanecí en Arizona: yo era una decepción. Mi madre, con esa asombrosa capacidad que tienen las madres de esa generación para perdonar todas las estupideces de sus hijos, me redujo en cinco minutos a la condición de niño. Acepté encantado. Clarisa llegó a echármelo en cara en algunas ocasiones. Había decidido ir a Tucson para recuperar una relación familiar que durante años di por hecho con una cierta impertinencia.

Pronto descubrí que mi cuñado, que tenía un concepto de la familia de cine de oro de los cincuenta (los mexicanos en Estados Unidos se quedaron en esa época), me consideraba un patán insensible, un egoísta, a pesar de que no nos conocíamos. Tenía un lavado de autos moderno, espectacular, todo automatismos. Por mediación de Clarisa, su marido me dio trabajo sin papeles. Mi hermana era cajera en un supermercado. Mi padre adoraba a su yerno, lo admiraba, era la encarnación del sueño por el que se había roto la espalda en los últimos tres lustros.

Durante poco más de un año traté de ponerme al corriente con la deuda simbólica que según Freud contraemos al nacer: respeto y veneración, amor y soporte para los ancianos padres.

A los dos meses de llegar me harté de mi cuñado, de su aire de superioridad moral que calibraba con su cuenta de banco. Tuve la suerte de conocer a un tipo extraño, balcánico en sus costumbres, que le dio un giro a mi destino; un duranguense sin civilizar que poseía un pequeño restaurante de comida mexicana en el centro de la ciudad. Necesitaba un lavaplatos: acepté. A partir de ese momento fui descubriendo una especie de vocación, o al menos, un amor inconmovible por las sartenes y las ollas, por los arcanos secretos de las recetas que surcaban el tiempo renovándose, fusionándose, adaptándose al momento: un milagro de la alquimia. Fui un aprendiz del brujo más arisco y salvaje que he conocido, solo capaz de manifestar su humanidad cuando se plantaba en la cocina.

Mientras me adentraba en el laberinto del fuego lento y la manteca (de lavaplatos a pinche, de pinche a ayudante) y convivía con una familia que me veía más como un damnificado que como un miembro activo, vía internet fui siguiendo los acontecimientos relacionados con la guardería ABC.

A principios de 2013, Alcázar y Manos Unidas hicieron públicos los testimonios de la viuda del chofer, de Felipe Carrasco y del sexoservidor, logrando lo que se proponían: el compromiso del nuevo procurador general de justicia, Jesús Murillo Karam, de reactivar la línea de investigación del incendio provocado. Incluso ordenó un nuevo peritaje, cuatro años después, en una escena del crimen totalmente vandalizada. La estrategia de Alcázar, sin embargo, poco a poco se diluyó entre la ineptitud, la desidia y la agenda política de la Procuraduría General de la República. Un año después, la desaparición forzada de cuarenta y tres estudiantes en Ayotzinapa, Guerrero, le costaría el puesto a Murillo Karam. Cuarenta y nueve niños no eran suficientes. Al festín se sumaban más muertos y la PGR se convertía así en un convidado de piedra cuya putrefacción fue cubriendo de olvido a todos los muertos.

La época en que Alcázar hizo públicos los testimonios que implicaban al Chino Lam en el incendio, coincidió con un prolongado silencio de Raquel. Le escribí un par de mensajes de texto, un largo mensaje a su Facebook, pero no recibí ninguna respuesta. Me planteé la posibilidad de tener noticias de ella a través de Alcázar o de Mónica, pero desistí, algo me decía que el silencio de Raquel estaba relacionado con su pertenencia a Manos Unidas. Meses después, a mediados de 2013, recibí un mensaje de ella en el Facebook. Me informaba que había decidido renunciar a la agrupación de padres y a la búsqueda de una justicia que había dejado de tener algún significado. Me decía que aceptaba su derrota, que difícilmente podría ver algún día una conclusión satisfactoria, que el caso estaba muy envenenado por la incapacidad y la falta de crédito de los órganos de justicia del país, por el uso político de los mismos, por la impunidad rampante, por el tiempo transcurrido, un tiempo irreal, fuera del propio tiempo, un tiempo que existía únicamente para alimentar el absurdo en que se había convertido el caso de la guardería. Ni ella ni mucho menos Paola, me decía, necesitaban encontrar respuestas a unas preguntas que había decidido ya no plantearse. Terminaba el mensaje comunicándome que había aceptado el dinero del gobierno.

Dejé pasar unos días antes de responderle. Cuando lo hice descubrí que nada de lo que pudiera decirle tendría algún significado para esa mujer que, como hace años Cristina, se esfumaba entre mis manos.

Ya dije en su momento que la mayoría de mis contactos en la red social pertenecían al ámbito de la empresa de seguridad de Tijuana. Fue así que por esas fechas me enteré de una noticia que en otro momento me hubiera parecido devastadora, pero que en esa época de mi vida ni siquiera me produjo asombro.

Al poco tiempo de la muerte de Sherlock, Holmes había desaparecido misteriosamente. Durante un tiempo intenté comunicarme con él sin ningún éxito, luego lo fui olvidando como si perteneciera a una vida que había vivido otra persona. Esto me trajo algún contratiempo con el casero del departamento en Tijuana. Cuando le comuniqué que rescindía el contrato, acudió al lugar, abrió con su llave y se encontró con un panorama que solo acertó a describir como un hediondo basurero. Para calmar los ánimos, le pagué el último mes de renta y accedí a que se quedara con los dos meses de depósito para cubrir los supuestos destrozos que Holmes había ocasionado. Al preguntarle por mi coche, el Altima que permití que Holmes usara cuando se mudó al departamento, me contestó que no había tal. Holmes había desaparecido junto con mi auto.

Ha de haber sido a principios de diciembre de 2013. Era lunes, de eso estoy seguro, porque los lunes descansaba. Me encontraba tonteando en el Facebook cuando me topé con una nota del periódico *Frontera* difundida por uno de mis contactos. Daba cuenta de que la Procuraduría General de Justicia de Baja California había detenido a una banda de secuestradores que durante cinco años ejecutó al menos una media docena de secuestros; uno de los integrantes de la banda, Jaime Humberto Garmendia Noriega, al que yo había bautizado como Holmes, trabajó de escolta en la empresa de seguridad privada SeguCop hasta unos meses antes de la detención. Él era el encargado de filtrar la información de los clientes VIP de la empresa con base en la cual la banda planeaba los secuestros.

Por culpa de Holmes habían matado a Sherlock. Ahora Holmes tendría por delante muchos años en la cárcel para arrancarse los ojos, si es que la tragedia tiene alguna cabida en esta época.

41

En enero de 2014, la última empleada del Instituto Mexicano del Seguro Social que permanecía en la cárcel salió libre. Delia Irene Botello había sido la última funcionaria en inspeccionar la estancia antes del incendio; no encontró ninguna anomalía. Si el encarcelamiento de las empleadas del Seguro y su delegado en Sonora había procurado alguna suerte de consuelo a los padres de la guardería ABC, una mínima sensación de que estaba haciéndose justicia (lenta, sesgada, tuerta, pero justicia al fin), la noticia de la excarcelación los hundió en un pantano de impotencia, frustración y rabia que con el tiempo los engulliría hasta no dejar de ellos más que un acto reflejo en cada aniversario del incendio. Un espejismo que se desvanecía cuando el 5 de junio de los años posteriores llegaba a su fin.

En ese mismo mes de ese mismo año, yo me apeaba una vez más en la Central de Autobuses de Hermosillo. Después de dieciocho meses en Tucson, durante los cuales logré recuperar algo del tiempo perdido con mi familia, pero sobre todo, conseguí pactar mis sucesivas ausencias, desembarcaba por segunda vez en la ciudad que me vio nacer con la sensación de que seguía siendo una extraña para mí. Apenas me quedé medio día. En cuanto llegué, me trasladé en un taxi a la central de Autobuses Costa, me trepé en una unidad destartalada, humeante, y dos infernales horas después alcancé mi destino: Bahía de Kino.

Nunca había tenido un sueño —no era del tipo emprendedor, invencible, tenaz—, pero esta vez perseguía un anhelo modesto,

insignificante, que se me había revelado un día que limpiaba ca-
lamares en el restaurante del duranguense salvaje, mi mentor. En
ese momento ya había asumido que no viviría en una ciudad dis-
tópica como Tucson, una ciudad cementerio, ni en ninguna otra
de Estados Unidos. Se me planteaba el dilema de a dónde ir. Ni
Tijuana ni Hermosillo me tentaban. Y el sur de México me parecía un exotismo tan irreal como inalcanzable. Para los sonoren-
ses de mi generación, el resto del país era aquello que salía en el
Canal de las Estrellas. Al abrir la segunda caja de los descomunales moluscos para continuar con la tarea, la idea estalló en mí
como una mina enterrada que muchos años después alguien activa por descuido. Aparentemente carecía de toda lógica elegir
como destino un poblado pesquero a cien kilómetros de Hermosillo, uno de los lugares más pobres de la región. Bahía de Kino,
con sus dos kilómetros de playa virgen, ha sido siempre la puerta
de los hermosillenses al mar. Mi época más feliz, antes del exilio,
antes de todo, la había pasado en esa playa que se negaba a urba-
nizarse, con los compañeros de la universidad, con Cristina, ay,
Cristina, mi Cristina, despreocupados e inconscientes de lo que
se nos avecinaba.

A partir de ese momento puse en marcha el plan. La existencia que llevaba en Tucson era tan austera como la de un monje
cartujo, por lo que podía ahorrar buena parte del magro sueldo
de ilegal que me pagaba el duranguense salvaje. Con el acicate de
trasladarme a la costa de Hermosillo, reduje al mínimo mis necesidades y aumenté el ahorro. No se trataba solo de instalarme en
Bahía de Kino sin mayor ocupación que recoger conchas, como
los pájaros de la nieve que caían cada invierno por ahí. Abriría un
pequeño restaurante de mariscos, una palapa si no me alcanzaba,
un puesto en último caso.

Ese enero de 2014 me instalé provisionalmente en el Islandia, un motelito en Kino Viejo, a un lado del muelle, que contaba
con bungalós limpios y austeros y una pequeña playa. Y comen-
cé a buscar un local no muy grande en donde abrir el restaurante.

Antes de partir de Tucson convencí a mi hermana de asociarse conmigo. Fue una larga charla que mantuvimos en la sala de su casa con mi cuñado de testigo, vigilante, al acecho, dispuesto a defender sus dólares frente a un intruso que había llegado de ese agujero negro llamado México y que de forma accidental compartía el apellido de su mujer. He de haber sido convincente al exponer el proyecto; al final de la velada incluso el marido de Clarisa había accedido a la sociedad.

Durante un mes ocupé mi tiempo en familiarizarme con el entorno de ese antiguo territorio seri. Los comcaac vivían arrinconados en una aldea miserable en Punta Chueca y además de al narcotráfico, se dedicaban a vender artesanía a los pájaros de la nieve, gringos viejos, jubilados de abolengo, que lentamente compraban cada metro cuadrado de Kino Nuevo. Descubrí que en esa zona de la playa, separada por una frontera invisible del resto del pueblo, una frontera construida en un clasismo consensuado, los precios de las rentas estaban fuera de mi presupuesto. Concentré mi búsqueda en las calles aledañas al muelle. Ha de haber sido como al mes y medio de llegar que di con una palapa abandonada sobre la calle Miramar. Estaba muy deteriorada, necesitaba una buena restauración. Le escribí a mi hermana con la noticia.

Mientras esperaba una respuesta y el envío de su parte de la inversión, continué con mis días en aquel puerto detenido en el tiempo, los cuales transcurrían entre largos paseos por una playa infinita, indomable, ajena al despiadado proceso de urbanización que sufrían otros puertos de Sonora; lecturas al atardecer y la contemplación del mar de Cortés, una especie de cura de desintoxicación que iba poco a poco induciéndome a una misantropía paliativa, reconfortante.

Fue en esos días que recibí una visita inesperada en el motel Islandia. Me hallaba en el porche de mi bungaló, tomando un café y hojeando una vieja revista que alguien había dejado olvidada en un restaurante. Era una revista de la Cámara Mexicana de la Industria de la Construcción. Los artículos, soporíferos, versaban sobre un mundo que cada vez sentía más lejano. Todo ese músculo de cemento, todo ese ímpetu edificador me parecía cómico, absurdo, desquiciado. En cuanto los vi atravesar la explanada de arena y palmeras que separaba la recepción de las habitaciones, supe que se trataba de una pareja de judiciales. Esa mezcla de desconfianza y altanería burda los delataba. Se plantaron frente a mí y me dieron las buenas tardes.

¿Qué se les ofrece?

¿Es usted José González?

Asentí.

Acompáñenos, por favor, el licenciado Basave lo espera.

¿En dónde, si se puede saber?

Aquí mero, en Las Brisas.

Se trataba de un restaurante adyacente al Islandia cuyas quesadillas de camarón y marlín eran exquisitas. Atravesé el motel escoltado por los policías, alcancé la calle de arena fina que un viento invernal dispersaba sin ninguna lógica, caminé a la derecha unos cincuenta metros y me encontré a Basave sentado en una de las mesas de la terraza que colgaba sobre el mar. La brisa jugueteaba con su cabello ralo que comenzaba a escasear y el salitre había enrojecido sus cachetes. Parecía una langosta gigante con modales.

González, eres un pinche privilegiado. El mundo desde aquí hasta parece bondadoso.

Frente a él, un coctel de camarón y una cerveza Victoria. Los escoltas se sentaron dos mesas más allá.

¿Ya comiste?

Asentí. Me hallaba frente a un payaso tan grotesco como peligroso.

¿Y ahora qué quieres, Basave?

Director Basave, no se te olvide. Acompáñame con una cerveza, no seas grosero. Yo invito.

Me senté frente a él. Hizo un gesto a la mesera y señaló su botella de cerveza. La mesera entendió. Al minuto puso una media de Victoria sobre la mesa. Salvo los escoltas no había nadie más en el restaurante. Bebí directamente de la botella. Hacía rato que necesitaba un trago. Después imité a Basave y me puse a otear los barcos camaroneros que surcaban el horizonte como si fueran un aviso de que en cualquier momento todo se iría al carajo.

¿De qué te escondes, González?, me preguntó de pronto.

De todo y de nada, le dije sin pensar. De gente como tú.

¿De gente como yo? Tengo que admitir que tienes un par de huevos. ¿Por qué estás en Kino, a qué has venido?

A poner un restaurante.

Unas gotas de jugo de tomate y dos pedacitos de cilantro se le escurrieron de la boca cuando soltó la carcajada.

¿Tú un restaurante? ¿Tú, en serio?

Algo sencillo, una palapa de mariscos.

No me chingues, González, te has vuelto loco.

Tú preguntaste, ahora ya sabes. ¿Qué haces aquí?

Vine a saber cómo estabas, aunque no lo creas, me preocupas, bueno, nos preocupas.

Pues estoy muy bien, director Basave, no tanto como tú, pero ahí la llevamos. ¿Cómo diste conmigo?

Por favor, González, bien sabes que cuando queremos encontramos a quien nos dé la gana.

La providencial eficacia de la Procuraduría, por supuesto.

La eficacia de tu puta madre, pendejo. Apenas alteró la voz, seguía contemplando el horizonte. ¿A qué viniste?

Ya te dije, a poner un restaurante.

Restaurante mis huevos. ¿Regresaste a remover más mierda?

Si te refieres al caso del incendio en la guardería ABC, no; por mi parte eso ya está terminado, hace más de un año que se acabó la relación laboral con el despacho Alcázar y Asociados.

Qué cagadero hicieron, mi estimado. Lo único que lograron fue encabronar a mucha gente muy poderosa. Pinches testimonios inservibles que conseguiste. El putito ese ni siquiera armó bien la mentira. El hotel Siglo XXI al que se refiere en su declaración ya no existía en la época del incendio. ¿En serio creyeron que el secretario técnico del gobierno no iba a estar enterado del incendio a los minutos de que pasó? ¿Qué es eso de que le avisaron hasta en la noche justo cuando estaba con su mayate? Por cierto, ¿te lo cogiste para que soltara toda esa mierda?

Me encogí de hombros. Una ola de asco crecía en mi interior y lo único que podía hacer era concentrarme en que no llegara a mi garganta. Me aferré al vuelo torpe y majestuoso de los albatros, a la espuma que se desintegraba en la orilla. No estaba seguro de aguantar un minuto más sin reventar. La inexistencia del hotel Siglo XXI en la época del incendio me agarró desprevenido. Pero lo mismo Basave estaba mintiendo. Necesitaba decir algo, cualquier cosa, para recuperar el aliento.

Ilústrame, por favor. Según tú, el culpable es el *cooler*, nadie provocó el incendio, fue un fatal accidente que tenemos que aceptar con resignación.

No dije eso. Pero la orden no salió de Palacio de Gobierno ni mucho menos del Chino Lam. El Chinito para esas fechas había mandado comprar un chingo de máquinas trituradoras para eliminar todo documento comprometedor en caso de ser necesario. Los documentos almacenados en la bodega tenían un respaldo digital, quemándola no ocultaban nada. En esa bodega no había nada que comprometiera al gobierno de Bours, lo de la deuda, como te digo, está en archivos digitales y era algo totalmente público. La pregunta aquí es: ¿quién se benefició con el incendio?

Una vez más me encogí de hombros. Estaba cansado, quería que se marchara.

Es obvio, García: Guillermo Padrés. ¿Y quién movió todos los hilos de la campaña de Padrés desde las sombras?

Esperé a que Basave se contestara. Hizo una pausa para darle un trago a la cerveza. Se regodeaba en el efectismo.

El actual coordinador de la bancada priista en la Cámara de Diputados.

No tengo ni idea de quién es el coordinador de la bancada priista ni me importa.

Deberías estar mejor informado. El diputado y antes senador y antes diputado y antes gobernador Manlio Fabio Beltrones.

No me chingues, Basave, ese Beltrones omnipotente no existe, es un mito que hemos creado en Sonora, una idea, un ente maquiavélico al que achacarle todos los complots imaginables, todas las conspiraciones, todas las desgracias.

¿De veras crees eso? Déjame te cuento una historia. En el sur de este estado lleno de gente noble y trabajadora, hubo una vez un niño al que humillaban y vejaban todos sus compañeritos, hijos de los terratenientes de la región, de los agrotitanes del valle del Yaqui: los Bours, los Díaz Brown, los Castello, etcétera. Este niño era el hijo bastardo de uno de esos terratenientes y una criada al servicio de la casa, por lo que creció con el estigma de su bastardía; vamos, que le hicieron la vida de cuadritos. La extraordinaria inteligencia con la que Dios o el diablo le dotó la puso al servicio de su rencor de clase, de su odio, y nada lo detuvo hasta acumular suficiente poder y riqueza como para vengarse de las afrentas de la infancia. ¿Cómo la ves?

Es una historia digna de Shakespeare, no te lo niego, pero no aporta nada a la teoría de que el dios de la política sonorense haya ordenado quemar la bodega de Hacienda.

La única manera que tenía de detener el creciente poder de Bours en el estado era haciendo que ganara el candidato opositor, Guillermo Padrés, suficientemente pelele y ambicioso como para prestarse al juego. Se acercaban las elecciones y el delfín de Bours, Elías Serrano, seguía arriba en las encuestas, así que pensaron en algo muy fuerte, un tipo de accidente que lo hundiera. No contaban con que el fuego pasaría a una estancia infantil llena de pequeños que desde que se construyó era una pinche trampa, una ratonera de la que nadie podría escapar. De todas formas las cosas salieron como lo tenían planeado: ganó Padrés, que está robando a manos llenas junto con sus colaboradores porque saben que el año que viene se les acaba el hueso, Bours es un cadáver político y el beltronismo sonorense regresa triunfal para reconquistar el estado.

Como teoría suena fantástica pero sabes que, de ser cierta, es imposible probarla.

Todas las teorías suenan muy bien mientras se queden en eso, en teorías. La del *cooler*, la de Bours ordenando la quema de documentos comprometedores, la que te acabo de contar, todas son plausibles, ninguna tiene sustento. ¿Entiendes lo que te quiero decir? Deben seguir siendo teorías que alimenten lo que el gran maestro llamó política ficción, el morbo de la gente, las fantasías conspiratorias. Por eso te pregunto una vez más: ¿a qué volviste?

Estallé. La ola de asco inundó mis pulmones, mi garganta y le grité que cerrara la puta boca, que se fuera de ahí con sus guarros y que no volviera a molestarme, a dirigirme la palabra, a acercarse a mí, a mirarme siquiera, porque si no, lo mataría. Fue algo estúpido y temerario, irreflexivo, suicida. Los escoltas de Basave se levantaron como resortes de la mesa en la que estaban para hacerme pedazos, pero su jefe los detuvo con un gesto de la mano. Basave me sonreía risueño y porcino, satisfecho, embebido en su poder.

De acuerdo, González, te creo. Pero espero por tu bien que hayas vuelto para poner ese restaurante que dices, te estaremos vigilando. Limítate a hacer prosperar tu negocio como un buen ciudadano y no volverás a saber nada de mí. Cuando lo inaugures, me avisas, soy un amante del marisco, quiero ver si puedes superar a Las Brisas.

Se marchaban dejándome ahí, impotente y quebrado. Un dolor cuyo origen era ilocalizable me atravesaba el cuerpo.

Oye, Basave, ¿tú mandaste al malandro a asaltarme?

Dio media vuelta con una gracilidad que contradecía su tonelaje.

¿De qué asalto me hablas? ¿Pusiste la denuncia? Ya sabes que si no hay denuncia no podemos hacer nada.

Vete a la chingada, Basave.

Seguramente ahí nos encontraremos, pendejo.

Se subieron a una Suburban y desaparecieron en medio de una nube de arena como si se tratara de un barato truco de magia. Nunca volví a verlo.

Esa noche me emborraché a conciencia. Al atardecer me instalé en la playita del Islandia con una botella de tequila. La oscuridad devoraba poco a poco el horizonte y a mí con él. Bebía sin pausa con la pueril idea de que el alcohol podría cauterizar una herida que se abría muy dentro, inexorable, una herida que sangraba inútilmente. Dolía, dolía tanto. En algún punto de la noche empecé a lanzar insultos a la bóveda celeste, a esa hora sobrepoblada de fríos y titilantes puntos unidos entre sí por caminos de leche. De pronto estallé en un sollozo abrupto, seco, que fue prolongándose como si durante los últimos años se me hubiera acumulado el llanto de cientos de personas que parecían llorar a través de mí. Me acurruqué en la arena y dejé que las lágrimas la empaparan hasta calmarme. Entonces recordé a Raquel, hacía al menos dos meses que no sabía nada de ella ni de su hija. No le había avisado de mi regreso, postergaba el momento hasta no tener asegurado lo del restaurante. Me animé a enviarle un mensaje de texto. Un mensaje en una botella lanzada al mar. Le decía que estaba de vuelta, que la extrañaba. Pasaron los minutos, no hubo respuesta. Pasó media hora, seguí bebiendo de forma suicida. Pasó una hora o tal vez más cuando el celular me advirtió que había recibido un mensaje. Era de Raquel. Me preguntaba si me encontraba bien, cuándo había vuelto y por qué. El segundo mensaje fue una cuchillada directa al corazón. Me contaba que al empezar el año se había mudado a San Luis Potosí junto con Paola, invitada por una vieja amiga de la secundaria. Me decía que quería rehacer su vida y la de su hija en otra parte, lejos de Hermosillo. Me pedía que no la juzgara por renunciar a una lucha que desde el momento en que las llamas alcanzaron la guardería ya estaba perdida. Al final me decía que también me extrañaba y que ojalá pronto nos pudiéramos reunir en alguna parte.

Vencido por el tequila, ya no pude responderle. Creo que el teléfono se me escurrió de las manos. En posición fetal, cerré los ojos y me fui quedando dormido, arrullado por las olas del mar de Cortés.

ÍNDICE